PERSONNE NE DISPARAÎT

Titre original :
Nobody is Ever Missing
Éditeur original :
Farrar, Straus and Giroux, New York

ISBN 978-2-330-05798-5

CATHERINE LACEY

Personne ne disparaît

roman traduit de l'anglais (États-Unis)
par Myriam Anderson

ACTES SUD

à la mémoire de M. G.

There sat down, once, a thing on Henry's heart
só heavy, if he had a hundred years
& more, & weeping, sleepless, in all them time
Henry could not make good.
Starts again always in Henry's ears
the little cough somewhere, an odour, a chime.

And there is another thing he has in mind
like a grave Sienese face a thousand years
would fail to blur the still profiled reproach of. Ghastly,
with open eyes, he attends, blind.
All the bells say: too late. This is not for tears; thinking.

But never did Henry as he thought he did,
end anyone and hacks her body up
and hide the pieces, where they may be found.
He knows: he went over everyone, & nobody's missing.
Often he reckons, in the dawn, them up.
Nobody is ever missing.

John Berryman,
"Dream Song 29".

1

Ça se peut qu'il y ait dans ce monde des gens qui sachent lire dans les pensées des autres sans le vouloir, et si des gens comme ça existent, alors je suis à peu près sûre que mon mari est l'un d'entre eux. J'y pense à cause de ce qui s'est passé pendant la semaine où je savais que j'allais partir bientôt, mais pas lui ; je savais qu'il fallait que je lui parle, mais j'échouais à imaginer un moyen de forcer ma bouche à formuler les mots, et comme mon mari peut, sans le vouloir, lire dans les pensées, il a bu beaucoup plus que d'habitude cette semaine-là, surtout des bonbonnes de gin, mais aussi des grandes bières de la supérette. Il entrait dans une pièce, sirotant sa canette cachée dans un sac en papier, tout sourire, comme si c'était une blague.

Je me mettais à rire.

Il se mettait à rire.

À l'intérieur de notre rigolade, on ne riait pas vraiment.

Le matin de mon départ, il est sorti du lit, s'est habillé, a quitté la chambre. Je suis restée complètement réveillée sous mes paupières verrouillées jusqu'à ce que j'entende la porte d'entrée se refermer. J'ai quitté l'appartement à midi avec mon sac à dos et je me suis sentie tellement mal, tellement bizarre, qu'au lieu de descendre dans le métro je suis entrée dans un bar. J'ai commandé un double bourbon même si je n'ai pas l'habitude de boire comme ça et le barman m'a demandé d'où je venais et j'ai répondu d'Allemagne, sans raison, ou peut-être pour qu'il n'essaie pas de me parler, ou peut-être parce que j'avais besoin de vivre dans une autre histoire pendant une demi-heure : j'étais une Allemande solitaire, venue voir la Statue von la Liberté et le Square von le Temps et le Park von Central (pas une femme prenant un aller simple pour un pays où elle ne connaissait qu'une seule personne, qui lui avait un jour vaguement offert de profiter de sa chambre d'amis, le genre d'offre, quand elle y repensait, qu'on fait quand on sait qu'elle ne sera pas prise au mot, mais il était trop tard, car ça y était, je la prenais, et voilà voilà voilà).

Un homme s'est installé sur le tabouret d'à côté malgré la longue rangée de tabourets vides, a commandé un jus de canneberge avec rien.

C'est quoi ton problème, il a demandé. *Raconte-moi ton problème, bébé.*

Je l'ai regardé comme si je n'avais pas de problème à raconter parce que c'est ça mon problème, j'ai pensé, ne pas savoir comment le raconter, et c'est pour ça que le truc que je préfère avec la sécurité dans les aéroports c'est que vous pouvez pleurer tout du long, tout ce qui les intéresse c'est de décider si vous allez exploser ou pas. Ils vous fouilleront quand même s'ils veulent vous fouiller. Ils essaieront quand même de détecter du métal en vous. Ils vous gueuleront quand même dessus à propos des ordinateurs portables, des liquides, des gels et des chaussures, et personne ne vous demandera ce qui ne va pas parce que rien ne va jamais, et ils ne vous accorderont pas un deuxième regard parce qu'ils sont payés pour ne regarder qu'une seule fois. Et pour ça, parfois, certaines personnes leur sont reconnaissantes.

2

Ils jetaient un œil et faisaient un rapide calcul. Probabilités d'escroquerie : 7 %, prostitution : 4 %, instabilité mentale : 50 %, emmerdements généraux : 20 %, comportement violent : 4 %. Je ne présentais probablement aucun de ces risques, en tout cas pas au premier regard, mais pour tous les automobilistes qui passaient et pour tous les autres habitants de ce pays, j'aurais pu être n'importe quoi, alors ils se contentaient de ralentir, de jeter un œil, d'essayer de deviner et de continuer leur chemin.

Les femmes – elles plissaient rapidement les yeux, faisaient une grimace inquiète, et continuaient. Les hommes (je l'ai appris plus tard) commençaient à me fixer du plus loin possible – les yeux entraînés à ne pas me lâcher au cas où je me révèle être un truc qu'il leur faudrait viser ou capturer – mais ils ne s'arrêtaient presque jamais. De près, je n'étais pas très prometteuse : juste une fille avec un sac à dos, un gilet, des tennis vertes. Et l'air jeune, bien sûr, parce qu'il faut avoir l'air jeune pour se permettre ce genre de vulnérabilité, debout sur un bord de route, à montrer le pâle intérieur de son bras. Il faut avoir l'air à la fois totalement inoffensif et capable, si besoin, d'enfoncer un couteau dans le mou de n'importe quel ventre.

Mais au départ, je ne savais rien de tout ça – j'étais là et j'attendais, sans savoir que porter des lunettes de soleil me laisserait toujours en rade, sans savoir que lâcher mes cheveux voulait dire quelque chose que je ne voulais pas dire, sans savoir que ma posture devait être soigneusement millimétrée, que j'aurais toujours dû me tenir comme une danseuse prête à décoller.

Tout ce que je savais c'était ce que j'avais lu sur cette carte à l'aéroport : plein sud jusqu'à Wellington, traversée par le ferry, puis Picton, Nelson, Takaka, et Golden Bay, la ferme de Werner, l'adresse gribouillée sur un morceau de papier qui avait déclenché tout ça.

Quand l'avion avait atterri ce matin-là, je n'avais pas dormi depuis environ trente-sept heures. Une fois les lumières baissées, j'avais gardé les yeux grands ouverts, mon esprit s'enfonçant dans un horizon sans fin. Je n'avais rien lu ni rien regardé sur l'écran placé à quelques centimètres de mon visage. J'avais écouté les corps endormis respirer ; j'avais essayé de choper des mots sur la fréquence des voix ouatées, à quelques rangs du mien. Les hôtesses ondulaient dans les allées, distribuaient des clins d'œil, pinçaient les lèvres et me passaient des doses très précises de substances alimentaires : boule de pain lisse comme une ampoule ; morceaux de poulet de la taille d'une langue ; trente-deux cacahuètes dans une petite poche métallisée. J'ai même mordu dans une tranche de fromage, sans remarquer le plastique, avant de renoncer à la nourriture.

À la sortie de la zone de retrait des bagages, j'ai observé un homme qui fumait en shootant dans quelque chose le long du trottoir, la lumière du soleil volait en éclats autour de lui comme dans un portrait de saint. Voilà, c'était ça, le pays dans lequel je m'étais catapultée.

Comment aurais-je pu ne pas m'arrêter pour vous? a demandé ma première automobiliste. *Comment ne pas?*

Je ne sais pas? j'ai dit. *Comment avez-vous pu?*

La femme a ri mais je n'étais pas en état de percevoir l'humour. Je suppose que c'était drôle, mais quand je lui ai rendu son regard, avec rien sur mon visage, elle a cessé de rire. Un long nez incurvé lui donnait l'air majestueux mais peu flatteur d'un faucon ou d'un toucan. Elle me parlait comme si j'étais une enfant, ce qui m'allait bien parce que je voulais en être une. Ces derniers temps, je n'arrivais plus à me souvenir de ces années, comme si l'enfance était un film dont je n'avais vu que la bande-annonce.

Vous êtes une fille courageuse, pas vrai? On n'en voit pas beaucoup des comme vous sur la route.

Il y a un certain type de femmes qui vont déceler la terreur chez quelqu'un, et lui donner le nom de courage.

Je pensais que beaucoup de gens faisaient du stop ici.

Oh, non, pas tant que ça, elle a dit. *Plus. C'est dangereux partout de nos jours. Vous voulez une poire? Servez-vous, prenez une nashi. J'en ai des kilos, elles étaient en promo à l'épicerie.*

Elle m'a parlé de son fils de onze ans, un accident, quand elle en avait vingt, et j'ai mangé une poire en faisant couler le jus partout, mais elle n'allait que jusqu'à Papakura, alors elle m'a laissée près d'une station-service pas loin de l'autoroute.

Ne vous laissez pas prendre par des types, vous entendez? Si y en a un qui s'arrête, laissez-le repartir. On garde toujours un œil ouvert, nous les femmes, vous savez. Ça sera pas long avant qu'une autre s'arrête pour vous.

J'ai dit d'accord, mais je savais que je ne suivrais pas son conseil, parce que je n'ai jamais su refuser une offre, quelle qu'elle soit ; voilà une des rares certitudes que j'avais sur mon propre compte.

Pendant un moment, il n'y a eu aucune voiture à qui montrer mon pouce, mais je suis restée là debout, sans même la moindre curiosité de rigueur pour ce nouveau pays (une ennuyeuse petite montagne, un lac bleu pâle, une station-service, la même que les nôtres sauf que pas exactement). J'avais les lèvres sèches et j'ai pensé au fait que les cellules de chaque corps sont en route vers un manque total d'hydratation et au fait que tous les gens qui sont en vie y pensent tout le temps mais personne ne le dit parce qu'on ne *pense* pas vraiment cette pensée, on l'a, c'est tout, comme on a des orteils, enfin comme la plupart des gens ont des orteils ; et ce savoir que nous sommes tous en train de nous dessécher, c'est lui qui appuie sur l'accélérateur dans toutes les voitures qui emportent les gens ailleurs que là où ils sont, ce qui m'a rappelé que je n'allais nulle part, et j'ai remarqué que pas mal de voitures étaient passées mais qu'aucune ne s'était arrêtée ni même n'avait ralenti, et j'ai commencé à me demander ce qui arriverait si personne ne me prenait, si la première femme avait été un coup de bol et si l'auto-stop était resté dans les années 1970 avec d'autres choses désormais dangereuses – comme la peinture au plomb, certaines variétés de plastique, l'amour libre – et si j'allais rester coincée là pour toujours, à regarder passer les bagnoles, à penser à mes cellules impuissantes face à leur propre processus de dessèchement.

J'ai décidé d'avoir l'air heureux parce que je me suis dit que les gens seraient plus enclins à prendre quelqu'un d'heureux.

Je suis heureuse, je me suis dit, *je suis une personne heureuse.*

J'ai écarquillé les yeux plus que nécessaire et j'ai espéré que cela exprimerait mon bonheur aux voitures, mais elles continuaient à passer.

Il y en a une qui a klaxonné, comme pour dire, *Non.*

Mon bras est resté tendu longtemps et mon coude a commencé à me faire mal à l'endroit où ils prenaient toujours le sang, et j'ai commencé à tellement m'habituer au passage des voitures que j'ai oublié que le but de tout ça était de grimper dans l'une d'entre elles pour aller quelque part, mais rien ne se suivait – une voiture passait, puis une autre, mais chacune arrivait et repartait toute seule. Et il y avait moi. Et rien ne m'avait suivie – j'étais un coq-à-l'âne humain, absurde et déplacée, une mauvaise blague, une blague qui n'aurait nulle part où faire sa chute. Le ciel avait une bonne couleur de ciel et l'air donnait la sensation d'être sain, et peut-être que c'était le genre de jour qui rappelait aux automobilistes que les jours sont une ressource limitée et qu'il vaut mieux protéger ceux qu'on a. Ce genre de jour ne tient pas à ce qu'on lui lance des défis, ne tient pas à ce qu'on tire à pile ou face, ou qu'on ramasse une étrangère sur le bord de la route.

Au bout du compte, il s'est avéré que la première femme avait raison – c'était les femmes qui s'arrêtaient, qui déclaraient avec insistance qu'elles ne prenaient *jamais* d'auto-stoppeurs, seulement des femmes qui tendaient le pouce, des demoiselles en détresse de locomotion – c'est ce qu'a dit la deuxième femme, et j'ai pensé, *Ouais, bien sûr, peu importe* – je n'allais pas prendre de gants avec qui que ce soit. Il n'y avait pas de raison. Elle rentrait chez elle de l'hôpital où elle était infirmière, alors je lui ai posé la question à laquelle je pensais depuis ce dernier jour au labo :

Qu'est-ce qu'on fait du sang ? Quand on en a fini avec, je veux dire.

Quel sang ? elle a demandé.

Quand ils l'analysent. Quand ils font des analyses pour les maladies, ou les hormones, ou le cholestérol, ou n'importe quoi. Toutes ces éprouvettes de sang – qu'est-ce qu'on en fait ?

Eh bien, on les jette. C'est un déchet dangereux.

Mais ça va où ?

Dans un endroit sécurisé. D'abord dans des éprouvettes, puis dans un container de déchets dangereux, puis le container est enlevé par une entreprise. On le place dans un endroit sûr et sécurisé et plus personne n'y touche plus, jamais.

Et cela a mis un terme à notre conversation. Nous n'avons plus rien dit jusqu'à ce qu'elle me dépose là où elle devait me déposer.

Bonne chance, elle a dit, *faites attention. Et méfiez-vous de ces types.*

3

Il m'est clairement apparu, après quelques heures d'attente sur la route étroite et bordée d'arbres où m'avait laissée l'infirmière, qu'il y a des endroits où il ne fait pas bon être une personne et non une voiture, et c'est là que j'étais ; de sporadiques véhicules accéléraient dans le virage et j'ai fini par effrayer les conducteurs comme le font certains animaux sauvages arrêtés, abasourdis, au milieu d'une route. Ils ralentissaient ou faisaient une embardée ou klaxonnaient et j'aurais voulu klaxonner en retour – *Je sais, je sais – Qu'est-ce que je fous là ?* Ce n'était pas clair pour moi non plus. Au bout d'un moment, une petite voiture rouge a fait un demi-tour en trois coups pour venir s'arrêter à côté de moi et le type s'est penché pour ouvrir la portière passager et je suis montée et j'ai pensé, voilà, ce type est exactement le genre avec qui elles disaient de garder mes distances, et je suis exactement en train de ne pas garder mes distances, et il a dit, *Où tu vas ?*, et j'ai dit, *Au ferry*, et il a dit, *Lequel ?*

Euh, celui pour l'île du Sud ?

L'île du Sud ?

Ouais ?

Ben, t'es pas rendue – tu viens d'où ?

De l'aéroport ?

Je disais tout comme si c'était une question parce que tout était une question.

T'es au cul du monde, pas vrai, au fin fond de notre Ness Valley ?

Quelqu'un m'a déposée ici, j'ai dit, et j'ai pensé que peut-être l'infirmière n'avait pas trop aimé parler boulot, parler sang… Je n'arrivais pas à me souvenir si je lui avais seulement dit où j'essayais d'aller.

Le type m'a remontée sur les collines que j'avais descendues avec l'infirmière, a dépassé les stations-service, les champs de moutons, la verdure sérielle, les routes étroites qui devenaient d'autres petites routes, et à quoi ça servait, je me suis demandé, tout ce monde, cette verdure, ces moutons, cet endroit ?

Le plus beau pays du monde, a dit le type plusieurs fois, mais je savais que plein de gens se racontent des trucs comme ça et pourtant qu'il n'y a pas de pays qui soit le plus beau pays. Le type m'a déposée là où une route croisait une autre route. *Plein de bagnoles*, il a dit, et il y avait plein de bagnoles mais aucune ne s'est arrêtée pour moi. Le ciel s'est assombri et ce n'était pas le genre d'endroit avec éclairage public, c'était plutôt un environnement où l'on doit apporter sa propre lumière, et je n'avais pas de lumière, pas emporté de lumière, pas pensé que je pourrais avoir besoin de lumière. La première d'une longue série de choses auxquelles je n'étais pas préparée.

J'ai repéré une petite cabane au bord d'un champ avec un gros trou dedans, alors je me suis glissée à l'intérieur, par le trou, j'ai tâtonné à la recherche de serpents ou de rats, mais je n'ai trouvé qu'un marteau rouillé, un fer à cheval et une bouteille en verre vide. Mieux vaut dormir pendant qu'il fait nuit, j'ai pensé, alors je m'en sors au mieux. En m'endormant j'ai pensé que le sentiment idoine eût été la peur ou le regret ou un potage des deux mais ce n'était pas ce que je ressentais ; je me suis redit que quand j'arriverais à la ferme de Werner, ma vie deviendrait petite et maniable, et ne contiendrait plus de nuits dans des cabanes, ni d'auto-stop, alors j'ai dormi comme si j'étais déjà la femme la plus simple au monde.

Le lendemain matin un bruit inconnu à l'extérieur de la cabane m'a réveillée et ça m'a rappelé un bruit connu : mari dans la pièce d'à côté, son bureau, le cliquetis rythmé de la craie, une pause, encore la craie. Il y avait un truc dans l'odeur, la couleur, disait-il, qui lui libérait le cerveau, qui faisait tomber les nombres dans le bon ordre.

Je croyais que tu détestais le tableau noir, je l'ai imaginé dire à ma nostalgie.

Oui, mais le bruit que ça fait quand tu écris des choses dessus, ça va.

Mon mari qui sourit dans le fond de mon cerveau : c'est comme ça que je me souvenais de lui.

J'ai roulé mon lit de fortune, remis la serviette et le tee-shirt pliés dans mon sac à dos, je suis sortie par le trou pour découvrir que le bruit inconnu, c'était le bruissement de moutons dans l'herbe, mais les moutons se sont carapatés car les moutons sont assez malins pour ne faire confiance à personne, pour rien, et surtout pas aux gens qui dorment dans des cabanes et en sortent en rampant, et je ne pouvais qu'être d'accord avec ces moutons parce que moi aussi je m'enfuirais en me voyant, si j'étais un mouton au lieu d'être moi, et à vrai dire, même si j'étais moi, parce que j'aimerais quand même bien, certains matins, être le truc qui s'enfuit au loin au lieu d'être cousue à l'intérieur de moi pour toujours.

*

J'ai entendu un moteur derrière moi tandis que je marchais sur une bande d'arrêt d'urgence, alors j'ai tendu le bras mais quand je me suis retournée j'ai eu la surprise de voir un car scolaire ; à l'oreille je ne l'imaginais pas si gros. J'ai rangé mon bras, me suis écartée de la route, en pensant que ça ne serait pas bien de me faire ramasser par un bus s'il était plein de gamins, d'exposer de jeunes vies à ma personne, vu que je n'étais pas encore convaincue de ne pas être radioactive. Mais le car s'est arrêté et le chauffeur a activé l'ouverture de la porte.

C'est dangereux ici. Montez.

Non, ça va. Je vais plutôt attendre une voiture normale.

Nan, nan, nan, montez.

Vous êtes sûr ?

Je vous emmène juste un peu plus haut, c'est plus prudent. Je peux pas vous laisser là, sur cette partie de la route. Trop dangereux. C'est pas bon.

J'ai trouvé une place libre et une fille à queue de cheval s'est penchée par-dessus l'allée pour dire, *J'ai dix ans*, et je ne savais pas trop quoi répondre, alors j'ai soufflé, *J'ai vingt-huit ans*, sans vraiment réfléchir.

T'as pas vingt-huit ans, a dit une fille rousse, en se marrant comme si j'avais prétendu être un éléphant.

Ah bon ?

Nooon.

Quel âge tu me donnes ?

Cent ans, a dit queue de cheval.

Mais non ! Elle doit avoir quinze ans parce que ma sœur elle a seize ans et elle est plus grande.

Nan mais vraiment, t'as quel âge ? a demandé queue de cheval.

J'ai oublié, j'ai dit.

Tu vas où ? a demandé la rousse.

Je sais pas. Une ferme, quelque part.

T'es une fermière ?

Bien sûr, j'ai dit.

Elle est où ta ferme ?

J'ai pointé le doigt vers le sud ou en tout cas vers ce que j'imaginais être le sud, même si ça aurait tout aussi bien pu être l'ouest, ou même le nord, et qu'est-ce que ça pouvait faire ? En prenant assez de virages à droite et à gauche on finirait au même endroit. Les filles du fond chantaient un truc en tapant dans les mains de plus en plus vite et de plus en plus fort.

Silence là-bas derrière, a crié le chauffeur et elles se sont tues.

La rousse s'est penchée par-dessus mon siège et a planté son visage près de mon coude. Sa peau avait une texture de papier cul bon marché et elle avait des yeux verts lumineux, deux petits articles de luxe plantés dans son crâne. Les os de son visage étaient plus affirmés qu'on s'y attendrait chez une fille de son âge – sous-alimentation ou vulnérabilité naturelle.

Je peux te dire un secret, elle a chuchoté. *On est des évadées. On s'est toutes enfuies de chez nous. Il nous amène à la police.*

J'ai regardé les autres filles par-dessus mon épaule. Quelques-unes tendaient leurs cous de cygnes dans l'allée en regardant vers moi. J'entendais des petites voix tomber d'un octave dans un murmure.

Comment tu t'appelles ?

Elyria. Et toi ?

Alison. Tu viens d'où ?

New York. Toi tu viens d'où ?

D'une autre planète. Je me suis enfuie du cosmos. Les nébuleuses ne m'intéressent pas. Elle a souri de toutes ses petites dents. *Tu veux savoir un autre secret ?*

Bien sûr.

J'ai deux cœurs. Un normal et un bébé cœur en dessous. Et tu sais quoi d'autre ? J'ai un troisième œil coincé dans mon cerveau mais y peut rien voir parce que c'est trop sombre à l'intérieur. C'est ce que le docteur m'a dit. Il m'en a montré une photo qu'ils ont prise dans une grande pièce blanche avec un robot. T'as déjà vu un robot ? Parce que moi oui.

Son visage s'était figé dans une grimace sérieuse, et je ne savais pas quoi dire et je n'arrivais pas à savoir si elle disait la vérité à propos du robot, du docteur et de l'œil en plus, du cœur en plus – quel truc horrible à avoir en trop – mais le bus s'est arrêté et le chauffeur a levé le bras et m'a fait signe de m'avancer.

Salut, j'ai dit.

À plus, a dit Alison.

Quand je suis arrivée à l'avant du bus le chauffeur regardait droit devant lui, et j'ai regardé ses mains noueuses à 10 h 10 sur le volant, et j'ai bien vu la chair qui pendait sur son visage, comme si c'était de la glaise posée à la va-vite, toute irrégulière et lâche, et quelque chose dans la tension de sa mâchoire et dans la dilatation de ses narines m'a fait craindre que ce qu'il faisait dans la vie était un truc sanglant, un truc qui impliquait des cervelles écrasées sur le béton et des bouches remplies de choses pas censées y être, et je me suis demandé si c'était vrai, et si c'était vrai je savais qu'il continuerait à bousiller la vie, qu'il continuerait à sarcler des vies comme un tracteur, et qu'il continuerait à le faire à l'infini à moins que je ne le tue tout de suite de mes propres mains devant toutes les filles, et que je ne jette son cadavre par la porte, et que je conduise les filles moi-même tout droit à l'hôpital pour un traitement post-traumatique, et bien que j'aie en moi le potentiel de faire ça, enfermé comme un serpent venimeux domestiqué, je savais que je n'avais pas le rôle qu'il fallait pour déclencher ce potentiel, pour être le genre de personne qui donne libre cours à la noirceur.

Merci, j'ai dit au chauffeur, pour pas dire ce que je pensais, et une des filles du fond a crié, *C'est c'ui qu'y dit qui y est*, et ça m'a coupé le souffle même si je savais qu'elle ne s'adressait pas à moi, et j'ai eu peur que ce que j'avais vu chez le chauffeur soit quelque chose que j'avais vu en moi, j'ai eu peur que *ce soit moi qui y sois*.

Le chauffeur a dit, *Il n'y a pas de quoi*, et je me suis demandé s'il savait quoi d'autre je n'avais pas.

4

J'ai marché au bord de la route pendant quelques heures, en me demandant s'il était possible qu'Alison ait vraiment un œil en plus, un cœur en plus, si une personne pouvait vivre avec ce genre de surplus, et quelque chose dans la façon de parler d'Alison me rappelait la façon de parler de Ruby, ou peut-être un truc que Ruby avait dit un jour sur le fait d'avoir deux cœurs. Ou peut-être que je déformais le souvenir d'un truc plus compliqué que Ruby avait dit, le genre de chose qu'elle disait et qui rendait évident le fait qu'on ne parlait pas la même langue, qu'on ne pouvait pas complètement se traduire l'une pour l'autre. Il y avait eu une nuit où j'avais peut-être pris conscience de cette différence, que nous ne parvenions plus ou peut-être n'avions jamais été tout à fait capables de nous comprendre –

Quel genre de personne laisse une gamine de seize ans s'installer toute seule à New York ?

On fumait des clopes dans le jardin après un dîner de Thanksgiving tardif (les cigarettes de maman, évidemment, le *qui* de sa question), et je ne savais pas si je devais l'interroger sur sa vie d'enfant prodige à la fac – Est-ce qu'elle se sentait seule ? Est-ce qu'elle s'était fait des amis ? Est-ce que ses cours étaient enfin assez stimulants ? Je savais que je ne comprendrais pas ses réponses à ces questions, qu'elle ferait allusion à des concepts philosophiques dont je n'aurais jamais entendu parler, qu'elle balancerait des références qui m'échapperaient et que je ne pourrais que la fixer, déroutée et incapable de suivre. Au lycée, je passais de justesse les classes dont elle avait été dispensée.

Tandis qu'on fumait, je poussais Ruby sur la balançoire, et de là on apercevait maman qui s'écroulait la bave aux lèvres sur le sofa de la véranda. Elle avait été à fond toute la journée, sifflant du beaujolais, cramant toute la bouffe à emporter en essayant de la réchauffer, appelant Ruby le *génie renégat* et laissant accidentellement ses cendres tomber dans son assiette.

Voilà notre petit génie, notre petit génie renégat adolescent ! Comment fait-elle ? Je ne sais pas comment elle fait !

Mais finalement, tout était calme, juste la balançoire qui craquait et nos faibles exhalaisons, et même si c'était une occasion parmi des milliers d'avoir une conversation sérieuse avec Ruby, un truc sororal et émotionnel, je n'ai pas saisi cette occasion : j'ai immobilisé la balançoire et je lui ai tendu un micro imaginaire : *Dites-nous, Ruby, comment faites-vous ?*

Et Ruby a joué le jeu parce qu'elle aussi voulait vivre dans la fiction, continuer à faire semblant.

Eh bien, j'vais vous le dire, Bob. Le secret de mon succès est d'avoir une stratégie, et d'agir vite. Je n'essaie pas d'aller plus vite que la musique. Je ne me prends pas la tête.

Eh bien les amis, voilà, j'ai dit, mais il n'y avait pas d'amis.

Un fourgon a ralenti et s'est arrêté à ma hauteur et le souvenir s'est évanoui. Le chauffeur s'est penché à sa fenêtre, son bras droit était couvert de tatouages, de la vigne d'un noir mat se perdant dans le mat de sa peau brune.

Simon, il a dit.

Elyria, j'ai répondu.

Elyria! Ça c'est du nom. Parents hippies?

Pas vraiment.

Je ne lui ai pas dit – je ne le disais à personne – qu'Elyria était le nom d'une ville dans l'Ohio que ma mère n'avait jamais visitée. C'est tout ce que mon nom voulait dire : un endroit où elle n'était jamais allée.

Une vague idée de moustache pendouillait sur la bouche de Simon, et il y avait de drôles de rides autour de ses yeux, qui se disputaient avec le reste de son visage lisse comme une machine.

Je fixais les collines inutiles qui ondulaient autour de nous – les arbres, tous prisonniers du sol, une montagne grise dans le lointain, stoïque et désœuvrée – et Simon a entamé un monologue sur lui-même, son autobiographie –

Ça fait sept mois que je voyage sur l'île du Nord, j'ai travaillé dans le vin pendant un moment pour mettre de l'argent de côté, mais ça fait longtemps que je suis tout seul. Je me suis séparé de mes parents quand j'avais seize ans. Un soir mon père a sévèrement tabassé mon petit frère, il l'a envoyé à l'hosto et là tu vois, j'ai dit… L'addition, SVP? Terminé pour moi, merci bien. T'as déjà vu un petit de dix ans avec un œil au beurre noir administré par son propre papa? C'est pas un truc que t'as envie de voir.

Ça me plaisait presque qu'il parle autant, qu'il réponde à ses propres questions, ça rendait tout simple, comme la télévision. Je n'avais pas prononcé plus de dix mots et c'était peut-être les derniers mots que je prononcerais de toute ma vie, j'ai pensé, tandis que Simon enchaînait sur comment ses parents avaient été mis en prison, une histoire de fraude avec arnaque immobilière, des maisons à Miami, Londres, L.A., toutes confisquées, et peut-être que c'était ça – que c'était tout ce dont j'avais besoin –, quelqu'un qui remplissait tout naturellement tout le silence que la vie comportait.

Papa a essayé de me faire porter le chapeau et même le juge a bien vu que c'était du pipeau… Mon père dégageait un truc louche. N'importe qui doué d'une demi-pensée s'en rendait compte. Ça s'est retrouvé aux infos à l'époque – dans les tabloïds, surtout. Tu vois le genre. L'Ado Tatoué Divorce de ses Parents. Violences Présumées – ce genre de truc.

Il a laissé échapper un petit rire.

C'est terrible, j'ai dit, sortant de mon silence.

C'est comme ça.

C'est ce que les gens disent quand ils veulent dire que quelque chose est terrible.

T'as raison. C'est terrible.

5

Un autre truc vraiment terrible, c'est comment j'ai rencontré mon mari.

Il portait un costume ce jour-là, sa cravate rouge sombre accentuait le vert de ses yeux et la pâleur rosée de son visage. Il avait trente-deux ans mais gardait un air juvénile. J'en avais à peine vingt-deux mais tout le monde m'en donnait plus. Nous étions assis dans la petite salle d'attente brutalement éclairée du poste de police de l'université. Nous sommes restés assis l'un à côté de l'autre pendant peut-être vingt minutes sans rien nous dire, nous ne nous sommes même pas adressé un regard parce que c'est pas un truc qu'on fait quand on est en train de penser à ce qu'une femme peut s'infliger à elle-même, et à la façon dont une jolie cour de brique, par un bel après-midi d'automne, peut soudain devenir un endroit qu'on ne veut plus jamais revoir de toute la vie. Des agents de police parlaient au téléphone et dans des talkies-walkies, et l'une d'entre eux est venue vers nous pour me demander mon nom.

Elyria Marcus.

Ruby était votre sœur?

Adoptée, ouais, j'ai dit, au cas où ils sachent qu'elle était coréenne et voient bien en me regardant que moi pas.

L'agent a hoché la tête et a noté quelque chose sur son bloc. Elle a regardé mon mari, qui n'était encore à ce moment-là qu'un inconnu assis à côté de moi, et il ne m'est toujours pas passé par la tête de me demander ce qu'il faisait là, ni qui il était.

Professeur, nous voudrions vous poser quelques questions si vous voulez bien, elle a dit.

Bien sûr, il a répondu, et il l'a suivie au fond du bureau.

Pendant son absence, ma mère s'est pointée, ramollo, dans les vapes, sous l'influence de la substance que papa lui faisait passer à ce moment-là. Papa n'était pas là, bien sûr ; il était toujours à Puerto Rico, à rectifier des nichons au rabais, ou quelque chose comme ça. Maman a sombré dans le siège à côté du mien.

Oh, il est fait boooon ici, elle a marmonné. *Quelle bonne surprise.*

Elle a enroulé son bras autour du mien et posé sa tête sur mon épaule.

Bébé, bébé, mon petit bébé. On est plus que toi et moi maintenant. Plus de bague de Ruby, plus de chaussons de Ruby, plus de mardi de Ruby. Oh Ruby, notre Ruby.

C'est normal, j'ai entendu dire, que les gens racontent un peu n'importe quoi dans des moments pareils, mais elle ne pleurait pas et n'avait même pas l'air au bord des larmes, du coup je me suis sentie encore plus mal parce que moi non plus. J'essayais d'avoir l'air en état de choc, mais je ne l'étais pas, pas vraiment. Ma mère ne faisait même pas *semblant* d'être en état de choc parce que c'est le genre d'animal qu'elle est. Un agent est venu nous présenter ses condoléances ou lui faire signer quelque chose, et elle lui a tendu la main comme si elle s'attendait à un baisemain. Il la lui a serrée mollement et a filé.

Ma précieuse petite Ruby… C'est quoi qu'elle disait tout le temps, Elyria ? Est-ce que je suis ta fille asiatique préférée ? Elly, tu sais bien qu'elle était ma seule fille asiatique. Qu'est-ce qu'elle pouvait bien vouloir dire par là, tu crois ? J'ai jamais compris. C'était juste une blague ? Elle te l'a jamais dit, à toi, ce qu'elle voulait dire par là ?

J'ai essuyé une trace de rouge à lèvres sur le nez de ma mère. On aurait dit qu'elle l'avait mis en conduisant et en parlant, ce qui était sans doute le cas.

C'était une blague, maman.

Elyria, elle était si belle, si intelligente. Les gens devaient se demander comment elle nous supportait. Les gens devaient se demander, même moi je me le demandais. Je restais réveillée certaines nuits à la regarder dormir, à me demander comment elle arrivait à supporter. J'imagine qu'elle n'en pouvait tout simplement plus, de notre laideur.

Maman, arrête.

C'est pas de notre faute. C'est juste que nous sommes nés comme ça. Enfin, pas toi, pas vraiment ma chérie mais –

Elle s'est redressée, a dégagé ses cheveux de son visage et a pris une grande inspiration. Elle a expiré lentement, a agrippé ma main, m'a regardée dans les yeux et a serré ma main. C'était notre premier moment de tendresse depuis des années. Mais il est vite passé.

J'ai besoin d'une tonne de cigarettes, elle a dit, et elle a titubé vers la sortie. À travers la vitre devant le commissariat, je l'ai vue allumer ce qui allait devenir la première d'une bonne douzaine de clopes. Régulièrement, quelqu'un l'approchait, s'inclinant presque, on aurait dit. *Pardon*, pouvais-je lire sur leurs lèvres, tandis qu'ils lui désignaient le panneau INTERDICTION DE FUMER DANS UN RAYON DE 150 MÈTRES et elle les interrompait en criant si fort que je l'entendais depuis l'autre côté de la vitre. *Vous avez entendu parler de ma fille Ruby ? Ruby Marcus ? Elle est morte aujourd'hui, et pas de tabagisme passif.* Et si ça ne suffisait pas, elle ajoutait, *Casse-toi, je suis en deuil*, et en général ça marchait.

Ce professeur qui n'était pas encore mon mari est revenu et s'est arrêté devant moi, se tenant un poil trop près, la tête penchée au-dessus de moi. Tellement pâle qu'il brillait. J'ai remarqué qu'il flottait dans son costume et que ses manches étaient trop courtes.

Est-ce que vous souhaitez savoir quelque chose ? Sur elle ? Je suis la dernière personne à lui avoir parlé. C'est ce qu'ils pensent.

Ça ne m'intéressait pas particulièrement, ce qu'un prof avait pu dire à Ruby. Je l'avais vue le matin même ; elle n'était pas une énigme. On s'était retrouvées devant la bibliothèque, avec nos gobelets de café brûlé. Elle avait une mine affreuse, comme si elle n'avait pas dormi depuis plusieurs jours, et elle m'avait dit qu'elle se sentait encore pire qu'elle en avait l'air, et j'avais demandé, *Pire combien ?* et elle avait dit qu'elle ne voulait pas en parler, et je n'allais pas en parler si elle ne voulait pas, alors on n'a parlé de rien. On a fini nos cafés et on s'est séparées. C'était de ma faute (au moins en partie). Je n'avais jamais tout à fait réussi à me sentir de sa famille.

Je n'avais envie de parler à personne, et encore moins de Ruby, mais la voix du professeur était si posée et si calme. On aurait dit un journaliste radio et j'avais envie d'écouter cette fréquence personnelle ; je voulais que sa voix joue, encore et encore. Mère allumait une autre cigarette, appuyée contre la vitre, son soutif noir bien visible sous sa chemise en oxford froissée.

D'accord, j'ai dit au professeur. *Je vous écoute.*

Il s'est assis lentement, les genoux légèrement tournés vers moi.

Je ne connaissais Ruby que depuis le début du semestre, quand elle est devenue mon assistante. Je savais, bien sûr, qu'elle était surqualifiée. Elle avait du talent, vous savez, et elle travaillait sur des équations incroyables.

Ses phrases étaient dures et neutres, comme s'il les avait polies tout l'après-midi.

J'ai jamais compris ce qu'elle faisait ici, j'ai dit. *On n'en parlait jamais.*

Eh bien… Je ne sais pas comment expliquer, l'impression que donnait Ruby aujourd'hui. Je suppose que je ne suis pas très bon pour lire les visages, les émotions, les descriptions, vous savez. Je suis plutôt chiffres. Mais elle avait l'air juste – peut-être un peu distraite. Elle m'a donné un article sur lequel elle travaillait. Elle a seulement dit qu'elle voulait que j'y jette un coup d'œil et elle est partie.

C'était quoi ?

Que voulez-vous dire ?

L'article. C'était important ?

Euh, non, pas vraiment. Un truc dans les cordes de la plupart des étudiants en dernière année. Elle était capable de tellement mieux. Elle travaillait sur des choses très intéressantes récemment.

Oh.

Je suis désolé.

Non, y a pas de quoi. Je veux dire, c'est pas grave que ça ait pas été quelque chose d'important.

Non, je veux dire, pour tout. Qu'elle –

Et à ce moment précis j'aurais voulu pouvoir pleurer doucement, juste pleurer – poliment, humainement. Dehors, ma mère criait sur quelqu'un, sa bouche produisant des petits nuages de fumée et de vapeur.

Merci, j'ai dit au professeur.

Il a hoché la tête, posé ses mains sur ses genoux, s'est un peu penché en arrière, puis en avant à nouveau. Il a regardé ma mère, qui criait toujours, et puis il a regardé ses pieds.

Quand j'avais vingt ans, ma mère, elle aussi, de la même façon que Ruby et je, euh, juste… aujourd'hui j'y ai beaucoup pensé, vous savez. Probablement plus que jamais depuis que c'est arrivé.

Je n'ai rien dit. Mère allumait cigarette sur cigarette, chacune au mégot de la précédente. Une partie de ses cheveux était relevée, de travers. Elle s'est retournée et m'a adressé un signe, une petite main molle, un congé royal. Son rouge à lèvres dépassait comme de la crème glacée sur les lèvres d'un petit enfant.

Excusez-moi, il a dit, *d'avoir dit ça. Je sais que les gens font toujours ça, essayer de vous dire qu'ils ont déjà traversé ce que vous traversez, de vous raconter leur propre deuil – je sais que ça n'aide pas. Je suis désolé. C'est juste que j'y pensais.*

Pas la peine de vous excuser, j'ai dit.

Pendant un petit moment, nous sommes restés silencieux.

Il a posé sa main sur mon épaule comme si quelqu'un le lui avait conseillé, et il l'y a laissée un petit moment, au bout duquel de l'eau a commencé à me couler des yeux et je me suis sentie plus adéquate, plus humaine. Le professeur a mis son bras autour de moi et je me suis un peu affaissée, laissant une trace humide sur sa veste bleu marine.

6

Exactement, a dit Simon et il a souri et je connaissais ce sourire, je me souvenais quand je souriais comme ça aux garçons qui souriaient comme ça, mais ça faisait au moins sept ans que je n'avais pas revu ce sourire, et je n'avais pas connu mon mari assez jeune pour le voir se dévoiler d'une manière aussi directe. On s'était arrêtés pour un sandwich, et Simon était encore en train de combler tous les silences, et je ne lui ai pas rendu son sourire. Je n'écoutais plus – j'étais entièrement mobilisée par la vision d'un mec qui grattait son ukulélé au bout du bar. Une femme étudiait le menu et essayait d'attirer l'attention du type mais il avait les yeux fermés. La femme a agité les mains devant le visage du type, et il a continué à siffloter en se balançant. J'ai reposé mon regard sur Simon et tenté de copier son expression – sérieuse, mais les sourcils levés – pour qu'il croie que je l'écoute. Peut-être qu'il était trop jeune pour capter le truc. Peut-être que dans le monde d'un garçon de vingt et un ans, personne n'a besoin de simuler son intérêt. La femme a arraché le ukulélé au type. Il a regardé le menu, abattu.

Voilà quelque chose qui pourrait être sous ton nez, ou pas, disait Simon, *tu sais, sous ton nez au sens où tu le savais déjà.*

Simon a posé ses mains sur mes épaules, et elles m'ont paru plus larges et plus denses que je m'y serais attendue.

C'est important – toi et moi, maintenant. C'est important, ça, t'sais.

Comment ça ? j'ai dit.

Ce qui se passe entre les gens est plus important que tout le reste dans le monde physique. C'est ça, Dieu, Elyria. Chaque fois que deux personnes se regardent et se parlent avec honnêteté, c'est Dieu.

Je me suis demandé un instant s'il essayait de me rallier à un culte quelconque, mais je me suis rendu compte que c'était seulement sa jeunesse qui parlait, pas un dogme. Je n'avais pas beaucoup discuté avec Simon, et le peu que je lui avais dit n'avait pas grand-chose d'honnête, mais Simon maîtrisait l'art de voir ce qu'il avait envie de voir, parce qu'il est plus facile de traverser la vie ainsi, d'appréhender le monde comme une série de choses familières, un endroit où les autres ressentent ce que vous ressentez, et voient ce que vous voyez. Je continuais à imiter Simon sous ses yeux pour masquer le fait que je l'ignorais, et ça semblait quasiment viable, comme façon de passer quelques semaines, mais quand il est allé aux toilettes, je suis retournée au camion qu'il n'avait pas verrouillé, j'ai renfilé mon sac à dos et j'ai commencé à marcher vers je ne sais où, alors que Simon m'avait dit qu'il monterait la tente dehors cette nuit, et me laisserait m'enfermer dans son van – *Pour te prouver un truc*, il avait dit, *que je ne suis pas un sale mec et que je te fais confiance* –, mais je ne voulais plus supporter Simon et je ne voulais plus être prise sous ces projections, car j'avais un endroit où aller, en fait, d'une certaine façon – la ferme de

Werner, un endroit où me noyer et oublier la notion de mouvement, les vibrations, les projections, oublier que j'en étais à compter sur le fait que quelqu'un, à un moment donné, ait pitié de moi, moi de plus en plus en vrac, sentant de plus en plus la terre ou l'animal, m'inquiétant de moins en moins de m'en inquiéter si peu.

J'ai traversé une forêt près d'une grande route jusqu'à ce que je trouve un tapis de mousse pour dormir, et je me suis souvenue que Simon avait dit que les opossums n'étaient pas autochtones en Nouvelle-Zélande, qu'ils y avaient été introduits par quelqu'un il y a très longtemps, un Européen, et comme il n'y avait pas d'animaux ici qui aiment tuer les opossums, tous ces opossums jamais tués *avaient fini par foutre en l'air tout l'écosystème* à force de manger les plantes, trop de plantes, à force d'en vouloir toujours plus et maintenant, il y en avait, *quoi ? – dix ou quinze opossums par tête de pipe en Nouvelle-Zélande ? Un truc comme ça, dingue* ; et j'ai imaginé ma douzaine d'opossums réunis autour de moi, mon public personnel, et je me suis demandé ce qui, à l'intérieur d'une personne, était autochtone ou pas, mais ce genre de chose n'est pas aussi facile à traquer à l'intérieur d'une personne qu'à l'intérieur d'un pays. J'aurais voulu pouvoir désigner un quelconque colonialiste et lui faire porter le chapeau pour tout ce qui n'était pas autochtone en moi, quiconque ou quoi que ce soit qui avait foutu en l'air mon écosystème, m'avait poussée à mal me comprendre – mais je ne pouvais en vouloir à personne pour ce qui était en moi, parce que, comme tout le monde, je suis entièrement peuplée de moi-même, ce qui m'a fait repenser, encore, à Ruby, à cette soirée de Thanksgiving sur la balançoire, ou peut-être c'était une autre soirée comme celle-là où elle avait parlé, je crois, du fait de se sentir prévisible – *Je suis asiatique alors je suis supposée être bonne en maths et sauter des classes et je l'ai fait et je suis adoptée alors je suis censée être paumée, et je le suis* – et j'avais essayé de lui dire qu'elle n'était pas prévisible, qu'elle n'était pas un cliché, qu'elle n'était pas une statistique – *Tu es une personne, Ruby, comme tout le monde* –

Oh merci, elle avait dit, *comme si j'avais vraiment envie d'être comme tout le monde, Elyria, t'es complètement à côté de la plaque. Je parle du libre arbitre* – et elle avait continué pendant un bon bout de temps à développer son argumentation à plusieurs niveaux sur la notion de libre arbitre, et la possibilité qu'aucune de nous n'en soit dotée. J'avais seize ou dix-sept ans et je n'avais pas le même genre de cerveau que Ruby et ça devenait de plus en plus évident, que mon cerveau n'était pas de taille à absorber autant d'informations que le sien, que je ne pouvais soutenir la réflexion sur le libre arbitre avec elle, que j'atteignais à peine un C en français tout en me plantant en algèbre alors qu'elle avait maîtrisé ces deux mêmes cours en un été, pendant les week-ends, elle adolescente adulte et moi adolescente enfant, et elle voulait discuter libre arbitre et je n'avais rien à dire.

C'est probablement le moment où, de ma sœur, elle est redevenue une orpheline, et peut-être que je l'ai compris à l'époque ou peut-être que je l'ai compris quelques semaines ou années plus tard, mais Ruby et moi n'étions plus deux enfants, ensemble, dans un univers parallèle, également déconcertées par nos parents et par le reste du monde – nous étions désormais dans des univers séparés et à partir de là nous n'avons plus eu que de rares moments où il semblait, pendant une seconde, qu'il y avait quelque chose entre nous qui fasse sens. Comme l'après-midi où je lui ai avoué que j'étais venue à Barnard pour la voir plus souvent, et cet autre soir où je l'ai retenue au bord – je veux pas dire précipice, mais c'était un précipice, en quelque sorte – un précipice métaphorique – où je l'ai retenue au bord de son précipice métaphorique, avant sa remise de diplômes à la fac, parce qu'elle détestait le fait que ça lui ait pris les quatre ans pour finir un triple cursus – mais ces moments tendres et complices entre nous sont devenus de plus en plus rares, ou alors j'en ai oublié quelques-uns, ou plein, ce qui est probablement le cas vu que les souvenirs sont souvent fabriqués d'une main et détruits de l'autre, et vivre est un tel moulin à faire et défaire, et nous oublions tous une telle proportion de ce dont nous pourrions nous souvenir, et le truc avec le souvenir de ces moments de complicité avec Ruby, c'est qu'ils accompagnaient en général un souvenir plus difficile, comme celui de ce Noël – ça devait être celui d'après le Thanksgiving où on avait fumé sur les balançoires. Il y avait eu un soir où nous nous étions retrouvées toutes les trois dans le coin petit-déjeuner à boire du chocolat chaud, comme si on imitait une famille plus saine et même Mère s'en était plutôt bien sortie dans le rôle de la mère (elle avait préparé le chocolat chaud, enveloppé un ou deux cadeaux, et dit sincèrement à Ruby qu'elle lui avait manqué) et puis je ne sais plus comment elle avait laissé tomber ou jeté sa tasse de chocolat et le chocolat renversé avait dû éveiller quelque chose en elle, alors sans dire un mot elle avait fait tomber une boîte de décorations de la table et quitté la pièce.

Avec Ruby nous avions balayé les éclats de verre et épongé la tache sombre et tiède, et nous avions souri par-dessus ce lac sombre et tiède mais beaucoup plus tard ce soir-là, quand nous avions trouvé Mère en train de crier *Ouvrez-moi! Ouvrez-moi!* dans un carton qu'elle avait scotché de l'intérieur, nous n'étions plus du tout amusées, et nous ne souriions plus du tout. Je suis l'enfant d'une enfant, j'ai pensé, et il est possible que je l'aie dit à Ruby qui a peut-être ri, ou peut-être que je n'ai absolument pas prononcé cette pensée. Mère a fini par se taire et a commencé à ronfler et on ne s'est pas embêtées à ouvrir la boîte parce qu'on savait combien elle détestait qu'on la réveille.

Ruby a allumé la télé et la première chose qu'on a vue c'est le générique de *La vie est belle* de Capra. On s'est regardées genre, *Ouais, mmh, pourquoi pas*, et on a dîné de fromage et de crackers en regardant le film, et on n'avait pas besoin de parler parce qu'on savait ce que l'autre pensait – c'était un de ces moments sur l'air de pas-la-peine-de-le-dire et de je-souffre-comme-tu-souffres, et nos cerveaux étaient calmes et immobiles, simplement posés là dans nos têtes et notre mère aussi était calme et immobile, posée là dans sa boîte.

Toutes les trois, j'ai pensé, *nous sommes toutes les trois orphelines.*

7

J'écris le soap-opéra et c'est tout et ça m'suffit, j'ai dit à Harriet.

C'était l'après-midi où elle avait appelé pour me dire qu'il fallait que je la rejoigne à Union Square pour qu'elle me présente Werner après sa lecture. J'aurais pu invoquer un millier de raisons de ne pas y aller (ça ne m'intéressait absolument pas de devenir ce qu'elle appelait un *écrivain sérieux*, quoi qu'elle entende par là ; je détestais la poésie ; je détestais les gens qui aimaient la poésie ou faisaient semblant d'aimer la poésie ; être dans les parages d'Harriet provoquait chez moi le même genre de malaise que regarder un doc sur les requins à la télé), mais ça n'aurait rien changé – quand Harriet prenait une décision, elle était quasiment capable de brûler une forêt pour s'assurer que ça se passe comme elle l'entendait.

Tu gâches tes meilleures années, elle avait dit. *Tout ce temps que tu passes à écrire pour les autres, tu pourrais consacrer cette énergie à ton propre travail. Dis à ton mari que tu arrêtes, que tu as besoin d'une année pour toi. Tu sais bien qu'il sera d'accord.*

Je ne sais comment elle en était venue à lire une nouvelle que j'avais publiée des années auparavant dans une revue littéraire à laquelle un prof de

Barnard l'avait soumise sans ma permission, et elle avait mis la main sur mon adresse e-mail pour me dire qu'elle était éditeur et qu'elle était intéressée par mon roman, comme si tout le monde avait un roman. Je lui avais dit que je n'avais pas de roman et que je n'en voulais pas, que j'étais dans l'équipe d'auteurs d'un soap-opéra mais Harriet est le genre de personne qui pense qu'on peut faire sortir le génie des gens par la peur et qu'ils finiront par vous remercier de l'avoir débusqué.

Comment est-ce que ça peut même vaguement te suffire ? Tu es un vrai écrivain, pas un auteur de soap-opéras.

Comment étais-je censée le prendre ? Parce qu'en fait, j'étais *vraiment* un auteur de soap-opéras, j'étais payée pour ça, et les gens suivaient les histoires comme si elles étaient vraies, et ces vies exagérées étaient plus réelles que quoi que ce soit de vraiment réel, à tel point que des magazines entiers étaient consacrés à cette imagination collective. Ça avait commencé comme un job de transition, en tant qu'assistante d'un auteur, mais quand un des producteurs avait viré la moitié de l'équipe du jour au lendemain, j'avais été promue, et j'ai commencé à aimer le fait que rien ne ressemble à quoi que ce soit de connu pour moi dans ces triangles, ces rectangles, ces octogones amoureux, dans le crier-pleurer opératique, les amants délaissés, les doubles homicides, les maladies rares soudaines, les malédictions démoniaques et toutes les sortes de vengeance. C'est Ruby qui avait le mieux résumé : *C'est ainsi qu'on sous-traite la rage.*

Je n'ai pas envie de me sentir littéraire, j'ai dit à Harriet. *Je veux juste me sentir utile.*

Écoute, tu me remercieras plus tard, crois-moi. Je pense vraiment que rencontrer Werner te fera le plus grand bien. Il a toujours le mot juste pour les écrivains qui démarrent.

Harriet, je ne démarre rien du tout. Je ne veux pas écrire un livre.

Je suis sûre que ça changera, elle a dit et j'avais envie de lui dire que non mais elle a dit, *Je te vois à 18 h 30*, et je ne suis pas le genre à m'immiscer entre quelqu'un et ses désirs.

Dans sa présentation, Harriet a dit quelque chose sur le fait que la poésie de Werner était l'invention d'une solitude radicale, la réinvention de la vie telle que nous la connaissions, et je savais que c'était ridicule mais qui ne souhaite pas qu'on réinvente la vie ? J'ai pensé que ça plairait vachement à tout le monde. L'œuvre de Werner était enseignée dans les universités, publiée dans des anthologies et dans des magazines et même chroniquée dans les journaux. Des romanciers et des cinéastes le citaient comme une influence majeure et Mère m'avait même dit que ses poèmes l'avaient fait pleurer pour la première fois depuis des années, mais je n'en avais lu qu'un ou deux et je n'avais même pas essayé d'essayer de les aimer.

Une fois la lecture terminée, Harriet avait foncé sur Werner, mon poignet dans sa main. Elle lui avait offert un rapide commentaire de la lecture, à quoi il avait haussé les épaules et répondu un truc qui s'est perdu dans le brouhaha.

Voici Elyria. Elle écrit un roman très impressionnant.

Eh bien, s'il est impressionnant avant d'être terminé il va être doublement impressionnant quand il sera fini.

Son accent – à moitié allemand, à moitié néo-zélandais – semblait appartenir à quelque lointain siècle passé.

Je suis certaine qu'il le sera, elle a dit, au moment où quelqu'un d'autre a attiré son attention, et elle s'est perdue dans le brassage des gens. Werner m'a regardée comme s'il attendait une explication.

Je n'écris pas de roman, j'ai dit. *Je n'aime pas les romans.*

Ça vaut mieux, a dit Werner. *La détresse commence avec la publication.*

Je ne suis pas ce qu'on pourrait appeler quelqu'un de spontané ; et même, je ne suis pas particulièrement à l'aise à l'oral, d'après certains, et je ne sais pas si c'est parce que Werner avait l'air tellement vieux et inoffensif ou parce qu'il m'a semblé reconnaître quelque chose en lui qui m'a bizarrement réconfortée mais j'ai parlé avec une étrange confiance, peut-être même une certaine arrogance, sans doute que j'attrapais l'arrogance de Werner comme on capte des ondes radio.

Eh bien, c'est une drôle de chose à dire après tout ce que la publication vous a apporté, non ?

Vraiment ?

Je ne sais pas.

Peut-être que la détresse commence avec tout.

Derrière moi, j'entendais Harriet parler du génie de Werner. En face de moi, je voyais bien que Werner s'en contrefoutait.

Je préférerais quand même être rentré en Nouvelle-Zélande, loin de ce nid de guêpes en béton. Les gens, en grande quantité, c'est terrible.

Les néons bourdonnaient. Les gens bourdonnaient.

J'ai toujours voulu aller en Nouvelle-Zélande, j'ai dit (et puis j'ai pensé, Ah bon ?).

Eh bien, si vous le faites, vous aurez un endroit où dormir. J'ai une chambre en plus à la ferme.

Oh, j'ai dit, et la foule nous a séparés, me laissant en tête à tête avec cette idée.

Plus tard dans la soirée, en buvant du gin avec tous les collègues du bureau d'Harriet, j'ai demandé à Werner s'il était sérieux, s'il me proposait vraiment un endroit où dormir ou s'il était juste aimable.

Je ne suis pas aimable, il a dit, *et je ne fais même pas semblant de l'être. J'ai une chambre en plus. Je ne suis pas de très bonne compagnie mais la chambre est à toi si tu la veux. Tu pourras t'occuper du jardin et on sera quittes.*

Et même s'il avait l'air sincère, je n'en soupçonnais pas moins que c'est le genre de chose que les gens disent sur le moment et dont ils se défendent agressivement plus tard pour cacher leur erreur.

Avec un regard sans expression, il a gribouillé une adresse sur un morceau de papier.

8

Seulement deux voitures et quinze minutes sont passées avant que quelqu'un s'arrête, un fourgon noir conduit par une dame ridée par le soleil avec un chapeau de paille.

En ville? elle a demandé, et j'ai sauté sur l'occasion pour ne pas prendre de décision, juste acquiescer.

En route, elle m'a posé des questions sur moi et il s'est avéré impossible de lui faire la moindre réponse honnête. Elle a demandé ce qui m'amenait en Nouvelle-Zélande et j'ai dit mon mari. Elle m'a demandé ce que faisait mon mari et j'ai répondu fermier.

En fait, il veut devenir fermier, j'ai dit. *C'est pour ça que je suis là.*

Tout pousse ici, a dit la vieille dame avec fierté. *Toutes sortes de plantes et d'autres choses. Vous avez des enfants?*

J'ai ri accidentellement, le genre de rire qui ne signifiait pas forcément qu'il y avait quelque chose de drôle.

Non.

Bon sang. Je suppose que les femmes d'aujourd'hui repoussent vraiment le moment de faire des enfants. Il faut vous y mettre. La seule raison pour laquelle je vous en parle c'est parce qu'il n'y a pas de plus grande joie dans la vie qu'une maison vide. Ne laissez pas les autres femmes vous baratiner avec cette histoire de syndrome du nid vide. La vie commence à s'arranger une fois que les enfants sont partis et plus tôt vous les faites, plus tôt ils peuvent partir.

Ah, d'accord, j'ai dit.

Ce qui est encore mieux c'est quand vous devenez enfin veuve.

La dame a commencé à rire et à rire et à rire tellement que j'ai eu envie de rire, moi aussi, alors j'ai ri, après quoi j'ai réalisé que nous riions du fait que son mari était mort, ce qui ne semblait pas si drôle, et nous avons dû y penser en même temps, car nous nous sommes toutes les deux arrêtées de rire et il y a eu ce moment de profond silence, comme après que deux personnes ont trop ri et nous avons laissé ce moment s'installer pendant le reste du trajet. Pendant ce silence, je me suis remémoré la nuit où mon mari et moi avions eu une de ces disputes à propos de nos disputes, et où j'étais allée à la cuisine pour prendre un verre d'eau mais à la place j'avais pris un couteau parce que j'avais eu l'idée de me poignarder le visage – non pas que j'envisageais vraiment de me poignarder le visage, mais j'avais pensé que ce serait l'expression physique parfaite de ce que je ressentais – et j'ai pris un couteau de cuisine, notre bon et lourd couteau de cuisine que j'utilisais pour tout, aussi bien pour couper des fruits tendres que pour empaler des citrouilles, et je l'ai regardé, j'ai eu un petit rire silencieux, j'ai reposé le couteau, je me suis servi un verre d'eau et je l'ai bu très vite, jusqu'à m'étouffer un peu, et puis je suis retournée me disputer avec mon mari, et il ne pouvait pas deviner mes idées de m'auto-poignarder le visage et cela m'a mise encore plus en colère qu'il ignore mes idées d'auto-poignardage, qu'il ne puisse pas avoir l'intuition de ces choses-là, me regarder dans les yeux et savoir que la façon dont il me parlait n'était qu'un pur gâchis de nos vies – mais ici, dans la voiture avec l'étrangère endeuillée, je n'avais plus à ressentir aucun de ces sentiments parce que j'avais quitté mon mari et nos disputes et mon couteau de cuisine, et j'étais venue dans ce pays où je pouvais rire, tout en douceur, rire en douceur de choses qui en réalité n'étaient pas vraiment drôles.

9

Il y avait eu cette soirée où mon mari m'avait regardée comme s'il n'était pas sûr qu'on se connaisse, comme si on s'était rencontrés à une fête des années auparavant et maintenant qu'on se revoyait par hasard au rayon céréales, il ne se souvenait plus bien de qui j'étais. Ce regard avait probablement à voir avec le fait que je pleurais et qu'il ne m'avait pas vue faire ça depuis le soir où on s'était rencontrés – et aussi la fois pendant notre lune de miel. Mais ce soir-là c'était différent – 18 h 30, un soir de semaine, les allées du supermarché bondées de talons claquants et de costumes froissés.

Il a dit, *Des Wheaties ?*, et j'ai ouvert la bouche pour dire, *Peu importe*, mais j'ai fondu en larmes à la place.

Elly… qu'est-ce que tu fais ? Elly… Elyria…

Il se tenait près de moi, me cachant aux yeux des autres, et j'étais contente qu'il n'essaie pas de me toucher parce que ça aurait aggravé les choses.

Elyria… ?

C'est juste – C'est rien – J'ai juste – Je pense que je suis fatiguée.

Tu es fatiguée ?

J'ai pas le droit ? Je ne suis pas une personne ? Je peux pas être fatiguée ?

Je parlais entre mes dents et tout le monde autour de nous se taisait.

Rentrons à la maison, il a dit, et nous sommes rentrés sans les courses, et il nous a préparé des pâtes en boîte avec un bocal de sauce et nous n'avons pas parlé et je me suis couchée alors qu'il n'était même pas 8 heures et mon mari s'est assis à côté du lit comme s'il allait bien et que j'étais malade et c'est comme ça que j'ai commencé à me sentir – ma maladie devenait de plus en plus vraie, grossissait, remplissait la chambre, remplissait mon corps, remplissait mon passé récent et plus ancien. Quand étais-je tombée si malade ? Avais-je toujours été comme ça ?

Tu sais bien que tu peux tout me dire, tout.

L'infime fissure au plafond m'a fait penser aux os et aux colonnes vertébrales, et comment ils finissent par lâcher, et à ce qui arrive à un corps quand il capitule face au temps – *Mieux vaut ne rien dire à ce sujet*, j'ai pensé ; j'ai roulé sur moi-même pour faire face au mur parce que je n'étais pas dingue de l'ici et maintenant, et je me suis demandé si nous étions qui nous pensions être, si nous étions vraiment mariés ou seulement dans une sorte de situation persistante l'un avec l'autre, et je me suis demandé si mon désir de me lever et de le quitter était un désir autochtone, quelque chose à quoi j'avais donné naissance, ou si ce désir était étranger, une dissidence, matière à extraction.

Mais je ne pouvais parler de rien de tout ça, alors je me suis retournée vers lui et j'ai dit : *Raconte-moi encore.*

Et il a dit, *Oh, c'est ça qui ne va pas ?*

Et j'ai dit, *Je ne sais pas.*

C'est vrai que j'avais ce besoin saisonnier, ce besoin automnal, aussi fiable que les feuilles mortes.

Elle portait une chemise bleu clair, il a dit. *Elle tenait un gobelet de café en carton. Elle a posé le gobelet sur mon bureau, son sac sur la chaise à côté, a ouvert son sac et sorti les feuillets. Elle me les a tendus. Elle m'a demandé d'y jeter un œil.*

Tu te souviens de ses chaussures ?

Les rouges. Les mêmes tennis rouges qu'elle portait tout le temps.

Et ses cheveux ? Ils étaient attachés ?

Ils étaient lâchés et pas peignés. Ils tombaient un peu sur son visage. Elle avait l'air fatigué. Elle regardait par la fenêtre derrière mon bureau pendant qu'on parlait. Nos regards ne se sont pas croisés. Elle m'a dit qu'elle repasserait prendre son papier demain.

Mais elle devait savoir qu'elle ne viendrait pas chercher son papier *demain*, à moins qu'elle n'ait pas encore pris sa décision pour *demain*, et si elle avait vraiment dit qu'elle reviendrait pour le papier *demain* peut-être que ça voulait dire que tout avait été un accident, ou est-ce que ça voulait dire qu'elle avait agi sur un coup de tête, que ce n'était pas vraiment quelque chose en quoi elle croyait, ou est-ce que ça ne voulait rien dire du tout ? Je n'ai jamais vraiment cessé de penser au fait que la personne la plus intelligente que j'aie jamais connue avait, après mûre réflexion, décidé que la vie ne valait pas le coup – qu'elle s'en tirait mieux sans – et comment étais-je censée vivre après ça ?

Au bout d'un moment mon mari a pris ma main, ce qui m'a rappelé qu'au moins il y avait ça, au moins nous avions encore des mains qui se souvenaient comment s'aimer, deux paluches de chair et d'os qui n'avaient pas compliqué leur simple amour en parlant ou en pensant ou en étant déçus ou en ayant des souvenirs. Elles tenaient et étaient tenues et c'est tout. Oh, être unc main.

Tu veux qu'on parle d'elle maintenant ?

Et il savait que je voulais dire sa mère, que c'était à son tour d'essayer de se rapprocher de la perte à laquelle il ne pouvait échapper, de ces pensées qui revenaient chaque automne juste pour mourir à nouveau pour lui, pour lui rappeler ce qui s'était passé, et l'effet que ça faisait.

Une fois elle n'est pas venue me chercher à l'école et je suis rentré à pied et quand je suis arrivé il faisait nuit et elle n'avait pas préparé le dîner mais elle a dit, Tu es en retard pour le dîner, *ce que j'ai trouvé drôle parce que j'avais neuf ans et que je ne réalisais pas à quel point elle était malade. Je lui ai dit que j'étais rentré de l'école à pied et elle m'a demandé pourquoi mon papa n'était pas passé me prendre, et j'ai dit,* Je n'ai pas de papa, tu te souviens ? *Et elle a dit,* Oh, c'est vrai, *et je lui ai demandé pourquoi elle était par terre, et elle m'a dit qu'elle était fatiguée, qu'elle était trop fatiguée pour se lever.*

Je savais ce qu'il allait dire après, mais j'écoutais toujours intensément, comme si j'essayais de mémoriser sa douleur pour pouvoir la recréer quand il serait parti ou mort ou mort et parti, parce que je pensais, à ce moment-là, que le chagrin de mon mari était ce dont j'étais vraiment tombée amoureuse, et peut-être que ce chagrin était enfermé à l'intérieur de mon mari comme dans une prison, et ceci était notre visite annuelle et donc il fallait que je me presse contre le plexiglass pour sentir le sang et la chaleur corporelle de son chagrin, il fallait que je fixe fort fort son chagrin pour me souvenir des traits de son visage, de la couleur exacte de ses yeux, un truc pour m'aider à vivre l'année à venir avec mon mari mais sans son chagrin, avec le manque de son chagrin, une version délavée, un cœur engourdi qui accueillait quelque chose, une vraie pulsation et une certaine sauvagerie, parce que mon mari avait une pulsation des plus basiques et absolument aucune sauvagerie, mais son chagrin était sauvage, sauvage et rempli de sang chaud, cette chose en colère rouge vif, et je la comprenais. Je savais qu'il était possible que je sois amoureuse de son chagrin, pas tant d'une personne que d'un trou en forme de personne.

Parfois les enfants comprennent, il a dit. *Il lui manquait quelque chose. Je ne sais pas ce qu'il lui manquait.*

Est-ce que tu savais qu'elle prenait le chemin qu'elle était en train de prendre ?

Quand j'étais petit, je savais qu'elle était en train de partir, très lentement, mais je ne savais pas ce que ça voulait dire. Seulement qu'il y avait toujours un peu moins d'elle. Chaque année, un peu plus d'elle avait disparu.

Je lui posais des questions comme ça même si ça le faisait souffrir, comme un enfant arrachant les feuilles d'une fougère.

Est-ce que tu savais que ça arriverait à Ruby ?

Non, j'ai dit, *pas vraiment. Et toi ?*

On se connaissait à peine, Elly. On ne se parlait presque jamais.

Et c'est ce qu'il disait toujours et que j'avais toujours du mal à croire – qu'il la connaissait à peine – et je pensais à Ruby et mon mari dans son bureau et qu'il avait regardé ses équations, pas son visage, et je pensais à eux dans sa salle de classe quand elle était son assistante pédagogique et qu'elle devait entendre le bruit de la craie sur le tableau, et ce bruit qui désormais me réveillait certaines nuits, et Ruby avait connu ce bruit avant moi et qu'est-ce que ça signifiait ? Qu'est-ce que ça signifiait qu'elle ait connu quelque chose que je finirais par connaître, que sa mort ait fait prendre ce virage à ma vie ? Je pensais parfois que le chagrin de mon mari s'était répandu hors de lui et dans le sang de Ruby et l'avait retournée contre elle-même, que c'était de sa faute, quelque part, si Ruby avait poussé la moustiquaire dans le foyer des femmes et s'était foutue dans le vide, mais je savais aussi (même si je ne savais peut-être pas que je le savais) qu'elle était arrivée à cette conclusion toute seule, n'empêche que j'imaginais encore quelquefois que mon mari avait envoyé un signal à la façon des chauves-souris ou des plantes, comme elles font parfois. Mon mari savait à quoi ressemblait une femme avant qu'elle ne se jette hors de ce monde, et il connaissait Ruby avant qu'elle ne se jette hors de ce monde, et je ne serai jamais capable de séparer ces deux choses.

Je voulais qu'il soit responsable de la façon dont Ruby avait disparu, et je sais que personne ne récupère ainsi ce qu'il a perdu, ni lui, ni moi, mais en même temps, je voulais qu'on me rende ce que j'avais perdu, et je ne pouvais m'arrêter de le vouloir, et si je ne pouvais la récupérer, je voulais, au moins, que quelqu'un ou quelque chose soit en tort – je voulais qu'il soit responsable de la façon dont Ruby avait disparu.

Je suis, ou nous étions (ou sommes toujours), le genre de personnes qui ne se débarrassent jamais vraiment de leurs pertes, le genre de personnes qui ne connaissent pas ce tour de magie que les autres semblent maîtriser – comment dissoudre la sensation de perte, comment se la dénouer du cerveau.

Le lendemain matin de la boîte de pâtes et du feuilletage de la perte, je suis allée à la clinique pour leur donner le sang et les infos que j'avais promis de donner. C'était pour une étude, et je ne savais pas exactement ce qu'ils cherchaient, seulement que j'avais accepté d'y participer pour rendre service à des collègues de mon mari.

Il était difficile de trouver des participants fiables, avaient-ils dit.

Des participants fiables feraient ce qui suit :

Arriver à 7 heures du matin chaque mardi à jeun, donner un tube de sang à l'infirmière, permettre au technicien du labo aux grandes mains douces de poser des électrodes, répondre à ses questions *(En quoi croyez-vous ? Quelle est votre plus grande peur ? À quoi sert l'amour ?)*, donner encore du sang, boire un liquide bleu, attendre dans une pièce plongée dans l'obscurité pendant un quart d'heure, répondre à des questions dans le noir *(Pensez-vous que la paix intérieure soit possible ? Y a-t-il une vie après la mort ? Nommez une chose que vous savez vraie.)*, donner encore du sang, manger un paquet de biscuits Graham gratuits et boire un mini-pack de jus de fruits pour ne pas tomber dans les pommes dans le métro ou sur le trottoir, rentrer chez soi, et recevoir un chèque de 90 dollars tous les vendredis.

Tandis qu'ils prenaient mon sang, j'observais le fin tube transparent virer au rouge et je le sentais devenir tiède contre mon avant-bras et je pensais au fait que mes mains et les mains de mon mari s'aimaient toujours et au fait que le reste de nos corps pendait de ces mains et j'enviais la simplicité avec laquelle ces mains pouvaient se contenter d'être ce qu'elles étaient – d'équivoques morceaux d'os et de muscles qui ne faisaient que toucher, tenir, être tenus, et recommencer. Et peut-être, j'ai pensé, si j'avais de la chance, cette étude ferait que mon sang et mon cerveau iraient mieux, seraient moins dominés par la terreur, moins bloqués sur ce qui manquait. Mais le but de cette étude était en partie que je n'en connaisse pas le but, ce qui la faisait beaucoup ressembler à tout le reste.

10

Vous avez vu ça ? a demandé la vieille dame, en penchant la tête vers deux grands immeubles blancs construits pour ressembler à un mouton et à un chien.

Oh, qu'est-ce que c'est ?

Un mouton et un chien, elle a dit.

Mais qu'est-ce qu'il y a, à l'intérieur ?

Des immeubles, elle a dit. *Ils les ont fait ressembler à des animaux. C'est drôle.*

Elle s'est arrêtée devant un café avec une enseigne qui disait L'INTERNET. Je suis sortie de la voiture et la vieille dame a dit, *Bonne chance, faites attention*, et je ne voyais pas trop à quoi pourrait me servir une bonne chance ni à quoi je pourrais faire attention, mais j'ai dit, *Merci*, parce que ça se fait.

Une femme était assise derrière une vieille machine beige tandis qu'une tonalité ronronnait et sifflait et bipait et éclatait en parasites. Elle m'a jeté un regard et m'a souri. Ils passaient de la pop d'une familiarité ambiguë, une voix féminine très très excitée chantait au bord de la syncope, à propos de quelque chose d'excitant, c'était si bon, ça serait toujours si bon. La femme fredonnait avec la musique, parfaitement satisfaite des parasites qui continuaient à siffler, du rien qui se déroulait. La quantité de patience dans ce pays – le temps qu'une personne pouvait passer à attendre, gaiement – c'était peut-être pour ça que j'étais venue. Pas pour l'isolement, mais pour être quelque part où les gens pouvaient joyeusement ne presque rien faire, la plus grande salle d'attente du monde.

Me souvenir comment me connecter à mon e-mail m'a pris un moment, et même ce que c'était que l'e-mail, ce que les mots sur l'écran signifiaient. Le nom de mon patron est apparu plusieurs fois, ce qui ne changeait rien pour moi vu que je savais que je ne travaillais plus pour lui. Il y avait quelques messages de mon mari : excuses pour ce qu'il avait bien pu faire, sommations pour des excuses de ma part, excuses pour les sommations exigeant des excuses, sommations – à nouveau – pour que je m'explique sur le sens de tout ça, que je paie ce que je lui devais, que je rembourse le temps et la vie, le mal que j'avais fait en me dérobant, je m'étais volée – j'étais à lui, disait-il, je lui appartenais, à nous, à notre avenir, est-ce que je ne comprenais pas ça ? Comment pouvais-je ne pas comprendre ça ? Qu'avais-je fait de cette compréhension ?

Le plus récent datait de quelques minutes :

Je sais que tu n'es pas chez ta mère, Elyria. Je ne voulais pas le faire mais j'ai regardé dans tes e-mails, en espérant comprendre quelque chose et, eh bien, je ne sais pas quoi dire. Appelle-moi. À n'importe quelle heure. Je ne dors presque plus de toute façon, alors tu ne me réveilleras pas…

Il y avait aussi un message en deux mots de la part de ma mère : *ça va ?*

Ces mots étaient posés là – *ça va ?* – comme si nous nous comprenions si bien que ce genre de raccourci était possible – *ça va ?* – et je savais qu'elle savait que rien n'allait, pas elle, pas moi et que nous deux, ça n'avait jamais été, et je me suis souvenue, aussi, que c'était ce qu'elle avait demandé, des années plus tôt, quand je lui avais annoncé, lors d'un déjeuner, que j'allais épouser le professeur.

Oh, ma chérie…

Et elle avait posé une main sur ma main, comme si j'étais sa chérie – *ça va ?*

Le truc principal qui n'allait pas à ce moment-là c'était sa main sur ma main, alors j'ai repris ma main et je lui ai demandé ce qu'elle voulait dire exactement, et j'ai pensé, C'est terrible qu'on doive tous être l'enfant de quelqu'un, et pourquoi y a-t-il tant de gens pour vouloir fabriquer plus de gens, tout ça pour que ça finisse dans un restaurant trop cher du centre-ville, par un mardi nuageux, à essayer de manger un œuf poché refroidi noyé dans une sauce hollandaise congelée qui ressemble à du sang jaune pâle, à parler de ce qui va ou ne va pas.

Ça paraît juste étrange. Je veux dire, le professeur de Ruby ? Son patron, quoi ? Ce garçon tout maigre avec la grande veste ? Je veux dire, bien sûr, prends-toi un premier ex-mari, pourquoi pas, mais simplement je ne trouve pas qu'il soit bien pour toi.

Et je savais qu'il était possible qu'il ne soit pas entièrement *bien* pour moi, mais je savais aussi, d'une certaine façon, que probablement personne n'était *bien* pour moi et potentiellement personne n'était bien pour personne, mais je sentais aussi, avec une sincérité atypique, que nous étions aussi bien l'un pour l'autre que deux personnes pouvaient l'être, et j'avais choisi la vie contre la mort, c'est comme ça que le professeur le disait, que depuis que sa mère était morte, chaque jour, il avait choisi de *vivre*, et j'en concluais que ça voulait dire qu'il essayait juste de faire de son mieux, qu'il essayait d'être la meilleure version de lui-même, même s'il ne pouvait pas tout le temps être cette meilleure version de lui-même, la version qui puisse s'adapter aux déceptions de la vie, et lâcher prise face aux pertes irrévocables, et rester réveillé pendant des jours entiers sans se rendormir au milieu d'une journée de travail ou au milieu d'un wagon dans le métro ou au milieu d'une phrase.

Tout va bien, j'ai dit à ma mère ce jour-là, tandis que quelqu'un emportait nos assiettes *(Terminé ?)* et elle a redit, *Oh, chérie*, et je n'étais toujours pas sa chérie et j'ai serré les dents, et elle a dit, *C'est une dépression, chérie, tu es juste déprimée. Tu as juste besoin que quelqu'un te donne quelque chose. Tu n'as pas besoin de te marier, ça ne va rien réparer, crois-moi, rien.*

Je ne cherche pas à réparer quoi que ce soit.

Oh, chérie.

Arrête de m'appeler chérie.

Il n'a plus rien à voir avec Ruby et il ne va pas la ramener.

Je ne demande pas qu'on la ramène, j'ai dit, et c'est peut-être ou peut-être pas le moment où je me suis levée, où j'ai enfilé ma veste et où Mère a dit, *Oh, je ne te comprends tout simplement pas, toi et tes humeurs, pourquoi ne peux-tu pas juste te contrôler*, ou peut-être qu'elle n'a rien dit à ce moment-là, peut-être qu'elle s'est contentée de sortir son poudrier pour se regarder et se repoudrer le nez, et je savais que c'était probablement ce qu'elle avait fait après avoir envoyé ce message d'une ligne, ce *ça va ?* Elle s'était probablement regardée dans un miroir pour vérifier que son nez était toujours à sa place sur son visage, comme d'habitude, et je ne suis pas le genre de personne qui sait quoi dire au bon moment, alors ce jour-là au restaurant je n'ai pas essayé de m'expliquer ni d'expliquer mes humeurs ou mon incapacité à *juste* me contrôler, et cet autre jour, je n'ai pas non plus écrit de réponse à son message d'une ligne, je ne lui ai pas dit si ça allait ou pas.

J'ai payé la femme pour les minutes d'internet et elle a dit, *Merci beaucoup*, et elle avait l'air de le penser plus sincèrement que la moyenne.

Il y avait une cafétéria de l'autre côté de la rue et je suis entrée et j'ai pris un box pour moi toute seule. J'ai fixé le menu et je n'ai pas pensé à mon mari. J'ai fixé le carrelage du sol et je n'ai pas pensé à où j'étais ni pourquoi j'étais là. Une serveuse est venue vers moi et je lui ai dit ce que je voulais manger, ce qui m'a soudain paru un truc vachement personnel à dire à une inconnue, les choses que vous étiez sur le point de transformer en votre corps. Elle m'a demandé si je voyageais toute seule et j'ai dit que oui et elle a dit, *Waouh, choueeette, vous êtes une petite chose courageuse, vous vous sentez pas trop seule au moins ?*, et j'ai souri avec beaucoup de douceur et je n'ai pas balancé la salière à travers le restaurant.

Au bout d'un moment, le vieux type du box d'à côté s'est penché –

Vous êtes d'où ?

Alors je lui ai dit d'où j'étais et il m'a demandé où j'allais et j'ai dit, *Le ferry pour l'île du Sud*, et il a dit, *Aujourd'hui ?* Et j'ai dit, *N'importe quand.*

Ben, il a dit, *je rentre à Taupo si vous voulez que je vous rapproche. Je fais ce trajet assez souvent et même si je suis vieux je suis encore un bon conducteur, alors ne vous inquiétez pas pour ça.*

Oh. D'accord.

La raison pour laquelle je fais autant ce trajet c'est que j'ai mis ma femme dans une maison ici pour qu'elle puisse être avec sa sœur. Ça ne lui plaît pas comme endroit, mais ça lui plaisait pas non plus de vivre avec moi. Ça lui plaît quand je viens la voir, c'est ce qu'elle dit, mais elle n'est pas très sûre de savoir qui je suis et elle ne comprend pas que je suis son mari. Si c'est pas dommage.

L'homme m'a regardée et puis s'est remis à regarder par la fenêtre. Personne n'aime être méconnaissable. Personne n'a envie d'être un étranger pour quelqu'un qui ne lui est pas étranger.

Y a pas grand-chose pour moi nulle part, il a dit, mais pas sur un ton triste. *Mon verger s'est desséché, le cerveau de ma femme a foutu le camp, mes enfants sont partis en Australie. Même mon unique petit-fils est mort. Leucémie. Un truc que j'ai jamais compris, et que je comprendrai jamais.*

Il a secoué la tête et a souri.

Mais ici c'est un chouette endroit. Bonnes tartes. Gentilles serveuses. C'est l'endroit parfait pour faire une pause sur la route de Taupo. Un très chouette endroit. Il y a encore plein de chouettes endroits comme ça, vous savez, même si plein d'autres choses ont mal tourné. Vous n'êtes pas pressée d'y arriver, à l'île du Sud, pas vrai ?

Sûrement qu'il aurait fallu une raison pour être pressée et je me rendais bien compte que je n'en avais pas, et c'était peut-être ça, peut-être que j'étais venue en Nouvelle-Zélande pour trouver une raison, dans ce pays calme où tout le monde attendait joyeusement presque rien, attendre avec eux qu'une raison me trouve ou que j'en trouve une.

On ne devrait jamais être pressé, si on peut éviter. C'est mauvais pour tout. Mauvais pour l'estomac, le foie, la peau. Particulièrement mauvais pour les articulations. Les genoux et les chevilles. C'est pas sain du tout de se dépêcher.

Au bout du compte, le vieil homme m'a emmenée jusqu'à sa maison, à la lisière de Taupo, et il m'a dit que je pouvais faire du ski nautique et du deltaplane et du kayak parce qu'il y avait un lac pas loin et que les gens faisaient ce genre de choses sur ce lac, mais je ne lui ai pas dit que je ne voulais pas skier ni planer ni yaker parce que c'était pas mon genre, que je ne vivais pas une aventure, que je n'étais pas une touriste, que j'étais juste une personne. J'ai souri et j'ai dit, *Oh, ça a l'air super*, et il a dit, *Ça l'est, c'est super et c'est un chouette endroit. Ça fait bientôt trente ans que je vis ici et c'est très chouette.*

Je me suis réveillée à 4 heures du matin le lendemain, dans la chambre d'amis qui n'était pas vraiment une chambre d'amis mais la chambre d'ado abandonnée de sa fille : couvre-lit rose, murs roses, trophées de gymnastique et une maison de poupée couverte de poussière. J'avais dormi tout habillée alors je n'ai eu qu'à me lever, à enfiler mes chaussures, à partir et à marcher le plus loin possible.

11

Marrant (ou pas marrant) que le vieil homme (tout seul dans sa ferme avec quatre chambres au bord d'un verger desséché et un garage plein de petites pièces de moteur pour l'avion qu'il n'a jamais construit) ait vu sa vie entière se lever un beau jour et s'enfuir loin de lui (ses filles dans d'autres pays, sous d'autres noms de famille, sa femme qui oubliait tout, son petit-fils dans une autre dimension, ses pommiers malades et stériles, et ses moteurs en kit rouillés), tandis que moi, à l'inverse, j'étais la chose qui tentait d'échapper à ma vie entière.

Le ciel s'éclaircissait lentement alors que j'entrais dans Taupo, passais un parking plein de bateaux, par la route qui suivait la rive est du lac, et même s'il peut m'arriver d'y repenser sur un mode romantique, la pureté de l'aube, le lever de soleil sans nuages, je sais qu'en ce moment de beauté objective, tout ce que j'avais vraiment à l'esprit c'était de savoir si j'avais eu le choix, quand il a été question de quitter mon mari et si, comme Ruby l'avait dit un jour, nous prenons des décisions basées sur des systèmes internes que nous créons sans les contrôler – et je pensais à ce professeur qui était devenu mon mari et à la sensation quand il a posé sa main sur mon épaule, une sensation qui m'avait rendue plus humaine, m'avait mise en contact avec ce que je supposais être un sentiment, et comment cette sensation avait permis que je sois détruite par le départ de Ruby parce qu'être détruit, occasionnellement, est, je pense, une part nécessaire de l'expérience humaine. Avant qu'il ne pose sa main sur mon épaule, je soupçonnais qu'il y avait quelque part en moi la réaction humaine appropriée à ce moment et après qu'il a posé sa main sur mon épaule la réaction humaine appropriée s'est montrée, évidente, et quand il a touché mon épaule, lui aussi a semblé être entré en contact avec la réalité émotionnelle qu'il avait besoin de ressentir. Nous avons tous les deux pleuré et la lumière fluorescente a teinté notre peau de bleu et je voyais, en transparence, une veine de son visage, une très fine veine sur son front rendue encore plus bleue par la lumière bleue et nous nous sommes pris la main – d'une certaine façon, ça avait du sens de tenir la main de cet étranger, comme ça n'avait jamais eu de sens de tenir la main d'aucun autre étranger –, et Mère est revenue à l'intérieur et s'est assise à côté de moi et a posé une main sur mon épaule, et il ne s'est rien passé, rien n'a changé, rien n'est allé mieux, parce qu'elle n'avait pas le même effet sur moi que ce professeur, et je ne comprenais pas pourquoi à ce moment-là, mais je me rapproche de cette compréhension aujourd'hui. Certaines personnes nous font nous sentir plus humains et d'autres personnes nous font nous sentir moins humains, c'est un fait, comme la gravité est un fait, et peut-être même qu'il y a des façons de le démontrer, mais la démonstration du fait a moins d'importance que son existence – comment un étranger peut se pointer, vous regarder, et soudain vous donner plus de signification pour vous-même et dans le monde, même si ladite signification est extrêmement fragile et n'apparaît que ponctuellement et a tendance à se balader et à s'effacer – ce qui compte c'est que parfois un sens s'impose entre deux personnes et j'ignore si c'est le hasard ou s'il y préside une sorte d'ordre, ou quelles combinaisons de gens fonctionnent le mieux et comment ou pourquoi nous trouvons ces personnes et comment les garder près de soi, et je ne sais pas si c'est le chaos ou pas le chaos mais pour moi ça ressemble au chaos alors j'imagine que oui, c'est le chaos.

Ma mère m'a regardée, son unique fille survivante, sa fille autrefois peu encline aux larmes, le visage tout humide, avec ce type au costume mal coupé, et elle lui a tendu la main en disant, *La mère de Ruby ; je suis la mère de Ruby*, et il lui a serré la main, après quoi Mère s'est levée comme si ça avait été la dernière chose qu'elle avait à faire et elle est partie, sans me dire où et je me fichais de le savoir parce que j'étais dans un état plus humain – j'avais une signification pour moi-même – j'avais une signification pour cet homme et nous avions un sens l'un pour l'autre. Nous sommes allés dans une cafétéria, essayer de manger quelque chose mais on n'a pas pu, alors on est surtout restés assis en silence et une femme venait constamment remplir nos tasses de café à ras bord et on s'est juste tenu la main, et c'était comme si nous savions quelque chose que nous ne savions pas auparavant.

Pendant ce sombre automne et l'hiver encore plus sombre qui a suivi, on a continué à prendre des cafés, on se retrouvait dans des parcs, dans des centres commerciaux ou dans des cafétérias et on se serrait longuement dans les bras et avant ça je n'étais pas le genre à vouloir serrer qui que ce soit dans mes bras, mais alors je ne pensais même plus à qui j'avais pu être ou à ce que j'avais pu faire parce que la seule chose qui avait un sens, c'était nos poitrines secouées par les larmes, pressées l'une contre l'autre, parce que quand on était ensemble on était en vie, et humain, d'une manière que nous n'avions pas atteinte ailleurs dans nos vies, et nous passions des heures assis sur un banc dans le froid des parcs jusqu'à ce que la nuit tombe, après quoi on allait manger quelque chose ensemble et nous avons fait ça un certain nombre de jours de suite, et après quelques mois nous sommes allés à son appartement pendant qu'il neigeait, et nous avons baisé comme si nos vies en dépendaient, comme si chaque vie sur la planète en dépendait, comme si le concept de mort en dépendait, comme si l'état d'être humain, et d'être en vie en général, dépendait de nous, baisant. Et ça a duré un certain temps et je suis devenue un havre-d'émotions-authentiques, une personne au grand cœur, équilibrée et épanouie, une employée fiable, une femme capable d'entrer chez un traiteur, de commander un sandwich, de le manger et de lire le journal comme une femme adulte, sans penser la phrase *Je suis une femme adulte, qui mange dans une assiette, qui lit les nouvelles*, parce que je n'étais pas observatrice de moi-même, mais j'étais un être *étant*, une personne qui est simplement au lieu d'une personne qui est *presque*.

Pendant environ un an j'ai pensé qu'il en serait toujours ainsi, que j'avais atteint un niveau d'existence plus élevé que le précédent et qu'il n'y aurait pas de marche arrière, mais j'avais tort, il y avait une marche arrière, et j'ai fait marche arrière, j'ai même fait l'aller-retour, et l'aller et le retour encore –

Parfois je pensais au sourire de mon mari et l'imaginer sourire me faisait sourire mais quelques heures plus tard je repensais à mon mari et je ne souriais plus – je pensais, *Mari, pourquoi crois-tu sourire, il n'y a rien qui prête à sourire*, et je me disais que ce n'était pas le genre de pensée que je voulais avoir, mais je *l'avais* eue, après quoi je ne pouvais plus penser à mon mari souriant parce que chaque fois que je pensais à lui, il avait ce froncement de sourcils énervé et plus tard je pensais, *Mari, s'il te plaît, souris encore*, et parfois, après un moment, la pensée de mon mari se remettait à sourire et je me disais, *Oh, super, tout va bien, nous sommes humains, nous nous aimons comme des adultes, nous sommes des adultes.* Et ça a duré un certain temps et parfois il était plus facile de garder l'image de mon mari souriant et parfois c'était plus difficile. Au fil des années j'aurais parfois pu jurer que l'existence de mon mari et que tout le bordel compliqué de sa présence dans ma vie était le truc qui allait de travers avec le fait d'être en vie et que si seulement je m'extirpais de lui, tout recommencerait à avoir un sens, comme quand nous étions nouveaux l'un pour l'autre. S'il ne faisait plus partie de ma vie alors le fait qu'il ne fasse plus partie de ma vie serait *nouveau*, et peut-être que c'était la nouveauté qui m'avait permis d'avoir un sens pour moi-même – pas lui, un autre humain, faillible et cassable et incapable de procurer la rédemption – parce que c'est bien le problème : les gens ne peuvent pas vraiment racheter d'autres gens, et je ne sais pas ce qui rachète les gens, ce qui garde les gens bons, ce qui maintient les gens dans la partie significative de l'expérience d'être un humain et non dans la partie absurde, malade, celle des yacks qu'on possède tous – parce qu'on en possède tous, et il y a une partie du cerveau humain qui ne peut simplement pas supporter d'être, qui ne sait pas se tenir droite, qui ne sait pas vous regarder dans les yeux, qui ne peut pas supporter le passage du temps, qui ne peut pas manger un sandwich sur une assiette, qui ne peut pas lire le journal, qui ne peut pas s'habiller et aller quelque part, se marier, regarder la même personne tous les jours, et être regardée par la même personne tous les jours sans avoir envie de lui faire avaler une toute petite bombe, et de déclencher cette toute petite bombe, et de faire disparaître l'autre, revenir en arrière et n'avoir jamais approché cet homme qui vous regarde et vit avec vous, qui est si heureux d'aimer et d'être aimé, et il y a toujours des moments où, tous, nous voulons nous barrer comme si rien n'était jamais arrivé.

Est-ce que tout le monde sur la planète, ou au moins tout le monde sur la planète appelée moi, n'est pas coincé entre deux impulsions : le désir de disparaître comme si rien n'était jamais arrivé et le désir d'être une bonne personne amoureuse, aimante, aimée, qui ait un sens, qui aille juste bien ? Je veux être cette personne, une portion de personne respectable mais je voudrais aussi n'avoir rien à voir avec le fait d'être une personne, parce qu'être une personne c'est être cassable, c'est savoir que tu vas casser, incessamment, à tout moment, et peut-être pas simplement à tout moment, mais précisément à ce moment-ci, cette minute, un avion pourrait tomber du ciel et t'écraser, ou le bâtiment dans lequel tu te trouves pourrait simplement s'effondrer et te tuer ou tuer la personne que tu aimes – et aimer quelqu'un c'est savoir qu'un jour ou l'autre il te faudra voir cette personne souffrir à moins que ce soit toi d'abord, aimer quelqu'un signifie que tu vas certainement perdre cet amour à cause de quelque chose de lent, comme l'ennui, ou une haine purulente, ou à cause de quelque chose de rapide au contraire, comme un accident de voiture ou une catastrophe improbable ou une bactérie bouffeuse de chair – et qui saura d'où c'est venu, cette bactérie bouffeuse de chair, un si beau garçon, quelle tristesse – et ton yack, notre yack à chacun, veut juste en finir, ne supporte plus la tension que ça représente de se balader dans le monde comme si nous allions nous balader dans le monde pour toujours, parce que non, parce que voilà un cancer, une maladie, une voix dans ta tête qui veut que tu sautes par la fenêtre, quelqu'un avec un flingue, une catastrophe improbable, un paquet de bactéries bouffeuses de chair déchaînées qui vont commencer par ton visage.

Mais mon mari avant qu'il ne soit Mari, être près de lui, pendant un temps, m'avait fait oublier mon yack. Nous marchions dans la ville en nous tenant par la main et nous passions pas mal de temps à nous renvoyer nos sourires et souvent nous nous embrassions, et c'était comme un médoc trop fort pour exister légalement en dehors d'un corps, et puis il y a eu cette nuit où le professeur qui devint mon mari m'a souri dans le noir et je voyais le pâle éclat de ses dents blanches, et j'ai pensé que rien ne serait jamais aussi bon que de voir ce pâle éclat de ses dents blanches dans le noir de cette nuit après que nous avons décidé de nous marier, et pendant au moins quelques minutes ça a parfaitement fait sens, et j'ai bien cru qu'il m'avait rachetée, et d'une certaine manière, c'était le cas – mais j'ignore pourquoi les yacks ont continué à revenir, avec le poids de leur colère, faisant disparaître tous ces sentiments tendres, humains, ouverts, sincères et équilibrés, ils ont disparu – pourquoi ont-ils disparu ? – j'aimerais qu'ils ne disparaissent pas et j'aimerais redevenir, ou revenir au *sentiment* d'être rachetée par lui, par le pâle éclat de ses dents blanches dans le noir, par le frottement de nos peaux – *À quoi tu penses ?* m'a-t-il demandé cette nuit-là avec ses dents, et j'ai pensé à ce à quoi je pensais, et j'ai craint de m'éloigner de l'endroit où j'avais un sens, mais je me suis accrochée fermement à ce sens et j'ai dit, *Oh à rien, juste à combien je t'aime*, et j'ai crispé mes doigts de pied sous les draps et je me suis intimé l'ordre d'être une femme qui vit normalement, aimée et aimante – et je me suis dit que je pouvais être cette femme – n'est-ce pas ? *N'est-ce pas ?*

12

Après Taupo et quelques voitures, je suis arrivée à Wellington et je suis allée jusqu'au terminal des ferries et je l'ai fixé longuement. Je me suis souvenue de ce que quelqu'un avait dit un jour à propos du voyage ; que parfois le corps arrive quelque part trop vite pour l'âme et que l'âme ne bouge pas vraiment son joli petit cul pour rejoindre le corps, parce que l'âme n'est pas amie-amie avec le corps mais, quoi qu'il en soit, sans l'âme le corps est un animal solitaire, alors j'ai pensé, Il est peut-être temps pour moi de rester tout à fait immobile en attendant l'âme, et je me rendais compte du côté mélodramatique du truc mais j'ai décidé de m'en foutre parce qu'après tout, c'était quelqu'un d'autre qui l'avait dit en premier, même si je ne me souvenais pas bien qui, il me semble que c'était quelqu'un de très âgé ou d'Européen ou les deux – quelqu'un à qui on pouvait, en quelque sorte, faire confiance.

J'ai marché jusqu'à une auberge de jeunesse et j'ai voulu payer ma chambre par carte mais la fille de la réception a eu l'air gêné quand la carte n'est pas passée pour la troisième fois – *Oh, c'est sûrement de ma faute* – alors j'ai payé avec un des traveller's chèques que j'avais emportés pour me donner une fausse impression de maîtriser la situation. Je n'avais que quelques centaines de dollars en traveller's, parce qu'une fausse impression de maîtriser la situation ne coûte que quelques centaines de dollars. J'ai laissé mon sac à dos dans ma chambre et je suis allée marcher dans la ville, j'ai longé un musée, je suis passée devant une banque, une bibliothèque avec de larges fenêtres. Des gens sérieux se mouvaient alentour, à la recherche de choses sérieuses.

Je suis entrée dans un pub presque vide où le barman essuyait le comptoir, penché sur ses bras pliés, un tourbillon de cheveux noirs sur la tête comme une caricature de mécanicien dans un passé imaginaire. Il avait l'air de prendre son pied à être lui-même, d'une morbidité *in*, nostalgique d'un temps où il serait mort. Au bout du bar se tenait une femme de mon âge ou peut-être plus jeune. À partir de la taille, elle était frêle et pâle, mais ses jambes étaient deux rondins géants et musclés – proportionnellement absurdes, et j'ai imaginé l'emmener dans un parc où elle pourrait s'allonger par terre pour que je fasse une sieste sur ses jambes, épais matelas. C'était une envie étrange, le réconfort asexué d'un corps étranger, mais ses jambes avaient l'air aussi longues qu'une porte, et l'une était pliée près de sa poitrine, l'autre ballait dans le vide comme si toute cette quantité de jambe était trop pour elle et il y avait quelque chose de réconfortant dans ce surplus et je me sentais en rade de réconfort, en rade de toute chose confortable. Un homme au cou gonflé fixait la fille comme un chien fixe un steak.

De près, le visage du barman avait quelque chose d'enfantin et de douloureux, à tel point qu'en le regardant j'ai eu la sensation d'être sa mère, c'était insupportable de le voir si malheureux après tout ce que j'avais traversé pour le mettre au monde. Pas très opportun comme sentiment quand tout ce que je voulais c'était lui commander une bière et un sandwich. J'ai choisi un tabouret qui tournait le dos à la fille, j'ai repoussé mes sentiments bizarres assez longtemps pour passer ma commande, et j'ai sorti un bouquin pour éviter de regarder le barman, et tout en lisant j'ai rêvassé : il me demandait de lire à haute voix pour lui et dans ma rêvasserie, je l'ai fait. Au début, il riait aux bons endroits, il comprenait la silencieuse tragédie de *Mrs. Bridge*, et j'ai commencé à me dire qu'il possédait l'exact mélange de tristesse et d'insatisfaction à l'égard de la vie pour être quelqu'un avec qui je pourrais m'entendre. Dans ma rêverie, le barman souriait et nos regards se croisaient confortablement de temps à autre tandis que je lisais, et puis mon fantasme a mal tourné, il n'a plus ri à aucun moment drôle, a complètement cessé de réagir. Il cherchait quelqu'un à qui servir une bière et semblait consterné de ne trouver personne. Ses soupirs étaient visibles. Il faisait craquer ses doigts.

Oh, ce chapitre ne passe pas aussi bien à l'oral, j'ai dit dans mon demi-rêve. *Je vais en lire un autre.*

J'ai avancé jusqu'à la scène où Mrs. Bridge tente d'apprendre l'espagnol avec un disque, mais j'ai foiré la prononciation et il a dû me corriger.

C'est Cómo está usted.

Cómo está usted ?

Non. Cómo está usted.

Je ne suis qu'une Américaine idiote, j'ai pensé dans les pensées de mon fantasme tout en lisant *Mrs. Bridge*, tandis que le barman imaginaire essuyait le bar avec une serviette blanche en s'éloignant. Dans mon rêve j'ai décidé de faire l'effort de parler d'une manière plus agréable à écouter, et de choisir un passage plus adapté au barman : le moment où Mrs. Bridge, manquant de sommeil, lutte contre une impression grandissante d'irréalité et de désespoir.

Il avait le sentiment que tout n'était pas en ordre, et elle attendit dans l'espoir profond d'un signe nouveau, intensément attentive, mais tout ce qu'elle entendit avant de s'endormir fut le familier carillon de la pendule.

(Le barman imaginaire s'est remis à essuyer le bar, revenant vers moi.)

Le lendemain matin Lois Mongomery téléphona pour dire que Grace Barron s'était suicidée.

(Et il était visiblement satisfait du soudain retournement sinistre, et j'ai su que j'avais trouvé un moyen de capter son attention, même si je ne voyais pas trop quoi en faire, de son attention.)

Dans les jours qui suivirent Mrs. Bridge tenta d'effacer l'événement. Son raisonnement était qu'il n'y avait rien à gagner à en parler ; par conséquent elle écrivit à Ruth que le doute subsistait quant à ce qui avait causé la mort de Mrs. Barron mais qu'on présumait qu'elle avait accidentellement mangé de la salade de thon qui avait passé la nuit hors du réfrigérateur et avait été contaminée, et c'est ce qu'elle dit à Douglas et à Caroline.

(Le barman imaginaire écoutait toujours et dans mes pensées j'ai pensé, tout en lisant, que peut-être, dans une autre dimension, ce barman *était* mon enfant et que, dans cette autre dimension, c'était notre histoire du soir, au milieu du jour, au milieu d'un bar, au milieu de ma tête.)

Elle avait d'abord repensé à un après-midi sur la Plaza, quand elle et Grace Barron se cherchaient une occupation pour passer le temps, et Grace avait dit, un peu triste, "Vous êtes-vous déjà sentie comme ces gens dans les contes de Grimm – ceux qui étaient tout évidés dans le dos ?"

L'idée de mon histoire du soir dans un univers alternatif s'est dissoute et j'ai laissé l'argent sur le comptoir, je me suis levée, je me suis refusé un dernier regard à la femme qui possédait les jambes, et je suis partie errer, d'abord jusqu'à la bibliothèque, où un e-mail de mon mari m'a informée qu'il avait annulé toutes mes cartes de crédit et clôturé mon compte en banque, ce qui expliquait tout, alors je suis retournée à l'auberge de jeunesse et j'ai compté l'argent qu'il me restait : 200 dollars US en traveller's chèques, 27 dollars néo-zélandais, 38 cents néo-zélandais et un nickel américain. J'ai réfléchi à tout ça, me suis souvenue que lorsqu'il avait pris en main toutes nos finances après le mariage, je n'avais étrangement envisagé aucune des façons dont cela pourrait devenir un problème, puis je me suis allongée sur la couchette du lit superposé et j'ai vu que sous le matelas au-dessus du mien, quelqu'un avait écrit CET ENDROIT CRAINT.

13

Au matin j'ai rendu ma clé à l'auberge de jeunesse et j'ai lentement descendu la rue. Trois Japonaises posaient devant une boîte aux lettres ; l'une d'entre elles faisait semblant d'embrasser la boîte tandis qu'une quatrième prenait la photo avec son téléphone. Je suis entrée dans une librairie, avec la vague intention d'acheter un livre pour ne plus avoir à lire *Mrs. Bridge*, quand j'ai remarqué une affichette sur la porte :

De Quoi Avez-Vous Besoin ? Un Endroit Pour Vivre ? Un Boulot ? Un Conseil ?

En plus petit, les questions se poursuivaient :

Avez-Vous Besoin De Savoir Quelque Chose ? Avez-Vous Besoin De Connaître Quelqu'Un ? Êtes-Vous Dans L'Errance ? Et Si Vous Aviez Un Endroit Pour Vivre ? Êtes-Vous Quelque Part En Train De Lire Une Annonce Et De Vous Dire, Oui, Ça Parle De Moi ? Certaines Personnes Ont Besoin De Donner ; Connaissez-Vous Quelqu'Un Comme Ça ? Aimeriez-Vous Ça ?

Il y avait un nom, Dillon, et un numéro. Pendant un moment je me suis demandé pourquoi il avait mis des majuscules à tous les mots sur son annonce, puis j'ai mémorisé le numéro, quitté la librairie, trouvé une cabine, et appelé.

Dillon à l'appareil, puis-je vous aider ?, a-t-il dit au bout d'une seule sonnerie.

J'ai vu votre annonce.

Et que souhaitez-vous me dire ?

Je suis en voyage et j'ai besoin de gagner de l'argent.

Saviez-vous que personne n'appelle jamais ?

Non, je ne le savais pas.

Vous rendez-vous compte que personne ne veut jamais demander de l'aide ?

Eh bien, j'ai dit, en me demandant si c'était ce que j'étais en train de faire – demander de l'aide. C'était censé être un premier pas, une sorte de progrès, dans la direction pour devenir une meilleure personne, avec moins de problèmes. Ou, attends – est-ce que c'était pas plutôt admettre que j'avais un problème ? Mais est-ce que tout le monde n'a pas de problèmes ? Est-ce que se lever le matin, boire un verre d'eau ou déjeuner, ce n'est pas déjà admettre qu'on a un problème ? Il y a eu un long silence. Je me suis rendu compte que je m'étais tue au milieu d'une phrase.

Vous avez un stylo ? Vous pouvez noter une adresse ?

J'étais contente qu'il m'ait laissée rester un peu dans mon autre monde, où les phrases n'ont pas de fin.

Le quartier que j'ai traversé en allant chez Dillon donnait l'impression que de gentilles familles vivaient dans les maisons, comme s'il y avait toujours une femme en train de cuisiner dans chacune d'elles, et toutes ces jolies maisons me rappelaient une histoire que j'avais entendue à propos d'une femme qui en avait eu assez de ses enfants : un matin, après le départ de son mari, elle avait habillé les enfants, un petit garçon et deux très petites jumelles, et elle les avait installés dans le mini-van et conduits jusqu'au commissariat, elle avait sorti les enfants du mini-van et leur avait dit de se donner la main et de ne pas parler, quoi qu'il arrive, pas un mot, et elle avait guidé les enfants jusqu'à l'intérieur du poste de police et elle avait dit à un vieil homme à l'accueil, *Ces enfants – j'ai trouvé ces enfants. Je ne sais pas à qui ils appartiennent, ni où les emmener*, et elle s'était retournée, était sortie, était montée dans son mini-van, avait conduit jusqu'à chez elle et avait fait une sieste et quand son mari était rentré le soir et avait dit, *Chérie, où sont les enfants*, elle avait répondu, *Quels enfants ?* Le mari avait déclaré qu'il avait vu dans ses yeux qu'elle s'était levée et avait pris congé d'elle-même, et n'était-ce pas la pire façon de partir ? Personne ne peut admettre que quelqu'un parte comme ça et je savais que je ne voulais jamais partir comme ça. Je ne me souviens pas bien de la fin de l'histoire mais je pense que d'une manière ou d'une autre il était question du mari se rendant à la police pour récupérer ses enfants et découvrir qu'ils n'avaient pas prononcé un mot de toute la journée.

La maison de Dillon s'affalait en haut d'une colline.

Bienvenue, a crié quelqu'un tandis que je la regardais fixement.

Impossible de déterminer qui avait crié. Je me suis même retournée pour voir si ça venait de derrière moi.

Par ici, a précisé la même voix.

J'ai regardé vers ce que j'imaginais être *ici*, et puis vers ailleurs, mais je n'ai vu personne.

Bonjour ?

Montez donc, a dit quelqu'un et je n'aurais pas su dire si c'était la même voix ou une autre. Un arbre a frissonné et un homme en a surgi dans un saut qui était une sorte de chute, et il a atterri sur un balcon de bois au deuxième étage de la maison. Il a ouvert la porte du balcon, est entré et ressorti de l'autre côté, au sommet des escaliers que je montais.

Êtes-vous la lectrice de mon annonce ?

Oui, j'ai dit, en le regrettant de chaque particule de mon être. Trois ou quatre dreadlocks poursuivaient l'arrière de sa tête mais le reste de ses cheveux étaient courts, d'un noir de cirage. Un anneau d'argent pendait d'une de ses narines, et la façon dont son corps était assemblé suggérait qu'il devait lui être aisé de déplacer un gros meuble lourd à lui tout seul.

Êtes-vous une voyageuse dans le besoin ?

Je suppose ?

Vous supposez ? Ah ! Vous êtes super, vous. Vous êtes un super-spécimen. Très bien, hop hop hop, montez, jeune lapine !

En y repensant je réalise que j'aurais dû prétendre m'être trompée de maison, ne pas être la bonne voyageuse, et pourtant, pour une raison qui m'échappe, hop hop hop. Dans le salon, une fille en robe de chambre et un garçon indien discutaient de la tristesse d'une certaine catégorie d'arachnides, celles qui portent un poison qu'elles ne peuvent pas utiliser. Le garçon était petit, fin, semblait avoir quinze ans à peine. Il portait une longue tunique bronze, bordée de broderies jaunes. Il hochait la tête et souriait et parlait lentement, intensément, comme s'il était l'incarnation d'un dieu ou d'un saint. Il y avait là d'autres gens – Sia, l'Italienne qui avait une si petite voix qu'elle semblait chuchoter du nombril, et Gian, qui ne soufflait mot, et Marco qui en disait trop, et une Britannique, qui gardait un sac à dos verrouillé dans un coin, même quand elle se douchait ou préparait le dîner ou racontait combien elle se sentait en sécurité en Nouvelle-Zélande, à la différence des autres endroits qu'elle avait visités où des choses affreuses étaient arrivées.

Cette nuit-là, j'ai regardé la seule photo que j'avais de mon mari. Une photo de lui bébé, dans les bras de sa mère, petit morceau froissé et gras de ce qu'il finirait par devenir, sa petite bouche béante, et sa mère avait l'air désemparée, comme prise entre deux feux – le reste de la famille debout derrière eux, une collection de nez, d'yeux, de peaux et de cheveux identiques, comme un papier peint. Et en regardant la version bébé de mon mari, j'ai pris la décision de ne plus rappeler la version actuelle de mon mari. J'avais téléphoné plus tôt ce jour-là depuis une cabine près de la maison de Dillon, mais quand il avait décroché, il m'avait juste remerciée d'avoir appelé et demandé de ne plus le faire.

Je lui avais dit qu'on était déjà demain là où j'étais et il avait dit que oui, il le savait.

Il faut que j'y aille, il a dit, *mais tu pourrais peut-être rappeler. Nous devrions parler. On devrait essayer d'arranger cette situation, quelle qu'elle soit. C'est étrange pour moi de ne pas avoir eu de tes nouvelles, mais c'est tout aussi étrange de te parler. En fait non, ne rappelle pas. Je ne pense pas que ce soit une bonne idée.*

D'accord, j'ai dit.

C'est mieux comme ça, il vaut mieux qu'on ne se parle plus jusqu'à ce que tu m'appelles pour me dire que tu rentres.

Le calme dans sa voix n'était pas du tout convaincant et après avoir raccroché j'ai imaginé qu'il me disait avoir persuadé les responsables de l'étude scientifique de lui confier les informations qu'ils avaient obtenues sur moi – les images de mon cerveau, mes réponses, mes données – et j'ai imaginé mon mari disant cela comme s'il m'annonçait une promotion au travail ou sa part de victoire inespérée dans le procès d'une action de groupe, et en retournant vers la maison de Dillon je me suis demandé si peut-être, je n'avais pas juste imaginé que mon mari m'avait dit ça mais peut-être qu'il m'avait *vraiment* dit ça, l'avait vraiment fait, et même si je pouvais comprendre que l'angoisse pousse mon mari à aller aussi loin pour découvrir ce qui, précisément, n'allait pas chez moi, ce n'était pas très agréable à entendre, ou à imaginer entendre, et la petite vibration de colère qui sous-tendait tout ce que mon mari avait dit m'a rappelé combien les sentiments pouvaient être injustes, comment nos sentiments s'étaient recroquevillés et éloignés de nous, nous avaient laissés réduits à nous regarder comme des étrangers.

Des heures plus tard, en m'endormant par terre, je n'arrivais pas bien à décrypter la différence entre ce que j'avais imaginé et ce qu'il avait vraiment dit, et j'ai à nouveau regardé la photo de mon mari, le bébé-lui, le lui qu'il avait été bien avant qu'on se rencontre, avant même que je ne sois moi-même née, et je me suis souvenue de ce matin où il m'avait dit que j'avais perdu la tête.

D'accord, j'avais dit. *Tu as probablement raison. Tu veux du thé ?*

Les choses avec lesquelles j'étais le plus en désaccord étaient en général les plus catégoriquement vraies, et je voulais voir ce qui se passerait si je me contentais d'être d'accord. Peut-être que si j'approuvais, il aurait forcément tort et peut-être que c'était l'astuce dans ce mariage avec mon mari : donner mon accord.

Pendant un chouette petit moment, j'ai cru avoir découvert quelque chose, et puis mon mari m'a demandé si j'étais consciente d'avoir perdu la tête ou si c'était quelque chose que je parvenais à ignorer. Je n'aurais pas su dire s'il plaisantait. Il n'a jamais été un grand blagueur.

Tu sais quoi, je pense que je vais plutôt faire du café, j'ai dit. *Tu en voudras ?*

C'est un problème que j'ai toujours eu – faire les trucs domestiques que je n'avais pas vraiment envie de faire, mais j'ai toujours eu l'impression que si je ne les faisais pas, ces choses ne seraient jamais faites.

Je te pose une question, il a dit. *C'est une question importante. Et c'est important pour moi que tu y réfléchisses, que tu penses à ma question.*

D'accord, j'ai dit. *Tu as raison.*

Je savais comment il aimait son café, noir et tiède, alors je lui en ai versé une tasse et j'ai laissé tomber un glaçon dedans.

Par terre chez Dillon, j'ai essayé de m'endormir en pensant à des glaçons qui fondaient dans le café brûlant et j'ai pensé à des animaux sauvages bouffant de plus petits animaux sauvages, et je me suis souvenue de ce que l'infirmière avait dit à propos des éprouvettes de sang, qu'elles finissaient toutes dans un endroit sûr, et je me suis demandé si mon mari aurait vraiment pu, dans la vraie vie, parler aux neuroscientifiques de l'étude, et je savais que je ne voulais pas que mon mari entre en possession de toutes les données sur mon sang et mon cerveau, parce que cela lui donnerait un avantage injuste supplémentaire. Je me suis dit qu'évidemment, les neuroscientifiques ne lui avaient rien dit, qu'ils étaient dignes de confiance, qu'ils honoraient leur part du contrat, et je me suis souvenue du technicien du labo, le grand brun aux grandes mains douces qui avait étalé la gelée glacée sur mon crâne et qui avait glissé les électrodes dans mes cheveux, tout en douceur, comme si j'étais une enfant, et j'ai pensé qu'il ne me ferait jamais de mal, la gelée glacée sur ses doigts, sa main bienveillante sur mon épaule. En m'endormant ce soir-là sur un parquet étranger, cela n'avait plus d'importance, ce que je craignais ou imaginais que mon mari savait ou disait qu'il savait, parce qu'il y avait tellement de choses en moi qu'il ne pourrait jamais savoir et parce qu'il n'en saurait jamais assez sur moi, et je n'en étais pas tout à fait sûre en fait mais, *m'en fiche*, j'ai murmuré, à personne, à mon mari, à moi-même, moi s'en fiche, moi m'en fiche, m'en fiche m'en fiche.

14

Jaye était aussi intérimaire que moi – service rendu à Bill, le propriétaire de l'entreprise de restauration, qui lui pinçait les fesses et l'appelait l'hôtesse de l'air transsexuelle la plus sexy de Wellington, ce qui amenait à se demander combien il y avait d'hôtesses de l'air transsexuelles présentement à Wellington. Au bout de quelques semaines de ce petit boulot pour un traiteur que Dillon m'avait aidée à trouver, Jaye était la seule personne avec qui j'avais parlé au-delà du d'où-tu-viens-où-tu-vas des échanges à la va-vite. Les marginaux se reconnaissent, je suppose, même si pour l'essentiel, elle m'expliquait surtout combien être trans' ne faisait pas de toi une marginale à Wellington parce que tout le monde ici est si accueillant et si tolérant et si formidable, et que *personne* ne parle mal à *personne* et même, si quelqu'un essayait vraiment de commencer à dire des conneries ou à mal se comporter, il y avait toujours une autre personne qui l'envoyait chier pour avoir ne serait-ce qu'essayé de. C'est ce que m'a dit Jaye. Moi je n'ai jamais entendu personne dire des conneries ni vu personne s'en prendre à quelqu'un parce qu'il disait des conneries ou essayait de.

Une dame en robe longue a désigné mon plateau. *Qu'est-ce que c'est ?*

Aucune idée, j'ai dit, avec le sourire du Chat de Cheshire qui aurait descendu une bouteille de champagne volée dans un placard à balais.

Quelle effrontée, elle a dit, sa voix frisant un peu.

Quelqu'un d'autre m'a demandé, *C'est végétarien ? Y a du gluten ? Je suis sans gluten.*

C'est tout du poison, j'ai dit. *L'hôtesse essaie de vous empoisonner.*

Je m'attendais à ce que quelqu'un dénonce mon insolence mais non. Les robes pailletées se marraient, les boutons de manchettes me glissaient des cartes de visite, et à la fin j'étais invitée à leurs *afters* parce qu'il y a un certain type de gens qui, si vous les insultez, pensent que vous possédez un truc qu'il leur faut.

Il y aura plein d'hommes puissants, la plupart au moins partiellement célibataires, me dit une femme avec trop de dents en gribouillant une adresse sur une serviette humide. *Compris ?* Un lutteur sumo sculpté dans la glace fondait derrière elle, salué par une douzaine de gambas trempées.

Deux fois par heure, Jaye m'attirait dans le placard à balais, et on buvait un coup directement à la bouteille qu'on avait chourée, et on grignotait les hors-d'œuvre trop moches pour être proposés aux invités. Jaye me racontait tous les potins qu'elle avait entendus pendant la fête, la troisième femme de l'un qui portait la même robe que la première ex-femme et le second mari de l'ex-femme qui avait une aventure avec la sœur du premier mari de l'ex-femme et ça m'a rappelé les soaps, tout ce foin inutile, toujours la même histoire de qui a baisé qui, ou veut, ou ne veut plus, ou qui va se faire baiser ou s'est déjà fait baiser.

Jaye a dit qu'elle savait que j'avais des secrets –

Je sais reconnaître l'odeur d'un bon secret, mon ours en sucre, rien ne m'échappe. Tu fuis quelque chose, il s'agit juste de savoir quoi. Crache le morceau – un amant ? Des problèmes d'argent ? T'as chopé ton homme avec une salope ?

Je ne sais pas, j'ai dit. *Il fallait que je parte, alors je suis partie. C'est tout.*

Jaye a dit, *Les salopes ne jugent pas chérie. Une vraie salope ne juge jamais.* Elle a fait la moue pendant une seconde, et n'a rien dit parce qu'elle était de la plus pure race des pures salopes. Ses mains ont fait une fleur sous mon visage comme un berceau.

Il ne sait pas où tu es, n'est-ce pas ?

J'ai pris une gorgée de champagne, j'ai essayé de sourire et j'ai échoué.

J'en vois tout le temps, en vol, des gens comme toi. On les repère à la vitesse à laquelle ils descendent les petites bouteilles de vin, ceux qui commandent une double tequila à mi-parcours. On a une tache rang sept, *disent les filles. Quelqu'un a renversé son verre, tu vois ?*

Jaye riait et s'excusait de rire.

J'ai laissé un mot pour dire que j'allais chez ma mère. J'ai pas dit pourquoi.

Question idiote : pourquoi tu ne le quittes pas ce mec, tout simplement ? Je veux dire, le quitter pour de bon, pas seulement le pays où il est.

Il y a quelque chose qui cloche chez moi, j'ai dit, le sourire distendu, ivre de champagne.

Ce que je voulais dire c'est que j'avais conscience qu'il faudrait que je fasse quelque chose que je ne savais pas faire, c'est-à-dire partir comme une adulte, comme une grande personne, énoncer le problème, remplir les papiers, faire tous ces trucs d'adultes, mais je savais aussi que ce n'était pas tout le problème, que je ne voulais pas seulement divorcer de mon mari, mais divorcer de tout, de ma propre histoire ; j'étais poussée par des courants, par des choses invisibles, souvenirs et inventions et peurs tourbillonnant ensemble – c'était le genre de truc que tu ne comprends que des années plus tard, pas le genre de truc que tu peux expliquer à une quasi-étrangère dans un placard à balais, alors que t'es à peu près saoule, que tu ignores à peu près où tu es et ce que tu fais là, ou pourquoi certaines personnes reconnaissent l'odeur des secrets.

Il n'y a rien qui cloche chez toi, chaton, a dit Jaye et je savais qu'elle le pensait, mais elle n'était pas au courant pour le yack qui habitait en moi et qui me soufflait de quitter cet appartement parfaitement agréable et ce boulot, ces habitudes, ce mari parfaitement convenables, lequel mari n'avait objectivement rien fait d'absolument affreux – et je sentais que le yack avait raison et je ne savais pas pourquoi et même si le yack n'est pas le genre d'animal qui attaque, il peut envoyer son poids bestial et ses gros os contre n'importe quel attaquant ou lui barrer la route, alors j'en tenais compte aussi. Il ne faut jamais provoquer ou désobéir au yack, c'est pourquoi j'étais partie, et il semblait que le yack était précisément ce qui clochait chez moi mais je n'étais pas tout à fait sûre de ce qui clochait chez le yack.

15

Jaye m'avait dit où aller et à quelle heure y être, alors j'ai fait comme elle a dit. Je suis arrivée en avance et j'ai attendu vingt minutes et puis elle a éclaboussé le parc : hauts talons dorés, collier emberlificoté, bracelets, boucles d'oreilles, mini-robe violette remontant sur ses bas.

Hello ma poupée soleil adorée !

Salut Jaye.

Alors, dernier jour à Welly, ma petite globe-trotteuse. J'espère que tu n'oublieras pas les petites gens de Wellywood.

Elle m'a claqué une bise sur chaque joue.

Je lui souriais bêtement et elle a continué à parler, à me dire tout ce qu'on avait à faire et à voir pendant les quelques heures avant le départ de mon ferry. Nous sommes entrées dans une boulangerie au sol carrelé de toutes petites tomettes blanches, avec un ventilateur au plafond qui bougeait à peine.

Cet endroit est tenu par une bande de folles et de tantes, ils font le meilleur gâteau à l'abricot du putain de monde entier. Rien qu'à l'odeur tu prends un millier de kilos.

Elle a commandé un gâteau à l'abricot et une drag-queen le lui a tendu, enveloppé dans du papier sulfurisé rose fluo. Elle en croquait d'énormes bouchées tandis qu'on descendait la rue, son maquillage tout barbouillé de miettes.

C'est là que j'ai décidé que j'étais amoureuse de Jaye – pas d'un amour romantique ou amical ou sexuel, une autre sorte d'amour à la fois propre et simple et inoffensif. Un amour constitué d'un bruit inaudible, comme le bruit de ces sifflets que seuls les chiens entendent, ou de ces petits trucs en plastique que les gens posent sur leur voiture pour que les biches les entendent et s'éloignent de la route. On ne peut rien faire contre le bruit inaudible. Il est là, c'est tout.

Et tu vas où après ?

Golden Bay. À la ferme de ce poète.

Pince-moi je rêve.

Quoi ?

C'est juste que – tu sais, la vie à la ferme n'a rien de plus que la vie en ville. Les touristes viennent toujours ici pour se branler sur la nature – oh c'est si beau, oh, y a pas de pollution, oh des lutins et des hobbits et ainsi de suite – mais ce n'est pas un putain de spectacle de magie ! C'est pas du cinéma. Ce qui va se passer c'est que tu vas voir des chiées d'opossums et t'emmerder à cent sous de l'heure. Tu peux pas juste aller t'asseoir dans un joli paysage et parier que ça va faire de toi une meilleure personne.

Je sais, j'ai dit, parce que j'avais perdu de vue toute trace d'espoir de devenir une meilleure personne. *Je sais que c'est pas du cinéma. J'ai juste envie d'être seule.*

Je ne vois pas ce qui cloche avec Wellington, c'est tout – tu pourrais rester ici et bosser pour le traiteur, peut-être rencontrer un mec ou deux – ça te sortirait ton mari de la tête, non ?

J'avais prévu d'aller chez Werner. C'est ce qui était prévu.

Et après ?

Je ne sais pas. Être là-bas.

Pour Noël ?

J'ai haussé les épaules. Difficile pour moi d'imaginer Noël en plein été après presque trois décennies de Noël dans le froid. Peut-être que Noël n'existait pas cette année.

Tu devrais venir à Napier, avec moi et la smala. Maman a un endroit gigantesque là-bas, c'est toujours plein de tordus et d'orphelins pendant les fêtes. Tu te sentiras chez toi, chérie, des vraies fêtes avec une vraie famille dysfonctionnelle.

J'ai pris Jaye dans mes bras, me réfugiant contre son corps massif. Elle m'a caressé la tête.

Oh ma puce, t'es complètement à la masse.

Je vais bien, j'ai dit. *Je vais bien.*

Bien sûr que ça va aller.

Jaye m'a pris la main et j'ai entendu le bruit inaudible qui est devenu une couleur et cette teinte a tout envahi et pendant ces quelques minutes, toute ma vie a été plus jolie, et puis le trottoir s'est arrêté et nous sommes arrivées en bas d'une énorme colline avec un gros trou au milieu pour laisser passer les voitures.

Tu sais que je déteste la poussière, mais je voulais te montrer ce sentier, pour que tu saches qu'on a un peu de nature ici à Wellington, elle a dit en désignant le point de départ. *Vas-y toi, fais-toi une mini-rando – moi je vais prendre le bus et on se retrouve là-haut.*

Quand elle a dit qu'elle pensait qu'il me fallait une petite randonnée, je me suis rendu compte que quelques minutes de solitude étaient exactement ce dont j'avais besoin, quelque chose qui me permette d'affronter la puissance du bruit inaudible et bien sûr, Jaye le savait parce que tous mes désirs et mes sentiments véritables voyageaient au sein du bruit inaudible, ce courant entre nous, ainsi savait-elle des choses sur moi avant moi – voilà de quoi le bruit inaudible était capable. Le sentier était sombre et touffu, avec une odeur boisée. Les arbres avaient des proportions mythiques et parfois, on aurait plutôt dit de l'art que de la vie. À mi-chemin, j'ai vu un homme avec une banane à la taille, sur un short de basketteur rouge. Il était penché sur un rocher, le visage enfoncé dans le creux de son coude, il respirait lourdement, comme si quelque chose de terrible se passait dans son corps.

Est-ce que ça va?

Il a haleté et s'est redressé.

Je vais bien, il a dit, mais il n'en avait pas du tout l'air.

J'ai entendu quelque chose bouger parmi les feuilles.

Je peux appeler de l'aide – Vous avez un téléphone? Je peux aller appeler quelqu'un. J'ai une amie en haut et –

Je vais bien, il a dit, mais son visage était en nage. *Vous pouvez me laisser tranquille. Je vais bien.*

C'est seulement là que j'ai remarqué un mec plus jeune accroupi sur le sol à côté du rocher. Il avait de la poussière sur le visage et il transpirait, lui aussi. Il avait un drôle de sourire et les yeux tout écarquillés, comme s'il était un jouet conçu pour avoir cette tête. J'ai repris mon ascension.

Ma douce choupette chérie! Jaye s'est cambrée sur le dossier du banc, à l'arrêt du bus. *Alors, t'as passé un bon moment dans la nature? T'as mangé des insectes et t'as vu les oiseaux se taper les abeilles et toute cette merveilleuse merde ?*

J'ai décidé de ne rien dire à Jaye à propos des deux hommes. On a regardé en bas, les maisons blanches et l'océan bleu qui léchait la côte rocheuse.

Après m'avoir accompagnée au terminal du ferry, Jaye a réinsisté pour que je vienne à Napier parce qu'elle était en congé pour Noël et le nouvel an cette année –

Et j'aime autant te dire qu'il faut en sucer des bites, pour ça, mais il n'y a pas de honte, elle a dit. *J'obtiens ce que je veux. Ils obtiennent ce qu'ils veulent. Qui peut dire lequel d'entre nous se fait avoir ?*

Elle a ri de ce rire épais et sirupeux qui semblait monter de ses orteils, comme si chaque cellule de son corps fabriquait un tout petit rire profond et qu'ils s'ajoutaient tous les uns aux autres.

Alors je te vois à Noël ? Nouvel an ?

J'essaierai.

T'essaieras pas ; tu y seras, elle a dit, et j'étais à peu près certaine qu'elle se trompait.

Dans les haut-parleurs, la voix du capitaine du ferry a retenti, *Bon après-midi tout le monde ! Bienvenue à ce mardi après-midi ! Mardi ! Toute la journée, nous serons mardi, tout l'après-midi, pas d'erreur !* J'ai eu l'impression que le mardi après-midi était son foyer et que nous étions ses invités les plus attendus et c'était une chouette impression, l'impression d'être accueilli chez quelqu'un juste du fait d'être en vie un mardi.

Il y avait un bar sur le ferry, parce que partout où les gens défient la gravité (en avion, en bateau ou à haute altitude), il faut qu'il se passe quelque chose qui apaise la tension d'être humain et vulnérable, la tension de savoir que nul ne parvient à voir tous les espaces et tous les temps qu'il aimerait voir dans cette vie. Au bar, tout le monde avait le même regard amer et abruti. L'océan nous secouait.

J'ai pris le dernier tabouret, à côté d'un homme qui finissait sa bière. Il a posé son verre, s'est essuyé la bouche, m'a regardée par-dessus sa manche, et m'a adressé un signe de tête insignifiant, ce qui m'allait bien vu que je n'avais aucune envie de gérer un signe de tête signifiant. Je voulais gérer l'océan parce que l'océan faisait bouger le ferry, faisait déborder toutes les pintes tenues par des mains nerveuses. J'ai posé la main sur le bar, dans une flaque de quelque chose, je l'ai essuyée sur ma cuisse, et puis j'ai posé mes yeux suppliants sur la barmaid et elle est venue vers moi, une femme au visage de porcelaine, tendre, si tendre. Elle servait les bières avec tant de grâce qu'on aurait dit une danse, et elle a apporté les bières au type insignifiant, et à moi, sans poser de questions, ni parler d'argent, parce que c'est ça la tendresse.

Je l'aimerai jusqu'à la fin de mes jours.

Je suis sortie après ma bière et j'ai regardé l'océan en bas, j'ai vu une raie qui s'agitait dans l'eau, le corps en forme de C tremblé, des rubans de sang s'en échappaient, de la même couleur que le mien, que n'importe quel sang, et j'ai compris que la raie s'était fait bouffer par quelque chose, parce que c'est ça l'océan – un gros trou plein de trucs qui bouffent d'autres trucs – et c'est étrange quand on y pense, que les gens aillent à la plage et fixent l'eau mouvante et se sentent détendus, parce que ce qu'ils fixent, c'est juste le rideau bleu qui recouvre une violence sauvage, des vies bouffant des vies, l'irrésistible grande bouffe, et je me suis demandé si aucun de ces vacanciers ne sentait l'afflux de sang sous la surface, et je me suis demandé si toute cette chair mourante au fond de l'océan n'était pas précisément ce qu'ils recherchaient, en l'observant – ce pouls féroce qui bat sous toute chose placide.

16

Je suis montée dans la voiture même si c'était exactement le genre de voiture qu'on m'avait dit d'éviter. Les portes toutes cabossées. Un type barbu, cheveux longs, au volant, une cigarette plantée entre les lèvres. On aurait dit le début d'un film porno, ou *gore*, et je ne tenais pas à me faire pornoiser, ni goriser mais j'avais plus de cent cinquante kilomètres à parcourir à l'ouest de ce parking et la nuit tombait presque et c'était la seule voiture à se proposer, et j'ai toujours été incapable de refuser la moindre proposition.

Tu vas vers où ?

Il n'avait pas de chemise et un corps qui suggérait qu'il vivait sur une falaise, et que la seule façon de rentrer à la maison était de grimper.

Takaka ?

Je ne savais jamais comment le prononcer, sur quel *ka* mettre l'accent tonique.

Là que j'vais. Monte.

Il a déplacé des canettes de bière du siège passager vers l'arrière, où s'empilaient des sacs en toile pleins de je ne sais quoi. Il portait des lunettes de soleil, une grosse paire utilitaire dont le design ne datait pas de cette décennie, ni même de la précédente. J'ai plongé dans le siège passager et j'ai serré mon sac à dos contre moi comme un gilet de sauvetage dans un avion. Musique reggae à fond, vitres baissées, fumée de cigarette tournoyant dans la voiture, puis se jetant par la fenêtre comme en retard à un rendez-vous.

Au bout de quelques minutes, le type s'est mis à crier par-dessus la musique, vaguement dans ma direction. Il parlait sur une variation de tons, me racontant peut-être une histoire sur le pont que nous traversions ou les champs vers lesquels nous roulions. Sa voix avait le son d'un vinyle joué à l'envers. Je ne comprenais rien. Je disais, *Ouais, ouais*, et je hochais la tête et levais mes sourcils quand il levait les siens, et disais, *Oh.* Parfois il riait et tournait la tête pour voir si je riais et bien sûr, je riais. Je riais, riais, riais et puis j'ai arrêté de rire.

Il a monté la musique, allumé une autre cigarette, et ouvert une bière tandis qu'on montait dans la montagne, prenant des virages en épingle à cheveux à des vitesses déraisonnables. Mes organes me signifiaient leur sévère désapprobation de l'endroit où je les avais assis – moi, je n'avais plus aucun souvenir d'avoir un jour voulu me rendre où que ce soit, ni pourquoi.

Nous sommes arrivés au sommet et la vue n'était pas spectaculaire. Un pauvre virage sous une légère brume grise. Il a baissé la musique et arrêté la voiture.

Ça là-bas, c'est Ozzie, t'sais.

Il désignait un homme assis sous un arbre qui mangeait quelque chose avec les mains. Une moto était appuyée sur le tronc.

Dis que t'es ma femme, tu marches?

Pardon?

C'est mon pote Ozzie là-bas, j'ai envie de le charrier. Tu le sens ? T'as rien à faire – peut-être me laisser te passer le bras autour des épaules, max.

D'accord, j'ai dit, en espérant n'avoir rien accepté d'inacceptable.

Il est sorti de la voiture et je suis sortie de la voiture et on a marché jusqu'à Ozzie. Ozzie et le type se sont mis à parler à toute vitesse, par borborygmes, en se tapant dans le dos. Ozzie l'appelait Judas.

Qui c'est qu'c'est, ça ?

Ça c'est ma femme, Annie.

Judas a passé son bras autour de moi. J'ai souri et j'ai pensé au mot *irréalité* et au mot *désespoir.*

Ouille, Judas, 'spèce de dingue, a dit Ozzie. *Ouh 'spèce de dingue, quel dingue. T'es sorti boire un coup et tu t'es réveillé ferré ? 'spèce de dingue !*

J'ai haussé les épaules.

Une p'tite bière pour la madame ? La p'tite épouse voudrait une p'tite bière ?

Oh, merci ça va, j'ai dit, mais Ozzie me tendait déjà une petite bouteille ambrée, et en sortait deux autres de la petite glacière accrochée sur sa moto.

Laisse, a dit Judas, il a décapsulé ma bouteille avec un briquet.

Judas et Ozzie ont recommencé à faire des bruits qui semblaient être des mots, à propos d'un morceau de moteur que possédait Ozzie, quelque chose que Judas avait apparemment réparé, ou cassé – des phrases composées pour moitié de grognements et intégralement d'argot. J'ai regardé dans ma bouteille et j'ai remarqué qu'une abeille morte flottait à la surface mais j'ai continué à boire. Plus haut sur la route, il y avait une station-service abandonnée, avec un homme qui dansait devant l'entrée au son d'une musique brouillée. L'homme qui dansait portait une combinaison et un petit chapeau et bougeait ses bras tout près de son corps comme s'il courait, mais il n'allait nulle part. Une femme riait quelque part, mais je n'arrivais pas à décider si elle s'amusait ou si on la torturait. Il y avait aussi une cabine téléphonique jaune, alors j'ai commencé à me demander ce qui se passerait si j'y allais, si je décrochais le téléphone et si j'appelais mon mari, mon vrai mari qui, je le savais, s'était prétendument tout à fait désintéressé de savoir où j'étais, où j'allais, qui j'épousais dans ce déjà demain, et c'est là que mon faux mari a posé son gros bras sur mon épaule et m'a attirée contre lui, ses doigts se sont pris dans un pauvre collier de perles que je portais, un truc qu'un des hippies de Dillon m'avait passé autour du cou non sans cérémonie, et toutes les perles se sont dispersées dans la poussière. Ozzie a hurlé de rire.

C'est le gros lot qu'tas tiré là, p'tite femme chérie !

Ozzie a plongé pour ramasser les petites perles bleues et blanches. Judas m'a regardée, un poil plus longtemps que nécessaire, il m'a semblé.

Putain Annie, désolé. Et puis il s'est mis à genoux, se dépêchant de ramasser les perles comme si je le chronométrais.

C'est le moment que j'ai choisi pour aller à la cabine téléphonique et j'ai appelé mon mari malgré toutes les raisons que j'avais de ne pas le faire – je pensais que l'entendre entendre ma voix m'aiderait à devenir une version plus précise de moi-même, que ça m'aiderait à comprendre qui j'étais si mon mari pouvait m'entendre à ce moment précis et me renvoyer le reflet de ce qu'il entendait, je pensais que j'étais prête à l'entendre et je pensais qu'il était prêt à m'entendre et j'ai appelé pour d'autres raisons aussi. Un moment suspendu. Un faux mariage avec un étranger. Le gris marais entre le jour où j'étais partie et là où j'en étais alors. Mais au lieu de mon mari, je suis tombée sur un bouche-trou éculé.

Le numéro que vous avez composé –

Même pas une version enregistrée de lui.

– n'est pas disponible.

Juste ces mots mécaniques.

S'il vous plaît, laissez un message –

Cette femme métallique.

Laissez.

S'il vous plaît.

17

Le deuxième conseil qu'on vous donne pour l'auto-stop c'est ne jamais accepter une invitation à prendre le thé chez quelqu'un, parce que *thé* veut en fait dire *dîner* qui veut en fait dire *sexe* qui veut en fait dire qu'on va vous assassiner.

Qu'est-ce qu'il y a pour le thé, p'tite femme ? a demandé Ozzie quand je suis revenue de la cabine téléphonique.

Eh, c'est ma p'tite femme, pas la tienne ! J'ai le congélo rempli à ras bord de poissons si tu le sens.

Je le sens, j'ai dit en pensant, Quoi d'autre ?

Pendant qu'il faisait frire le poisson, une éclaboussure d'huile a brûlé le bras d'Ozzie, mais il a juste ri d'un gros rire gras et il a dit, *C'est tout bon, toutbon toutbon…*

Il m'a montré quelques cicatrices sur ses bras, et une longue qui descendait de son genou. *Celle-ci va être top*, il a dit, en admirant la cloque en forme d'île qui se remplissait d'un jus venu des profondeurs de son corps.

Il y avait un vieux canapé sur le porche de Judas, où on a mangé assis en rang, mais d'abord les assiettes étaient trop chaudes pour qu'on les pose sur nos genoux nus, alors on les a tenues à deux mains, et puis le poisson était trop chaud pour qu'on l'attaque alors on a juste regardé dans le vide, étrange méditation, comme si c'était notre offrande – du poisson massacré, frit, pour un genre de dieu. Après le repas, Ozzie et Judas sont allés derrière la maison pour s'occuper de la machine dont ils avaient parlé plus tôt.

Sois une bonne épouse, a dit Judas, en m'embrassant le haut du crâne. *On est derrière avec la bête.* Judas portait toujours ses lunettes de soleil et je me suis rendu compte que je n'avais toujours pas vu les yeux de mon mari temporaire.

Ozzie a ri. *Ouille, le bestiau?* Il a donné un coup de poing dans le bras de Judas.

Je suis restée sur le canapé, à peu près endormie les yeux ouverts, à penser à l'océan la nuit, à en écouter le sombre murmure au loin. Pendant un moment, j'ai entendu du métal heurter du métal, d'abord lentement et puis de plus en plus vite, puis une sorte de bruit de scie, et puis tout s'est arrêté. Le silence a tout recouvert et je n'entendais même plus Ozzie ni Judas parler. Je me suis demandé où ils étaient partis, ce que faisaient leurs bouches si elles n'étaient pas remplies de bière ou en train de s'aboyer dessus. L'océan marmonnait toujours.

Le lendemain matin, je me suis réveillée sur ce sofa miteux et j'ai trouvé Ozzie et Judas endormis dans la maison, sur les canapés du salon, devant la télévision sans le son. On y voyait le gros plan d'un homme en vêtements blancs trempés, debout dans un champ, agitant les poings au-dessus de sa tête édentée.

Je m'en vais, j'ai dit.

Ozzie ronflait.

J'y vais maintenant, Judas... C'est ta femme. Et je m'en vais.

J'ai posé mes mains sur mes hanches et j'ai pris la voix d'Annie.

Je m'en vais parce que je veux divorcer. En fait, nous sommes déjà divorcés, parce que j'ai appelé un avocat de nuit et j'ai signé pour toi.

Judas n'a pas bougé. Sa bouche s'est ouverte comme un coup de couteau dans le ventre d'un poisson et j'ai aperçu le léger mouvement de sa lèvre.

C'est fini ! Fini, fini, fini ! S'il te plaît, n'essaie pas de me contacter.

Je suis ressortie sur le porche, j'ai balancé mon sac à dos sur mon épaule, j'ai pris la porte latérale et j'ai remonté le chemin de terre jusqu'à la route. J'étais en colère. Je ne savais pas pourquoi j'étais en colère mais je savais que je l'étais et je n'avais pas ressenti de colère depuis si longtemps que ça m'a prise plus fort encore, comme le café après quelques mois d'abstinence, et c'est le matin où je me suis demandé si toute cette solitude ne commençait pas à m'aigrir un peu, si je n'étais pas en train de devenir une personne de plus en plus ridicule – ridicule de simuler un mariage de douze heures, un divorce d'une minute, d'avoir quitté ma vraie maison et mon vrai mari, ridicule même de penser que partir était ridicule, parce que c'était la décision que j'avais prise, parce que je suis une personne et que les personnes prennent des décisions – des oui et des non – c'est comme ça que c'est censé se passer.

Le camion d'un facteur était arrivé en haut de la route et s'était arrêté à quelques mètres de moi, alors je me suis approchée et je suis montée. Le facteur avait la main sur la poignée de la portière. Il a froncé les sourcils.

Je suis où là ?

Je n'avais pas eu l'intention de le dire tout haut. C'est juste ce que je pensais.

Juste à l'est de Takaka. Au pied de Marble Mountain, a dit le facteur. Il a laissé sa main retomber de la poignée, a cessé de froncer les sourcils, comme si en fait ça lui faisait plaisir qu'on lui rappelle où il était.

Je ne pensais pas que Marble Mountain existait.

Je suppose que ça n'existe pas. C'est juste comme ça qu'on l'appelle. Ce n'est même pas une montagne. Juste une grosse colline.

C'est pas une chanson aussi ? Ou un endroit inventé ?

Peut-être.

J'ai posé mes mains sur mes genoux.

Écoutez, il a dit, *je ne me suis pas arrêté pour vous prendre, en fait. Je dois faire un arrêt ici, une livraison.*

Il n'était passé aucune voiture et je me suis dit qu'il était probablement trop tôt pour en trouver une autre, et tandis que j'attendais en pensant à ça, le postier est sorti, il a bougé quelque chose à l'arrière du camion, et j'ai arrêté de penser, à la place j'ai observé un oiseau dans un arbre. Il bougeait sa tête de haut en bas comme pour approuver le matin.

Le postier est revenu dans le camion et il a dit qu'il allait m'emmener en ville, et c'est ce qu'il a fait et quand il m'a déposée sur un parking dans une rue qui avait l'air d'être la totalité de Takaka, je suis restée immobile un moment et j'ai souri au facteur en pensant à cette fichue raie que j'avais vue sur le ferry et je me suis demandé si elle n'était désormais plus qu'une chose morte de plus dans l'océan, coulant vers le fond, et le facteur s'est éloigné lentement, comme s'il n'était pas sûr de devoir me laisser seule sans surveillance, comme si je risquais d'exploser ou de me faire kidnapper.

18

C'est lors de ma dernière séance à la clinique que j'ai commencé à me demander si mon mari n'était pas dans le coup, d'une manière ou d'une autre – les questions, les électrodes, le liquide bleu –, si peut-être il était de l'autre côté d'un miroir sans tain quelque part, mais je ne me souvenais d'aucun miroir sans tain, c'était peut-être plus subtil que ça, peut-être qu'il s'était mis un des techniciens du labo dans la poche ou le scientifique en chef ou toute l'équipe, et j'étais seule contre tous, une guerre indétectable contre une épouse incompréhensible, un cheval de Troie – cette étude pour laquelle je m'étais portée volontaire pour aider la science, pour une découverte, pour une meilleure compréhension du bordel qui habite tous les esprits.

Lors de ma dernière séance l'homme aux cheveux noirs et aux grandes mains douces étalait la gelée glacée et les électrodes sur mon cuir chevelu comme d'habitude. Nous regardions le moniteur et il bougeait une électrode, essayant d'obtenir la bonne réaction, mais une autre se détachait *(Oh, zut)* et les petits chiffres numériques clignotants ne signifiaient rien pour moi, mais l'un d'entre eux dégringolait, par exemple, de 2 à 0 *(Oh, zut)* et il promenait à nouveau ses doigts dans mes cheveux, tout collants de gelée, et poussait les électrodes, et je sentais quelque chose de minuscule et de froid bouger, comme les pattes glacées d'une mouche *(Oh, zut)*, et je levais les yeux vers l'homme aux cheveux noirs et aux grandes mains douces et j'essayais d'évaluer s'il était bon menteur et s'il était possible que cette étude ne soit qu'une longue chasse à ce qui manquait en moi. Ce qui m'avait d'abord paru complètement impersonnel et routinier semblait désormais invasif et fou – grotesque que des gens puissent s'introduire ainsi dans l'intimité de mon cerveau. Mais non, bien sûr que non, bien sûr, que, non, bien sûr bien sûr bien-sûr-que-non. C'était une étude, pas un complot. J'avais signé un formulaire des mois auparavant, qui disait que ceci était une *étude*, et qu'aucune de ces informations ne serait utilisée contre moi, et que même *moi*, je n'aurais pas accès à ces informations, et que tout demeurerait anonyme, et les techniciens du labo prêtaient serment aussi, j'en suis sûre, et tout ça c'était pour la science, pas pour mon mari, et nous étions dans une université prestigieuse, avec des gens prestigieux qui participaient à ce travail, et chacun respectait les règles, et mon mari n'y participait pas, pas dans le coup, pas même proche de l'affaire, et je n'avais aucune raison tangible de penser qu'il l'était ou pourrait l'être parce que lui aussi était une personne prestigieuse, n'est-ce pas, avec ses cheveux fins et ses yeux sérieux et son tableau noir et son dévouement aux chiffres, à la découverte de quelque chose de bien caché en eux, et il savait que cette chose était là, quelque part, dans les chiffres, et de la même façon je savais (ou je croyais savoir) que quelque chose était caché dans mon mari et, moi aussi, je devais trouver cette chose, j'avais cherché cette chose, en me demandant si peut-être quelque chose de Ruby était caché en lui, si d'une manière ou d'une autre, elle était pliée en lui par accident.

Vous êtes prête ?

L'homme aux mains douces et aux cheveux noirs était derrière la vitre (une vitre classique, pas de miroir) et s'adressait à moi dans le micro.

Oui, j'ai dit.

Souhaitez-vous que je vous relise les règles de l'étude ?

Non, merci.

D'accord. On va commencer. Quel est votre premier souvenir ?

Les feux follets, j'ai dit, parce que vous êtes supposé dire le premier truc qui vous passe par la tête, peu importe ce que c'est, mais si c'était un seul mot, ils vous reposaient la question –

Quel est votre premier souvenir ?

Le jour où ma mère a amené Ruby à la maison. Elle avait deux ans. Moi aussi. Je ne sais pas si je m'en souviens vraiment ou si je me souviens seulement d'une photographie de ce moment, ma mère était bronzée et elle avait l'air joyeux, comme si elle revenait de vacances, ce qui était le cas, juste avant de passer prendre Ruby à l'orphelinat, et elle tenait Ruby sur sa hanche et elle souriait mais sur les photos de ma mère me ramenant de l'hôpital deux ans auparavant elle avait l'air de quelqu'un qu'on venait de battre avant de lui tendre un bébé.

Merci. Racontez-moi un cauchemar que vous faisiez enfant.

Que je grossissais tellement pendant la nuit que je ne pouvais plus quitter ma chambre.

Merci. Expliquez s'il vous plaît le sentiment d'aimer.

Quelqu'un vous tient par le poignet.

Merci. Quel est votre souvenir d'adulte le plus heureux.

L'été qui a suivi la mort de Ruby, aller au parc avec mon mari. La lumière. On souriait.

Merci. Que pensez-vous qu'il arrive quand on meurt?

Et je comprenais qu'on était censé dire le premier truc qui passait par l'esprit mais rien ne me venait vraiment à l'esprit à ce moment en fait, tout semblait plutôt glisser de mon esprit et je n'arrivais à penser qu'à un désert, un canyon, et ça ne semblait pas avoir rapport avec grand-chose –

Que pensez-vous qu'il arrive quand on meurt?

Encore un silence.

Que pensez-vous qu'il arrive quand on meurt?

Un désert, un canyon.

Merci. Quel est votre meilleur souvenir d'enfance?

La fête d'anniversaire pour les dix ans de Ruby. Elle portait une robe rouge et nous avons fait du patin et elle m'a dit qu'on était à mi-chemin de nos vingt ans et qu'un jour on irait en France. C'était ma fête d'anniversaire aussi. Nous ne connaissions pas sa date de naissance exacte, alors on s'était dit que ça pouvait très bien tomber sur la même que la mienne.

Merci. Que savez-vous avec certitude?

Je ne sais rien avec certitude.

Merci. Quelle est votre plus grande peur?

Je voulais demander ce qu'il entendait exactement par plus grande – la plus vaste, la plus féroce, la plus grandiloquente, la plus grandiose, la plus impossible – mais je savais que le contenu de la question n'avait pas d'importance et que le contenu de mes réponses non plus, parce qu'ils n'étudiaient que la façon dont le cerveau bouge, comment il bouge, mais pas où il va exactement.

Quelle est votre plus grande peur ?
Avoir tout raté.
Merci. Quel est l'intérêt de l'amour ?
Nous distraire.
Merci. Y a-t-il une vie après la mort ?

Les questions s'enchaînaient normalement en ce dernier jour (pour moi) de l'étude et je suis allée au labo pour d'autres prises de sang et j'ai souri à l'infirmière quand elle m'a souri et j'ai bu le liquide bleu, puis je suis allée dans la pièce sombre et j'aimais la pièce sombre, mais quand l'homme m'a demandé, *Quelle est la valeur du voyage ?* et *Quel est l'endroit le plus inoubliable que vous ayez jamais visité ?*, je me suis demandé pendant un instant s'ils savaient quelque chose de mon projet de partir la semaine suivante et j'ai commencé à me demander, encore une fois, si mon mari était dans le coup – et je me suis inquiétée qu'il sache que j'avais mon billet pour la semaine suivante et je me suis demandé s'il essaierait de m'arrêter – s'il allait peut-être m'enfermer dans l'appartement ou se pointer à la porte d'embarquement ou acheter un billet pour le siège voisin du mien – c'est comme ça que ça se serait passé dans les soaps, j'étais bien placée pour le savoir, des chaises renversées, des noms criés et la vengeance et peut-être un sort jeté, et souvent un coup de poing dans une fenêtre et souvent du sang, souvent un hôpital, et à l'hôpital il y aurait un moment de gentillesse entre deux personnes charmantes et aimantes avant qu'on arrache les intraveineuses et que les graphiques sur les moniteurs tombent à plat, un docteur, un *Dégagez !*, un électrochoc, mais ça c'était pour la télévision, pour la fiction, une exagération de ce qu'est le reste de la vie et je me souvenais de ma mère qui regardait les soaps, ce souvenir jauni de ma mère derrière un nuage de fumée, Ruby assise à ses pieds, un bol de céréales devenues une bouillie tiède oublié dans la vraie vie, dont elles ne faisaient plus partie à cet instant, mais maintenant je ne savais plus dire s'il s'agissait d'un souvenir ou d'une photographie ou d'une totale invention parce que j'avais demandé un jour à ma mère quel feuilleton elle suivait dans les années 1980, et elle a dit qu'elle n'en suivait pas et qu'elle ne savait pas de quoi je parlais et peut-être qu'elle avait raison, mais je crois que non, et je crois que c'est le truc avec la fiction, qu'on y vit complètement immergé pendant un petit moment mais qu'on l'oublie, parfois complètement, histoire de continuer à vivre sa vie.

Quand je suis rentrée à la maison ce dernier jour après l'étude, j'ai eu l'impérieux désir de fouiller en profondeur dans les dossiers de mon mari, un impérieux désir qui m'assaillait régulièrement, et que j'étouffais régulièrement parce que je savais que ce n'était pas beau de fouiller comme ça. Quand j'ai fini par céder, je n'avais en fait aucune idée claire de ce que je cherchais mais je me suis dit qu'on s'en fichait, de ce que je cherchais précisément, parce que l'impérieux désir était profond et sérieux, et il valait mieux ne pas se mettre en travers de son chemin, alors j'ai fouillé et j'ai trouvé le certificat de décès de sa mère et ça ne disait pas *suicide* dans la case "cause de la mort", ça disait *accidentelle*, et ma poitrine s'est réchauffée pendant un instant parce que ma première pensée a été que mon mari avait menti pour pouvoir dire qu'il avait ressenti ce que j'avais ressenti, qu'il savait ce que c'était que de voir une personne se perdre en elle-même, qu'il avait créé une fiction pour pouvoir s'approcher de la matière de vie dans laquelle j'étais. Et s'il avait menti, quelle terrible chose sur laquelle passer autant de temps à mentir, et comme c'était malsain – mais ce qui s'était probablement passé, m'assurais-je, c'est que la personne qui avait rempli ce certificat n'avait pas trouvé la force d'écrire *suicide* dans la case parce que certaines personnes ne peuvent simplement pas supporter de vivre dans un monde où les gens se suppriment parfois par choix, et certaines personnes ont besoin de vivre dans un monde où les suicides sont tous une sorte de *malentendu*, une sorte d'*accident*, un mensonge qu'il faut corriger, et ça m'a rappelé qu'à la fin de mon dernier matin à la clinique quelqu'un m'a dit, *À la semaine prochaine ?* Et j'ai dit, *Oui.* Et je savais que je mentais mais cette personne ne le savait pas, à moins que cette personne en sache assez sur mon compte à ce stade pour savoir quand je mentais, et si cette personne en savait aussi long, elle m'a quand même menti en retour en disant, *Prenez soin de vous*, et c'était gentil, quelle qu'ait été la personne, de nous laisser continuer à vivre dans une petite fiction ; parfois je pense que je n'en ai pas assez dans ma vie, mais d'autres fois je pense que j'en ai plus que ma part.

19

Je suis restée assise longtemps sur le bord d'un trottoir à Takaka, à essayer de formuler clairement des sentiments contradictoires.

Être seule, c'était ce que je voulais ; être seule n'était pas ce que je voulais. Je ne voulais pas vouloir quelque chose ; je voulais tout vouloir. Je voulais vouloir une vie ordinaire : le mari normal, l'appartement normal, les rues normales, les trottoirs, les bruits, et ainsi de suite. Mais j'avais quitté cette vie. J'étais partie ailleurs. C'était la bonne décision, je le croyais, sauf quand je ne le croyais pas, soit à la fois souvent et rarement.

J'étais assise sur le bord du trottoir à Takaka et je pensais toutes ces choses.

Une phénoménale partie de mon cerveau était pleine des choses nouvelles que je remarquais ici, où rien ne m'était familier : les immeubles, le genre de voitures, le genre de personnes, les accents, les plantes, les produits alimentaires. Avant que je parte, mon cerveau n'avait jamais eu à enregistrer ma chambre, mon mari, ma boîte aux lettres, un trognon de pomme, un réveil, les murs. Mon cerveau se contentait de dire "–, –, –, –, –, –," à ces choses, parce que le cerveau vous laisse continuer à avancer sans voir vos mêmes murs, vos mêmes sous-vêtements, votre même mari, vos mêmes poignées de porte, votre même plafond, votre même mari mari mari. Le cerveau peut être miséricordieux, en ce sens : il vous épargne la monotonie de ces monotonies, leur pitoyable confort. Le cerveau laisse tous les jours remplis d'ennui rétrécir comme des éponges qui sèchent jusqu'à devenir dures et rêches.

En même temps, mon plafond me manquait. Et les irrégularités du mur de ma salle de bains. Entendre la porte s'ouvrir, entendre la porte se fermer, savoir qu'un corps familier est dans la pièce à côté, qui bougeait, vivait sa vie. Ça me manquait.

Je suis entrée dans la bibliothèque et ça sentait comme dans toutes les bibliothèques où j'étais allée, et la classification de Dewey était sur toutes les tranches des livres, la même minuscule typographie, les minuscules numéros, et à cet instant j'ai pensé qu'il y avait quand même des choses sur lesquelles on pouvait compter dans ce monde, jusqu'à ce que je réalise que ces trucs les plus fiables ne sont pas d'une utilité significative pour régler le moindre problème substantiel, en fait. Au bout d'un moment j'ai quitté la bibliothèque et je me suis dit que je ferais peut-être bien d'apporter quelques courses ou quelque chose chez Werner, et j'ai essayé de décider si je devais refaire du stop, mais je ne voulais pas avoir à m'expliquer auprès de quiconque, et j'ai pensé que si j'entendais quelqu'un me dire que j'étais courageuse encore une fois je m'arracherais le pouce sans même m'embêter à éviter que le sang ne tache le revêtement de la bagnole.

J'ai acheté des poires et des noix de cajou et des haricots en boîte, tout en me demandant si une personne était physiquement capable de s'arracher le pouce, et les détails précis de cette pensée m'ont tenu compagnie pendant la longue marche jusque chez Werner. Quand je l'ai trouvé, torse nu dans son jardin, j'avais à la main le bout de papier sur lequel il avait écrit son adresse lors de cette soirée à New York, alors j'ai laissé glisser mon sac à dos et je lui ai tendu le bout de papier, ne sachant quoi en faire.

Eh, ouais. C'est là qu'on est.

Il a souri, et j'ai souri, mais seulement un tout petit peu.

Alors t'es là, a dit Werner. Je voyais bien que ça voulait dire qu'il ne s'était pas attendu à ce que je vienne vraiment. J'aurais peut-être dû ressentir un peu de honte, ou de gêne, mais en fait non, va savoir, parce que j'avais une confiance rare dans le fait d'être ici, c'était l'endroit où je devais être, pour une durée indéterminée, c'était l'endroit où j'allais peut-être avoir un sens pour moi-même.

Eh bien, je vais au moins te faire visiter, il a dit, comme si je venais de gagner quelque chose dont il ne voulait pas se séparer.

Sa maison était une série de petites cabanes en bois et de caravanes recyclées connectées par des portes en bois découpées à la diable qu'il ne pouvait passer qu'en se baissant. Il avait construit ces demi-ruines lui-même, un projet en cours depuis peu ou prou les vingt dernières années qu'il était là. C'est probablement une bonne diversion à la solitude, quelque chose autour de quoi programmer sa journée, qui donne une forme d'urgence à des semaines sans but : gonds rouillés, mastic écaillé, une fuite, encore des écaillures, encore de la rouille, encore des fuites – les exigences circulaires d'un abri. À voir les stocks dans sa cuisine, on aurait cru qu'il attendait la fin du monde – un garde-manger débordant de boîtes de conserve, un deuxième congélateur pour la viande débitée et de grands sacs de farine. Dans ma chambre et dans le salon, il avait relevé le plafond de la caravane en utilisant des planches en bois, des carreaux de fenêtres de récup, et du papier bulle. Il y filtrait la même lumière que dans une serre, herbeuse, mais la pièce sentait l'animal et le mildiou.

Le cerveau a besoin d'espace pour respirer, il a dit.

C'est chouette. Il y a beaucoup d'espace ici, j'ai dit. Des insectes morts se prélassaient sur des coussins de poussières dans un coin. Des moucherons bourdonnaient.

Le thé est à 6 heures, il a dit, avant de me laisser dans mon abri-chambre, et je lui ai su gré de ne pas vouloir s'assurer que j'allais bien, et de ne pas me demander si j'avais besoin de quelque chose, et il ne m'a pas remerciée pour les courses, et c'était probablement exactement pour ça que j'étais là : c'était un de ces endroits où je pouvais aller et qui n'attendaient rien de spécial, un temps où je pouvais être seule, et seule avec ma solitude, et Werner savait, ou comprenait ça, ou peut-être qu'il ne comprenait pas mais ça n'avait pas d'importance qu'il le sache ou pas parce que, qu'il le sache ou pas, je sentais que c'était compris.

Tu as décidé de ne pas emmener la famille.

Quelle famille? j'ai demandé. Nous dînions sur le porche qui faisait face au ravin, où nous dînions toujours, les rares fois où nous prenions le temps de nous asseoir pour un repas.

Eh bien, il a dit, en penchant la tête et en mâchant sa viande, *j'ai juste supposé que tu en avais une. Tu as l'air de faire partie de ce genre de machine.*

Je n'ai pas vraiment de famille, j'ai dit.

Voilà qui expliquerait pourquoi ta famille n'est pas là, pas vrai, s'ils n'ont pas d'existence.

Werner a posé son couteau sur son assiette. Je savais que c'était aussi comme ça qu'il le formulerait, qu'il était sans famille.

Tu savais que les agneaux s'allongent pour se faire abattre ? il a demandé. *Des petites créatures si tristes. Si désespérées.*

Ses cheveux ultra-fins s'agitaient. J'ai laissé mon regard se perdre dans le ravin et puis dans le ciel dont les bleus se muaient en violets. Pendant des années, je me suis souvent rappelé cette nuit, parfois tous les jours après avoir quitté la Nouvelle-Zélande, mais je ne sais toujours pas pourquoi c'est ce moment que je me rappelle si clairement – le ciel, Werner, le couteau sur l'assiette, la conversation sur la mort des agneaux – plutôt qu'un des moments plus bruyants, plus animés. Certains des trucs plus bruyants, plus animés qui se sont passés là-bas restent encore embrumés, comme des diapos à moitié abîmées, des images floues, comme si la chair d'un pouce obscurcissait une chose ou une personne clé. Mais ce soir-là, c'est comme si j'avais atteint un état de raison indescriptible, et le yack boudait dans son coin, et ma présence faisait sens et je ne dirais pas que j'étais heureuse ni même satisfaite, mais je m'étais vidée de quelque chose et je me contentais d'être là.

Je les mange par pitié, a dit Werner, engouffrant une bouchée juteuse.

Qu'est-ce qui les fait s'allonger ?

Pardon ?

Je veux dire, pourquoi ils abandonnent si facilement ?

Werner a engouffré une autre bouchée, a mâché.

C'est pas qu'ils abandonnent, il a dit. *Ils sont juste polis.*

Il a souri, et puis il a tourné la tête vers le ravin.

J'ai croisé mes chevilles, et puis j'ai plié une jambe sur l'autre. Il s'est passé un truc qui faisait le bruit d'un seau d'ongles renversé sur le toit, et puis ça s'est éloigné.

Des opossums, il a dit, avec un mouvement de la tête en direction de la source du bruit.

20

La réception avait envoyé des fleurs, un ballon et un ours en peluche – la ficelle lui faisait un nœud coulant autour du cou.

Mon mari et moi regardions des *telenovelas*, et régulièrement il me traduisait une bonne réplique, même si ce qui se passait était assez évident. Il y avait des amants et des ennemis, et parfois c'était difficile de les différencier mais ça n'avait aucune importance. Les hommes parlaient en secouant la tête. Les vieilles dames jetaient des sorts. Des femmes poupées aux cheveux noirs comme la colère tapaient le sol de leurs hauts talons et exigeaient, exigeaient, exigeaient.

Et comme mon mari, je préférais regarder quelqu'un d'autre être en colère qu'affronter ma propre colère, alors pendant que nous regardions les femmes se cracher à la figure et s'étrangler entre elles, et les types crier et se masser les tempes, nous sentions notre propre colère se dissoudre ou s'endormir. Nous étions en colère que l'autre le soit et plus en colère encore de l'être – c'était notre lune de miel et si nous n'étions pas exemptés de douleur à ce moment-là, nous ne le serions peut-être jamais.

La douleur dont nous n'étions pas exemptés était rendue visible par le plâtre à mon bras, censé réparer mon poignet, peut-être, mais pas nous, ce plâtre qui avait été posé à la clinique où l'on m'avait emportée après que j'ai dégringolé quinze marches d'un escalier en marbre devant notre hôtel : une cheville tordue, des écorchures aux genoux, un poignet cassé, un bleu, et une estafilade sur la joue. (*Elle est tombée dans les escaliers*, il a dit, *Je suis tombée dans les escaliers*, j'ai dit, et est-ce que ce n'est pas exactement ce que les gens disent qu'il s'est passé quand c'est exactement ce qu'il ne s'est pas passé ?) En fait, *j'étais* tombée dans les escaliers alors qu'on se disputait, ou qu'on essayait de ne pas se disputer et qu'on échouait lamentablement. Nous venions d'arriver à l'hôtel, nous avions beaucoup souri et exagéré la prononciation de *gracias* et de *bueno* et quand l'employé avait roucoulé, *Oh, la suite nuptiale !*, mon mari avait posé sa main sur mon épaule et m'avait regardée et je ne sais pas exactement pourquoi, mais j'ai regardé mon mari comme si je n'avais pas la moindre idée de ce qu'il se passait, et il a dit, *C'était quoi ça ?* Et j'ai dit, *Quoi ça ?* Et il a dit, *Juste là, à la réception – ton, je ne sais pas, ton attitude, ça ne te ressemble pas* – et ça nous a amenés à une conversation sur les attitudes et sur comment j'étais *habituellement*, et cette conversation faisait de son mieux pour ne pas être une dispute, et nous faisions de notre mieux pour être les personnes gentilles et sensées que nous avions été jusqu'à ce moment, à travers la dévorante vague tout-sourire, tout-blabla, du mariage, mais cette discussion sur les attitudes a bien fini par tomber dans la catégorie disputes et nous nous sommes disputés pendant tout le trajet de l'ascenseur, à l'arrivée dans la suite nuptiale, à travers la porte de la salle de bains, de retour dans le couloir, pendant toute la descente de l'ascenseur, en traversant la réception et de retour devant l'hôtel et j'ai été légèrement distraite par une Espagnole monstrueusement attirante qui marchait à côté de nous pendant que mon mari disait, *Elyria, tu as deux options, c'est tout* – et j'ai pensé, *Va tellement te faire foutre, Mari, c'est pas* tout *du tout, et j'ai bien plus que deux options* – et c'est ce que j'avais en tête quand j'ai loupé cette première marche et que j'ai commencé à trébucher, ce qui semblait si profondément approprié, une si parfaite conclusion à notre dispute sur les attitudes et sur les deux options que j'étais supposée avoir, et ma façon d'être *habituellement.* Et après la chute, étalée et sous le choc au bas des escaliers, un solide chasseur a été le premier auprès de moi – *Señorita, señorita* – et mon mari a été la deuxième personne auprès de moi mais c'était trop tard parce que le chasseur me prenait déjà dans ses bras et il m'a portée sur quelques pâtés de maisons jusqu'à la petite clinique et mon mari en était réduit à nous suivre, lui et son *C'est tout*, et son *Tu as deux options.*

Ce soir-là, ce qui aurait dû être un dîner romantique est devenu un dîner silencieux.

Nauséeuse, je regardais la paella, qui avait l'air avariée, gâchée. Je passais la pointe de ma fourchette dans la gueule ouverte d'une moule plantée dans le riz, et j'ai envisagé de prendre un couteau sans raison, mais je n'ai pas pris le couteau parce que je savais que je serais probablement incapable de me retenir de poignarder la ciabatta pour la sortir de sa stupide corbeille et la lancer à travers le restaurant, alors je n'ai pas pris le couteau, je savais bien que balancer un truc au milieu d'un dîner-romantique-devenu-un-dîner-silencieux ne se faisait pas, je savais que ça aurait créé plus de problèmes que ça ne m'aurait apporté de satisfaction, de poignarder et de balancer quelque chose.

Mon mari me fixait avec ce regard tout neuf qu'il avait, un regard que je n'avais jamais vu auparavant mais que j'allais beaucoup revoir par la suite ; il me regardait comme si j'étais une très jolie chose à lui qui ne fonctionnait pas tout à fait comme elle devrait, comme s'il avait découvert un défaut, un défaut extrêmement décevant parce qu'il avait consacré beaucoup de temps à faire ses recherches, et qu'il croyait avoir acquis une chose garantie contre ce genre de défaut, et peut-être qu'il y avait un *bug* dans le système et peut-être qu'il devait demander à un professionnel *d'évaluer* la situation, de lui faire un devis.

Je le regardais, extrêmement silencieuse, et j'avais envie de lui dire, *Mari, je te mets au défi, je te mets au défi de* – mais je ne savais pas ce que je voulais le défier de faire, juste que je le mettais au défi – *je te défie, je te défie* – et je me demandais combien d'autres facettes de lui je n'avais pas encore vues et dans un sens c'était excitant et dans un autre sens, terrifiant, et j'en avais pas du tout envie de me sentir à la fois excitée et terrifiée à ce moment-là – je voulais juste me sentir calme, comme un animal sous sédatif en lune de miel, ou comme une belle femme espagnole saoule, mais je n'étais ni saoule, ni belle, ni espagnole, et je me demandais s'il y avait une facette de mon mari qui souhaitait me démolir, qui voulait me changer en fine poussière, qui poserait ses mains solides sur ma gorge, qui mettrait mes os en pièces sans ciller, dans un moment de passion, s'il avait ce genre de passion en lui, si ce genre de passion grandissait silencieusement au fond de lui comme une tumeur non détectée. Et si c'était le cas, est-ce que j'avais une tumeur, moi aussi ? Y avait-il une part de moi prête à lui arracher le bras si j'en avais l'occasion et la force ? Et si cette part existait en moi, était-ce le genre de chose qui guérissait toute seule ? Un truc comme une côte cassée ? Le genre de chose contre quoi vous ne pouvez strictement rien faire à part essayer de ne pas tousser ou rire pendant quelques mois ? Peut-être que je devrais juste essayer de rester immobile pendant un an environ, je pensais, et ce sentiment cicatriserait tout seul – à moins que ce ne soit pas comme une côte cassée, mais plutôt comme une hémorragie interne et peut-être que l'hémorragie allait nous pourrir de l'intérieur, un sang bouillant bruissant dans des coins de nous où il n'avait pas à être. Ou peut-être que ce n'était rien, peut-être que j'en faisais trop et que je devrais simplement être celle qu'on espérait que je sois – être la femme sensée, bien, fiable, qui était tombée amoureuse de mon mari et dont mon mari était tombé amoureux – je pourrais être elle, j'ai pensé, et j'ai inspiré et j'ai expiré et j'étais assez convaincue que tout allait bien.

Tout va bien ? Tu n'as pas faim ?

Il m'a regardée durement dans les yeux, comme l'aurait fait un ophtalmo.

21

À l'occasion, dit Werner tandis que nous observions les couleurs s'écouler du ciel lors d'une de ces soirées récurrentes, *j'envisage trois possibilités pour le monde. Un, c'est pour les femmes que c'est le pire. Deux, c'est pire pour les hommes. Trois, c'est aussi terrible pour tout le monde.*

Ça faisait quelques semaines que je séjournais chez Werner. Nous avions établi une routine inoffensive, on ne se marchait pas dessus, même s'il pouvait arriver qu'on se retrouve dans la cuisine en même temps, à prendre un thé et des toasts, sans rien se dire. Un jour il a rapporté quelques feuilles de verveine citronnelle, les a posées sur la table de la cuisine et il a dit, *C'est de la verveine citronnelle*, et j'ai hoché la tête. Quand j'avais fait dans le jardin ce que je pouvais faire dans le jardin, j'allais marcher dans les bois ou je faisais un saut en ville en stop, pour soulager la soudaine impulsion d'acheter un truc, prendre un café ou une bière ou jouer avec l'idée d'aller à la bibliothèque et d'envoyer un e-mail à mon mari sans jamais y céder, qu'il sache que j'allais bien, qu'il ne s'inquiète pas, qu'il ne prenne pas la peine de s'inquiéter parce qu'il n'y avait plus rien d'inquiétant et que j'allais parfaitement bien dans ma nouvelle toute petite vie faite de quelques mots, quelques personnes et quelques plantes.

Et, continua Werner, *c'est pas souvent que j'ai sous la main un esprit féminin à consulter sur ces hypothèses, alors, j'attire ton attention sur cette question, si tu veux bien.*

C'est pire pour les femmes, pour les hommes, ou pour personne ?

Voilà les options que nous pouvons étudier. Voici mon jeu ridicule dont nous pouvons parler, ici, avec vue sur le ravin.

Nous devrions établir des catégories, j'ai dit, *et attribuer des points à chaque catégorie selon son importance pour l'obtention d'une quantité de bonheur général dans la vie. Il devrait y avoir un gagnant pour chaque catégorie. On devrait compter les points.*

Ça me semble juste.

Après avoir débattu et attribué des points, et après avoir calculé la moyenne pendant que les opossums grouillaient dans l'obscurité autour de nous, nous sommes tombés d'accord sur le fait que les hommes s'en sortaient mieux.

Les semaines disparaissaient. Au jardin, j'avais mon utilité : arroseuse de citrouilles, coupeuse de haricots verts, couvreuse de racines de tomates. Soudain, j'étais essentielle. Sans moi, les citrouilles se ratatineraient. Les tomates mourraient de soif. L'été les aurait assommées de soleil.

Après le dîner je lisais, ou je ne faisais rien, et parfois le matin je nageais dans la baie boueuse, dos-crawlant vers nulle part et retour. La nuit je dormais sur un mince matelas noueux et je faisais des rêves où il n'était jamais question de faire fonctionner un lave-vaisselle. Et je commençais à penser qu'on pouvait effectivement échanger sa vie, la renvoyer contre un modèle différent, et je savais bien que ce n'était pas tout à fait vrai mais je savais aussi qu'ici, ce n'était pas non plus tout à fait faux.

Et je ne pliais jamais de drap-housse, je ne respectais aucune échéance, je n'allais pas à l'épicerie et je ne remplissais jamais ma déclaration d'impôts et je n'appelais aucun numéro vert pour me plaindre. Je ne portais pas d'électrodes, je ne répondais pas à des questions.

Je n'entendais pas mon mari ouvrir la porte d'entrée, ni fermer la porte d'entrée.

Et je ne ressentais pas de culpabilité ; je ne me sentais pas coupable ; j'oubliais tout ce qui avait pu causer la moindre once de culpabilité.

Werner était dans la cuisine, aux prises avec le couvercle d'un pot de marmelade à l'orange, le visage tendu, le sang lui montant à la tête, il a levé les yeux et posé le pot sur le comptoir, gratté quelque chose dans l'évier avant de le jeter par la fenêtre. La population des mouches semblait avoir triplé au cours de la nuit et elles circulaient dans la cuisine, plus actives et plus audibles que d'habitude ; quand j'essayais d'en chasser une, elle restait, indignée, sur ma peau ou traçait en volant un tout petit cercle avant de revenir se poser au même endroit.

J'ai saisi le pot de marmelade et je l'ai ouvert avec un petit bruit. On est restés debout à manger des tranches de toasts inégales avec la marmelade, et Werner n'a pas commenté mon ouverture du pot mais comme je m'apprêtais à retourner au jardin, Werner a brisé le silence, en disant, *Tu es une drôle de personne.* Il avait un petit peu de marmelade à l'orange sur le menton. Je me suis concentrée sur la trace de marmelade.

Je ne voulais rien dire parce que j'aimais bien la façon qu'on avait eue, jusque-là, de ne rien se dire le matin.

Tu ne fais rien de spécial ici, n'est-ce pas ?

Qu'est-ce que tu veux dire ?

Tu n'as pas l'air d'avoir de projets.

Je ne veux pas avoir de projets, j'ai dit.

La bouche de Werner s'est lentement transformée en moue.

Mais où est-ce que tu vas aller après ?

Il a mordu dans son toast et m'a fixée d'une façon qui m'a mise sévèrement mal à l'aise, j'ai essayé de cacher mon sévère malaise, et je voulais lui dire que c'*était* ça mon projet, venir et rester ici, parce que la vie était simple et que je pouvais me rendre utile en échange d'un endroit où dormir et ne pas être près de mon mari et ne pas être près de mon passé et ne pas réfléchir au temps ni à des projets ni à des échéances ou à cette tache de rouille dans mon ancienne douche qui me préoccupait tant, ou à cet animal sauvage avec toutes ces dents qui chargeait vers moi et qu'on appelle l'avenir, et que pendant les mois que j'avais passés ici, mon yack s'était tu, et je ne voulais pas provoquer le yack parce que ça faisait tellement longtemps qu'il n'était pas resté aussi silencieux, mais je savais bien que je ne pouvais pas lui expliquer tout ça, lui expliquer qu'il y avait en moi un gros animal inutile et colérique –

Je n'ai pas réfléchi à la suite… Juste être ici, seule.

Mais tu n'es pas seule ici, Elyria. Moi, j'étais seul avant que tu n'arrives mais plus maintenant – et franchement, tu es de ces gens qui ont besoin des autres. Tu n'es pas faite pour être seule.

J'avais envie de lui balancer une assiette à la figure, mais je ne lui ai pas lancé d'assiette au visage, ni même une pile entière. J'ai dit, *Oh, ça j'en sais rien*, et j'ai regardé mes pieds, et je me suis envoyé une demi-tasse de thé brûlant.

Nan, tu n'es pas une personne heureuse toute seule, je le vois bien. Tu viens dans un pays où tu aurais quatre mille façons d'être seule, et pourtant tu choisis d'avoir de la compagnie, d'aller à l'endroit précis où tu sais qu'il y aura quelqu'un.

Il faut que je finisse un truc dans le jardin, j'ai dit, et je suis partie, j'ai descendu le jardin, et j'ai marché en rond, et j'ai réalisé que je n'avais rien à faire là, alors j'ai grimpé jusqu'à la route et je suis allée en ville, je me suis assise sur un banc et j'ai lu les nouvelles de Katherine Mansfield que j'avais empruntées à Werner (qui ne pouvait pas me *forcer* à partir, il ne pouvait pas me *forcer*), et j'ai lu jusqu'à ce qu'il fasse nuit parce que je ne voulais pas parler projets avec Werner, et je ne voulais pas penser à des projets toute seule parce qu'il n'y avait pas de projets à faire – j'étais ici. Je resterais ici. Je ne partirais pas. Il n'y avait aucune raison de partir. Alors j'ai occupé mon esprit à autre chose et quand il a fait nuit j'ai réalisé que tous les cafés et les bars étaient pleins de gens qui devenaient de plus en plus exubérants, et bruyant, et saouls, et j'ai regardé par la vitre de l'un d'entre eux, et il y avait des gens qui dansaient les uns contre les autres et qui souriaient et qui buvaient et ils portaient tous des chapeaux de père Noël, des femmes avec des chapeaux de père Noël, des vieux avec des chapeaux de père Noël, des garçons aux jambes maigres avec d'épaisses dreadlocks portant des chapeaux de père Noël, et pourquoi voulaient-ils imiter quelqu'un qui ne fait que donner et disparaître. Qu'avaient-ils à s'offrir les uns aux autres ?

À la terrasse d'un des cafés les plus calmes, il y avait une femme avec une longue natte grise, seule à une table. En la voyant toute seule je me suis demandé si Jaye était seule avec sa famille, si être avec sa famille était pire qu'être seule, si c'était ce genre de famille, et peut-être c'était pour ça qu'elle m'avait invitée à venir chez elle pour Noël, pour avoir une alliée dans cette bataille. J'ai senti une pointe de culpabilité, l'ai avalée, l'ai digérée, et puis j'ai oublié Jaye. Je me suis approchée et j'ai commandé une bière de l'extérieur et je me suis installée à une table près de la femme avec la natte grise et elle a regardé vers moi, elle a souri et elle a dit, *C'est encore Noël, ma chère. Où va le temps ?* Et elle a levé les yeux vers les branches de l'arbre mais les branches ne lui ont pas répondu, mais si elles avaient répondu elles auraient dit que le temps va se coucher, que le temps va de travers, que le temps va en vacances, que le temps va à Milwaukee, que le temps va, et va, et va et continue d'aller, d'aller, d'aller, de s'en aller. Ou peut-être que le temps ressemble plus à une personne qui marche dans la rue en portant deux sacs de courses et une grille s'ouvre et cette personne et ses sacs de courses tombent au fond des égouts, soudain ailleurs, soudain un sale bordel avec les œufs cassés et tout étalés, et le lait renversé, parce que tout le monde se balade en pensant que rien ne va se passer jusqu'au moment précis où il se passe quelque chose, exactement comme le temps, et sa façon d'être là une minute, et on ne le remarque pas, jusqu'à ce qu'il soit passé – non, ce n'est pas comme ça, je dirais aux branches de l'arbre, si j'étais le genre de personne à parler aux branches des arbres ou à imaginer un monologue pour branche d'arbre – non, le temps c'est une chose qui est presque toujours une chose qui n'est jamais là et jamais passée et jamais à vous et jamais à personne et nous essayons tous de saisir le temps mais personne ne le pourra jamais, alors on pourrait faire une trêve, maintenant, Temps ? je ne demande pas, je dis juste, en passant – je fais une trêve avec le temps. Une trêve.

Quand je suis rentrée chez Werner, si tard qu'il était tôt, toutes les lumières étaient éteintes et j'ai su que Werner ne savait probablement pas si j'étais à la maison ou pas et que probablement il s'en fichait et j'ai dit, *Tu vois ? Je suis bien ici. C'est comme si je n'étais même pas là* – Et je parlais à Werner mais il ne m'entendait pas parce qu'il n'était pas là, il n'écoutait pas, mais en fait je me parlais à moi-même, ou peut-être à ma vie tout entière mais ma vie tout entière ne m'écoutait pas non plus et ma vie entière, à ce moment-là, était un jardin sans traces de yack, pas encore, mais il y avait un yack dans la forêt voisine, je le savais, et si je quittais cet endroit si calme, je ne serais plus en sécurité, et il fallait juste que je trouve un moyen d'expliquer ça à Werner sans vraiment le lui expliquer, parce que tout irait bien si je pouvais rester là, immobile et sans but et sans mari et sans passé et sans personne, parce que quand j'étais ici, j'étais à la fois ici et pas ici – j'étais une personne faite de choses qui allaient bien, pas de yack, juste des plants de tomates et des citrouilles et du compost à base d'algues et de poussière, un pur morceau de terre.

Le lendemain matin je n'avais pas l'intention de dire ce que j'ai dit à Werner au petit-déjeuner, et je ne sais même pas pourquoi je parlais, mais maintenant je crois que chacun dit en fait ce qu'il veut dire, même quand on dit, *Ce n'est pas ce que j'ai voulu dire, ce n'est pas ça que je voulais dire.* Une personne ne peut dire que des choses qui sont déjà là, qui attendent de sortir, petits animaux qui n'en peuvent plus des barrières, et plus tard je me suis demandé si mon yack en avait eu marre de ses barrières et s'il était prêt à migrer même si moi, je ne l'étais pas, mais mon yack ne m'écoutait pas, se fichait pas mal de ce que je voulais ou de ce que je pensais vouloir, parce que le yack était au-dessus du désir, est toujours au-dessus du désir, le yack est la chose la plus lourde en moi, la chose qui continue à faire un bien trop grand nombre de choix – ce matin-là j'ai prononcé des mots que je ne me croyais plus capable de prononcer :

Mon mari –

J'ai fait une pause, j'ai pris une profonde inspiration, j'ai réalisé que je n'avais pas dit ces mots depuis un mois ou plus, et j'ai reconnu un certain regard sur le visage de Werner, un regard que j'avais déjà vu sur le visage d'autres hommes quand j'avais mentionné mon mari pour la première fois –

… me disait qu'on dort plus juste avant ou juste après avoir fait un progrès important dans son travail, sur le plan créatif, je veux dire, dans son travail créatif.

Nous n'avons rien dit pendant quelques secondes.

Il est mathématicien, j'ai dit.

Tu as dit que tu n'avais pas de mari.

J'ai seulement dit que je n'avais pas de famille.

Werner a hoché la tête comme si je venais seulement de lui donner la solution d'une devinette.

Nous tenions des mugs de thé trop chaud pour le boire. Je tenais le mien près de mon visage, si bien que la vapeur me faisait transpirer.

Que pense ton mari du fait que tu passes du temps au milieu de nulle part avec un vieil homme que tu n'as rencontré qu'une fois dans ta vie ?

Il souriait, comme si c'était une autre partie de la devinette, mais je savais que la réponse n'allait pas me faire passer pour une personne particulièrement chouette. Il était possiblement trop tard pour *chouette*. J'ai commencé à dire quelque chose mais je ne savais pas trop *quoi* dire, alors j'ai refermé ma bouche et j'ai hoché la tête, et j'ai essayé de sourire un peu. Un mari – ah.

En fait il ne sait pas exactement où je suis.

Et où ce mari croit-il que sa femme est allée ?

Ce n'est pas tout à fait clair, j'ai dit.

Et combien de temps cette épouse va-t-elle laisser son mari dans le flou quant à l'endroit où elle se trouve ?

J'essaie précisément de trouver un moyen de tirer ça au clair.

Werner a penché la tête comme si on pouvait entendre une jolie musique.

Oh, mademoiselle Elyria. Qu'est-ce qui t'est passé par la tête, étrange personne ? Qu'est-ce qui peut bien pousser quelqu'un à faire un truc pareil ?

Il n'y avait pas moyen de répondre à cette question et je ne suis pas du genre à essayer d'expliquer quelque chose qui n'a pas d'explication, alors je suis allée dans le jardin et j'ai arraché des trucs jusqu'à ce que je sente le soleil colorer mon crâne, jusqu'à ce que les muscles de mon dos se contractent par petites rafales, jusqu'à ce que les mauvaises herbes fanées soient toutes en tas, et que je n'arrive plus à penser qu'au fait qu'il y aurait encore des mauvaises herbes demain, et ne serait-il pas plus facile pour le monde si tout restait simplement immobile, arrêtait tout simplement de pousser ? Ce serait peut-être plus simple, mais nous ne faisons pas ça, nous ne nous arrêtons pas, ni les plantes, ni les gens, nous continuons à nous pointer, et à vivre et à essayer de faire des choses et à mourir et quelle était cette chose que toutes ces plantes grimpantes et ces feuilles se battaient pour atteindre, année après siècle après éternité ? Parce que franchement, elles finiraient par se faire étrangler par une autre herbe, ou bien par brûler, ou bien par geler, ou par se faire bouffer par un opossum ou un insecte ou une personne. Et je me demandais aussi ce qui m'avait pris, moi ou une personne comme moi, et je me demandais ce qui me faisait faire ces choses, quitter ma vie si abruptement, et je ne savais pas alors ce que c'était, parce que je ne savais pas ce que j'étais alors, et je le sais à peine aujourd'hui, ce que c'était, ou ce que c'est encore, qui m'a fait partir. Je pense que le cerveau est peut-être une machine qui transforme l'information en sentiment, et les sentiments en décisions, et j'ai découvert que ma machine a été assemblée bizarrement, et qu'elle traduit la vie bizarrement mais je n'ai aucun moyen de réparer ça – je ne suis pas réparatrice de machine-cerveau, je ne suis qu'une propriétaire de cerveau, comme n'importe qui, et aucun de nous ne sait comme se réparer, en tout cas pas entièrement, en tout cas pas assez.

Maintenant je sais rester immobile, je sais faire mon boulot, je sais rentrer à la maison, commander un sandwich pour le dîner, payer une facture, dormir dans un lit froid, mais je ne sais toujours pas comment réparer mon cerveau, lui faire transformer les informations de la vie en sentiments calmes, en actes responsables. Maintenant, je sais tout ignorer, ne pas parler aux étrangers, ne pas monter dans un avion sans billet de retour pour un pays où je n'ai rien à faire et c'est tout ce que je peux attendre de moi-même ces jours-ci, mais à l'époque, tout ça m'échappait complètement, c'est un niveau de la vie que j'étais incapable d'atteindre.

Je me suis débrouillée pour rester complètement en dehors du chemin de Werner pendant quelques jours – me réveillant tôt pour travailler, restant en ville toute la journée, et rentrant discrètement tard le soir, mais ce dernier matin il est descendu dans le jardin pendant que je travaillais et il était clair que je ne servais plus à rien à ses yeux.

Tu es quelqu'un de triste, il a dit, *et moi je ne tolère pas bien la tristesse des autres.*

Je ne suis pas triste.

C'est très clair que tu l'es.

Peut-être que tu projettes. Je suis quelqu'un d'heureux. Je vais bien.

Je ne projette pas. J'ai deux fois ton âge. Je connais la tristesse. La tienne est inextricable. Elle est fatale. Je connais ce genre de chose.

Je n'ai rien dit.

C'est pas grave, il a dit, finalement. *Je comprends. Tu essaies de te trouver.*

Je ne veux pas me trouver, j'ai dit, mais je ne crois pas qu'il m'ait entendue.

Qui peut comprendre ce qui prend les femmes de nos jours – elles essaient de se trouver quelque part, comme si elles s'étaient ouvertes en deux et qu'elles couraient après l'autre partie. Tu es une de ces femmes qui pensent que rien n'est jamais assez bien pour elles, l'expérience humaine en entier n'est pas assez bien pour toi, et tu veux quelque chose d'impossible.

Je n'ai rien dit mais mon visage a dû parler pour moi.

Je suis désolé, il a dit sur un ton qui trahissait qu'il ne l'était pas vraiment. *Il est vraiment temps que tu t'en ailles.*

22

Werner –

Je te demande de t'ôter de ma voiture.

J'étais immobile. Je restais collée à mon siège.

Werner, c'est ridicule, tu sais bien que je n'ai nulle part où aller.

Werner a retiré les clés du contact, est sorti de la voiture, a ouvert le coffre et a posé mon sac à dos sur le trottoir, doucement, comme si c'était quelque chose de vivant, et puis il est remonté dans sa voiture.

Ôte-toi de ma voiture.

Difficile de ne pas prendre personnellement la vitesse à laquelle il est reparti.

Un type assis sur les marches de la bibliothèque m'a fait signe comme s'il m'avait attendue. Je l'ai regardé et lui ai adressé un demi-signe en retour, et puis il s'est rendu compte qu'on ne se connaissait pas alors il a haussé les épaules et il s'est retourné vers l'homme assis à côté de lui.

La lumière a quitté le ciel rapidement quand un gros nuage est arrivé. De l'autre côté de la route, la cabine téléphonique était d'un jaune si pétant que je me suis demandé si elle venait d'être repeinte.

Il était possible, pensais-je, que mon mari m'ait simplement remplacée après mon départ, qu'il soit simplement sorti et qu'il ait trouvé une autre femme, simple dépannage pour sa vie sans épouse. Quelqu'un qui comprendrait sa situation, qui comprendrait ses besoins d'homme, d'humain dans ce monde. J'ai imaginé mon mari assis sur un banc, regardant la rivière en bas du chemin. Je l'ai imaginé courant dans la neige. Je l'ai imaginé mangeant une pomme, avec sa mâchoire souple comme celle d'un serpent, capable d'engloutir une moitié de pomme, et puis mâchant pendant cinq bonnes minutes, tout en écrivant bruyamment sur son tableau noir. Clac clac clac jusqu'au bout de la ligne, une pause, retour au début, re-clac. Je le voyais exactement comme il était cette nuit-là, des mois auparavant (un mardi, je crois), j'étais allée me coucher tôt mais je m'étais réveillée en plein milieu de la nuit, je m'étais levée pour aller chercher un verre d'eau et m'étais arrêtée à la porte de son bureau pour le regarder écrire sur son tableau noir, clac-claquant comme s'il était une sorte de machine, et tandis que je le regardais faire ses calculs, je m'étais rendu compte que je l'aimais et que malgré ça j'allais quand même le quitter et n'est-ce pas exactement le genre de chose qui fait lever les yeux au ciel et dire, *C'est n'importe quoi*, dire, *Quelle décision malavisée, et égoïste, et bête*, bref. La petite lampe dans le coin du bureau de mon mari dorait sa peau claire et j'ai pensé que c'était ainsi que je me souviendrais toujours de lui. Que c'était le petit morceau de mon mari que je stockerais pour toujours en moi.

Je t'ai réveillée ? Est-ce que je fais trop de bruit ?

Non, j'aime bien. C'est un bon bruit.

Je croyais que tu détestais le tableau noir.

Oui, mais le son que tu fais quand tu y écris des trucs, j'aime bien.

Je sais que quand les autres souvenirs de mon mari se seront élimés et dissipés, celui-ci restera. Quand j'aurai quatre-vingts ans et que j'expliquerai ma vie à quelqu'un de beaucoup plus jeune, je ferai une pause au moment de mentionner mon premier mariage et ce sera la version de mon mari que je me rappellerai. Avec son tout petit sourire, son sourire qui dit *je-suis-en-plein-dans-un-truc-là-mais-je-t'aime.*

Ce souvenir à l'esprit, je me suis mise dans cette cabine téléphonique et je ne m'attendais pas à ce qu'il réponde, ou s'il répondait, je m'attendais à ne pas reconnaître sa voix, comme si désormais il devait en utiliser une nouvelle. Il a dit, *Allo*, comme si rien n'avait changé dans sa vie, comme si sa vie s'était poursuivie, complète et normale, sans moi, comme s'il pouvait continuer à se réveiller, à prendre son café, à clac-claquer sur son tableau noir, à jogger dans le parc et à dire les mêmes mots sur le même ton et à dormir du même côté du lit, à faire cuire les mêmes steaks sur sa poêle à frire, à allumer les mêmes lampes dans la même chambre quand le soleil se couche et à lire un livre dans son même fauteuil et pendant tout ce temps sa voix ne s'était pas levée pour quitter sa gorge, et son corps n'était pas tombé en morceaux pour s'amonceler en tas sur le sol, et son cerveau ne s'était pas transformé en boue au point de couler par ses oreilles. Il pouvait faire tout ce qu'il faisait quand j'étais là, même quand il faisait ces choses sans que je sois là.

Allo, il a dit.

Allo ?, il a répété.

J'ai dit son nom.

J'ai dit, *C'est Elyria.*

Il a dit, *Ah*.

Après quoi nous sommes restés silencieux pendant je ne sais pas combien de temps. Un gros camion est passé. L'homme qui conduisait hululait avec la radio, on entendait les acclamations d'une foule.

Je suis partie en Nouvelle-Zélande.

Je sais.

Et j'aurais dû te le dire.

Mon mari a pris une rapide inspiration, a essayé de dire quelque chose mais n'y est pas parvenu.

Et ? il a demandé.

Et quoi ?

Tu as quelque chose à dire ?

Je ne sais pas.

Tu ne sais pas.

Je ne suis pas sûre.

Il a refait la même chose avec sa respiration. *Eh bien, si ça ne te dérange pas, je vais retourner travailler maintenant. La prochaine fois que tu appelles, tu pourrais peut-être essayer d'avoir quelque chose à dire.*

La ligne s'est tue, une femme-machine s'est mise à parler, à demander de l'argent, à dire, *S'il vous plaît*, à dire, *Bonne journée.*

J'ai renfilé mon sac à dos, j'ai descendu une petite allée, j'ai posé mon sac à dos, et je me suis accroupie par-dessus pour essayer d'avoir un moment presque humain. À ce moment-là, j'ai eu l'impression que je pourrais être une personne rationnelle, avec les glaires dans ma gorge, le visage qui devenait tout rouge. Dans ce genre de situation, n'importe quelle personne rationnelle serait blessée, se sentirait perdue, et le fait de se sentir blessée, perdue, pousserait la personne à faire quelque chose de réel, à pleurer pour de bon. Une personne rationnelle serait bouleversée au lieu de simplement *savoir* qu'elle l'était. Ses sentiments se pointeraient dans son corps, comme si elle n'avait pas son mot à dire et cela la pousserait à comprendre qu'il fallait qu'elle rentre chez elle, vers sa vraie vie qui continuait en quelque sorte sans elle. Elle irait immédiatement à l'aéroport, et achèterait un billet d'avion. Elle commencerait à répéter ses excuses en vol et arrivée chez elle, elle irait voir un psy pour se prouver à elle-même et aux autres combien elle s'en voulait, qu'elle avait tort, qu'elle avait besoin d'aide. Et si elle avait de la chance, son mari ferait de son mieux pour lui pardonner – il y travaillerait chaque jour, comme à une équation très difficile. Et lentement, au bout du compte, ils recommenceraient à aller bien, à être cette équipe de deux qui avançait dans la vie. En thérapie, cette personne rationnelle parlerait de sa sœur morte et de son monstre de mère – et où était donc passé son père ? – et avec tout ça, sa thérapie la ferait progresser, et quand quelqu'un lui demanderait comment elle va, elle dirait, *Je vais bien ; je suis en thérapie ; on règle des choses ; on avance.* Mais d'abord, il faudrait que la personne rationnelle se rende à l'aéroport et achète un billet pour le premier vol vers chez elle, et avant de pouvoir le faire il faudrait qu'elle en ait le courage, et avant d'en avoir le courage il faudrait qu'elle le veuille, qu'elle veuille en avoir le courage, qu'elle veuille essayer d'avoir le courage de dire, *J'abandonne, j'ai eu tort, ramenez-moi à la maison.*

Pendant mon moment presque humain, j'ai senti les larmes s'accumuler derrière mes yeux, bouillonner, grouiller comme une bouilloire avant l'ébullition, mais je n'ai pas pleuré. Le sang s'est agité dans mon corps comme s'il était poursuivi et puis il s'est arrêté – peut-être qu'il a réalisé qu'il n'y a nulle part où aller pour le sang à part tourner en rond, et en pensant à ça je savais que je n'étais pas toujours une personne rationnelle, ni même une personne gentille. Je me suis relevée, j'ai repris une contenance, et j'ai essayé de déterminer où aller ensuite.

23

Il disait qu'il n'avait jamais eu de terreurs nocturnes avant moi et je n'arrivais jamais à décider si c'était réconfortant ou pas, si ça voulait dire que je faisais ressortir le pire en lui ou si ça voulait juste dire que la majorité de mon mari était globalement aimable – et peut-être que la part la plus réelle de mon mari n'était pas affiliée à la version violente et hurlante qui nous réveillait en sursaut tous les deux certaines nuits. N'empêche, je ne pouvais tout à fait oublier qu'il y avait une nette possibilité que ce soit moi et ma façon d'affronter – ou de ne pas tout à fait affronter – ma condition d'épouse qui avait désaxé cette partie de lui. Je l'avais perturbé. J'étais le catalyseur qui avait enclenché le mal et j'allais continuer à être une longue série de perturbations dans sa vie, et j'allais toujours faire ressortir ses côtés les plus affreux, et le fait que je dorme à côté de lui allait toujours l'empêcher de *dormir* vraiment.

Pendant les premiers mois, les terreurs nocturnes avaient tout bonnement transformé le sommeil en une sorte de roulette russe, et il y avait quelque chose de perversement satisfaisant à être réveillée par ses hurlements à bout de nerfs (quand la vie ressemblait plus à un soap-opéra et un peu moins à la vie) mais c'était avant qu'il ne se mette à m'étrangler, avant les nuits où ses mains se faufilaient jusqu'à ma clavicule pour enserrer mon cou, et même si en général il suffisait de cogner doucement contre sa poitrine ou son visage pour l'arrêter, il y avait eu quelques nuits où j'avais dû le frapper plus fort qu'il ne semblait raisonnable, et même s'il n'a jamais bouché ma trachée assez longtemps pour que je perde connaissance, il s'en est parfois approché, prolongeant la pression pendant un moment, un clin d'œil dans ma gorge. Quand il sortait de la terreur, les yeux toujours fermés et la mâchoire relâchée, il retombait, tout mou, de son côté du lit, et parfois il se rendormait instantanément, et ces nuits-là je me levais, tremblante d'adrénaline, j'allais sur le canapé du salon, la tête posée contre le repose-bras, menton sur la poitrine, l'esprit sur mon mari, le regard sur la fenêtre, attendant un signe, une preuve, une gentillesse ou une compréhension qui me dirait, *Moi, tout va bien, tout est OK. Ferme les yeux. Demain sera un autre jour.* Mais je n'ai jamais été du genre à garder ce genre de gentillesse en stock, comme font les autres gens, qui prennent soin d'eux et des autres, qui se tiennent prêts à pardonner.

D'autres nuits, mon mari ne se rendormait pas et nous rejouions toujours le même scénario :

C'est arrivé ?

Oui.

Elly, mon Dieu, Elly, je suis désolé. Elyria.

Et il s'enroulait autour de moi et ma gorge me brûlait à l'endroit où il avait tordu la peau.

Elly, parle-moi.

Mais de quoi voulait-il parler ? Qu'est-ce que j'aurais pu dire ? J'avais vu à quel point un recoin de mon mari voulait faire cesser toute circulation de l'air en moi.

Rendors-toi, je disais.

C'était comment cette fois ?

Pareil.

Je t'ai fait mal ?

Non. Allez, on dort.

Ça a l'air de faire mal, Elly.

Il passait un doigt flasque sur les lignes rouges que sa main avait laissées.

Ça va. Tout va bien.

Et il continuait à m'observer, à attendre que je dise ce que je savais qu'il avait besoin d'entendre, quelque chose que je disais si souvent que je me demandais pourquoi il ne le disait pas pour moi, au bout d'un moment.

Je disais, *Je sais que tu n'as pas fait exprès.*

Je savais qu'il ne le faisait pas exprès, du moins je pense que je savais qu'il ne le faisait pas exprès, ou il valait mieux croire qu'il ne le faisait pas exprès, mais je me demandais *comment* je le savais, comment je pouvais en être sûre, qu'il ne le faisait pas exprès, ou si une façon plus juste de le dire ne serait pas que j'avais *foi* dans le fait qu'il ne le faisait pas exprès, mais si j'avais vraiment foi…, j'aurais simplement dû dire que je *savais* qu'il ne le faisait pas exprès, ce dont à l'évidence je n'étais pas certaine puisque je restais éveillée tout le reste de la nuit à me demander comment je pouvais en être certaine, et ce que signifiait mon absence de certitude quant à la confiance que je pouvais avoir en mon mari, ou pas, ce que ça signifiait sur l'état de notre mariage, la possibilité que chacun de nous veuille faire sérieusement du mal à l'autre, et puis il y avait le fait que le seul moyen pour moi de prendre la défense des terreurs nocturnes de mon mari était de croire qu'elles étaient un phénomène totalement séparé de lui, mais je savais aussi que c'était incroyablement improbable voire, en fait, impossible, parce que mon mari était principalement constitué de son esprit, et je croyais que son esprit était précisément ce qui causait les terreurs nocturnes. Et puis, ce n'est toujours pas clair pour moi, pourquoi une personne a des aptitudes dont elle ne veut pas, pourquoi une personne ressent des choses qu'elle ne veut pas ressentir et pourquoi cette personne ne ressent pas des choses qu'elle voudrait ressentir, et pourquoi une personne dé-tombe amoureuse alors que tomber amoureuse était une si bonne chose pour elle, et pourquoi une personne fait à minuit des tentatives bruyantes et maladroites de tuer une vie qu'on pourrait raisonnablement imaginer que cette personne souhaite préserver.

Alors, une fois que j'avais dit, comme je le disais toujours, que je savais que mon mari ne faisait pas exprès de hurler et de m'étrangler dans son sommeil (mais sans prononcer le mot *hurler* et le mot *étrangler* parce qu'entendre ces mots était presque pire que lorsqu'il faisait ces choses pour de bon), nous restions réveillés un petit moment, chacun faisant semblant de dormir ou d'être presque endormi, mais nous restions toujours éveillés, naviguant entre sommeil et veille pendant des heures, chacun bougeant le moins possible, essayant de respirer comme si nous étions profondément satisfaits, comme s'il serait facile de se rendormir dès que nous serions vraiment prêts, prêts à nous renvoyer par la force de la volonté dans la pénombre verrouillée où vivaient ces terreurs. Mais nous évitions toujours de parler de ces choses – ces choses difficiles – et je me demandais si ça signifiait que nous serions, pour le reste de notre vie, toujours un peu mal à l'aise ensemble, ou déçus l'un de l'autre.

Et puis il y a eu ce soir où nous nous sommes disputés à propos d'un truc sans importance, un truc qu'on pourrait résumer par Je Crois que Tu Es Juste Un Petit Peu Plus Méprisable Que Moi, et mon mari ne m'écoutait pas et je n'écoutais pas mon mari, mais nous balancions nos arguments en même temps, à voix basse, et j'ai pris le verre de bourbon sec qu'il m'avait offert comme si cette soirée était un rendez-vous romantique, et non ce qu'elle était vraiment, à savoir la tentative d'un couple marié de prétendre être dans le genre de mariage où on faisait des choses comme sortir le soir, mais à la place c'était devenu l'occasion pour un couple marié de se disputer, aussi discrètement que possible, en public, et j'ai pris ce verre de bourbon qu'il m'avait offert et j'ai commencé à le lever vers ma bouche avant de penser à le jeter à la figure de mon mari, mais je ne voulais pas faire ça – je ne voulais rien donner ni faire à mon mari parce que je ne voulais même pas reconnaître que mon mari était une personne dans ma vie, alors j'ai renversé le verre de bourbon sur la table, et quand j'ai renversé ce verre de bourbon sur la table, ce n'était pas pour dire que ce n'était pas gentil de la part de mon mari de m'avoir offert ce verre de bourbon, ni qu'il n'était pas bon, ni que j'étais déjà assez ivre ; ce que je voulais dire c'est, je suis liquide et il est solide et l'univers se dilate et nous voilà, nous éloignant l'un de l'autre à tire-d'aile comme le fait toujours la matière, tourbillonnant et nous répandant du bord de notre table, et coulant sur nos genoux.

Cela a mis fin à notre dispute, quelle qu'en avait été la raison.

Nous avons fixé la flaque de très bon bourbon, miroir rond et ambré, et nous avons relevé la tête pour regarder autour de nous et repérer si quelqu'un dans le bar m'avait vue, nous avons essayé d'en rire un peu, et j'ai dit à mon mari que je me servirais de ça dans un de mes épisodes du soap-opéra et il a continué à rire mais il s'est arrêté –

Tu ferais ça ?

J'ai eu l'impression de détecter un peu d'émerveillement dans sa voix, que ça lui plairait de devenir un élément d'une histoire, n'importe quelle histoire.

Oui, bien sûr.

Tu prendrais un truc à nous pour le transformer en scène ?

Je l'exagérerais, bien sûr. Ce ne serait pas pareil.

Qu'est-ce que tu veux dire ?

Il faudrait que ce soit beaucoup plus théâtral pour être dans la série. Je veux dire, pour ces personnages, un verre de bourbon à 12 dollars, c'est rien du tout – il faudrait que quelqu'un renverse une très bonne bouteille de scotch sur la table. Quelque chose de rare.

Je suppose, il a dit.

En rentrant à la maison à pied ce soir-là, avec sur nous l'odeur du bourbon qui avait goutté sur nos genoux, je savais que mon mari était une chanson dont j'avais oublié les paroles, et que j'étais la photographie floue de quelqu'un qu'il avait aimé, et je savais aussi que cette chanson qu'était mon mari, cette chanson que j'avais oubliée, n'était pas seulement oubliée, mais qu'elle n'existait plus, qu'il n'y en avait qu'un seul enregistrement, et qu'il avait fondu, que c'était devenu autre chose, et qu'une seule personne savait la chanter et que cette personne était morte depuis longtemps. Mon mari et moi n'étions plus ces gens qui s'emboîtent si bien avec la vie de l'autre, mais nous sous-entendions ces gens, et c'était la raison pour laquelle je le surprenais souvent en train de me regarder comme si je lui étais à peine familière. Nous n'existions pas, pas le *nous* que nous avions cru que nous serions toujours.

24

Sur le ferry qui me ramenait vers l'île du Nord, je me suis installée au bar parce que la tendre barmaid était là et j'ai essayé de ne pas être déçue parce qu'elle n'a pas eu l'air de me reconnaître. Je relisais *Mrs. Bridge*, ou plutôt, je me contentais de promener mes yeux sur les mots en me demandant où aller, que faire maintenant, comment trouver un moyen d'éliminer mon yack. J'ai repensé à la première fois que j'avais vu la tendre barmaid et je me suis souvenu du bruit inaudible qui m'accompagnait alors, auquel je me sentais assujettie mais qui me rendait aussi suspicieuse, et il y avait comme une dissonance entre le bruit inaudible et la suspicion, un long accord mineur. Je ne savais pas si j'allais appeler Jay ou ne pas appeler Jaye, si ça valait le coup d'aller à Napier, si ça valait le coup d'aller où que ce soit. Je regardais la tendre barmaid se déplacer, servir des pintes et décapsuler des bouteilles, jusqu'à ce qu'elle se penche sur le bar, la tête posée sur ses mains, pour regarder les parasites à la télévision. Il y avait le portrait-robot d'une femme à l'écran, puis une deuxième et une troisième version, chacun avec de très légères variations, d'après les différentes manières dont les témoins se souvenaient d'elle. Les yeux un peu plus grands sur l'un, le nez plus long sur l'autre. Il n'y avait pas de photo d'elle, disait la télévision – cette femme avait évité les photos toute sa vie.

Vous savez ce qu'elle a fait, n'est-ce pas?

Elle a tué quelqu'un? a dit l'homme.

Elle a essayé, a dit la tendre barmaid. *Essayé de tuer son mari. Elle a tué le lapin de sa petite fille, et mis le feu à la maison de son voisin.*

Ah vraiment?

Ouaip, vraiment. Elle a laissé son mari attaché, couvert du sang du lapin.

Quelqu'un a dit un jour n'avoir jamais entendu parler d'un crime qu'il n'aurait pas pu imaginer commettre, et j'ai réalisé alors que si j'avais une fille, et si elle avait un lapin, et que ce lapin était seul avec moi et que je me sentais comme je me sentais à cet instant précis, et que j'avais un moyen de tuer le lapin et du temps à consacrer à tuer le lapin, alors tuer le lapin était quelque chose que je pouvais m'imaginer faire ou du moins possiblement envisager de, voire être sur le point de. Et après ça, badigeonner un mari du sang dudit lapin n'était pas un très grand pas de plus, si on est d'humeur à badigeonner son mari de sang, badigeonner quelqu'un de sang étant aussi un truc que je pouvais imaginer, je voyais bien le genre de situation appelant une telle mesure, parce qu'il y avait plus d'une personne dans ce monde que je n'aurais pas totalement détesté voir badigeonnée de sang – l'une d'entre elles étant Werner, pour avoir foutu mes projets en l'air, m'avoir renvoyée vers la vie avec mon yack, à devoir trouver un moyen de vivre ici, ce dont je n'avais aucune envie, ce que j'ignorais comment faire, et que je ne voyais pas bien comment j'allais –

Un homme assis à côté de moi s'est penché et m'a demandé, *En voyage?*

Ça m'a pris une seconde, de réintégrer l'endroit, le bateau sur lequel j'étais en train de flotter entre des îles *versus* de foutre le feu à une maison ou de badigeonner quelqu'un de sang mais j'ai réussi à dire, *Oui, oui.*

Le type était quelque part entre séduisant et exténué, comme s'il avait été la doublure cascade d'une star du cinéma classique mais s'était fait un peu trop taper dessus.

Je vous ai vue descendre d'une voiture au terminal – auto-stop?

Je n'aimais pas trop qu'il ait tiré une ligne de points de suspension entre la personne que j'étais une heure auparavant et la personne que j'étais à ce moment-là.

Ouaip, jusqu'ici, j'ai dit.

Américaine?

Ouais.

Je vais vous dire un truc – je ne vous dis pas ça pour vous embêter, juste pour vous faire réfléchir – il y a eu une Américaine ici, à peu près à cette période de l'année, elle se baladait en stop, pour aller d'un endroit à un autre, vous voyez. Ça faisait peut-être quelques mois, et tout se passait bien, jusqu'à ce qu'un type la ramasse vers Christchurch, et il l'a coupée en morceaux, à peu près cinquante-cinq morceaux, qu'il a déposés partout dans le pays.

Il parlait sans me regarder. Nous regardions tous les deux la tendre barmaid, notre sainte patronne.

D'accord, j'ai dit. *Bah. Merci pour l'info.*

Je ne dis pas ça pour que vous arrêtiez de faire ce que vous faites, mais juste pour que vous sachiez que c'est pas le truc le plus malin que vous puissiez faire et pour que vous fassiez attention – vous voyez, réfléchissez à ce que vous faites. Ne montez pas dans la voiture de quelqu'un qui a l'air capable de vous découper en morceaux.

Personne ne peut prendre une décision basée sur d'hypothétiques compétences en coutellerie, j'ai réussi à ne pas dire.

Vous les Américains parlez toujours de venir ici et de ne plus vouloir repartir mais je ne pense pas que vous entendez par là morte et découpée en morceaux, n'est-ce pas ? C'est pas ce que vous voulez dire.

Je n'avais absolument pas parlé de ne pas repartir.

La tendre barmaid est venue vers nous, elle a regardé mon verre, elle m'a regardée, et il ne lui en a pas fallu plus pour remplir à nouveau mon verre à ras bord et, oh mon Dieu, je l'aimerai chaque jour de ma vie jusqu'au dernier.

25

Pendant une heure, je n'ai fait qu'arpenter les mêmes rues de Wellington, en jouant avec l'idée de faire du stop jusqu'à Napier pour aller voir Jaye, et quand je pensais à Jaye j'entendais le bruit inaudible, mais l'accord mineur se mettait à jouer, et la dissonance commençait, et je repartais dans l'autre sens, je jouais avec l'idée d'appeler Dillon ou d'aller dans une auberge de jeunesse, et le bruit inaudible reprenait l'avantage sur l'accord mineur, et je me décidais, contre appeler Dillon, contre l'auberge de jeunesse, et puis je me remettais à marcher vers l'autoroute, jusqu'au retour de l'accord mineur, et ça a duré comme ça un moment, mes cent pas – bruit, accord, dissonance, bruit – mais finalement mon pouce a chopé une voiture avant que mon avis ne change à nouveau et quand je suis arrivée à Napier, je suis descendue au centre-ville, j'ai trouvé une cabine téléphonique et j'ai appelé le numéro que Jaye m'avait donné des semaines et des semaines auparavant. Ça a sonné dans le vide, et personne n'a décroché, et il ne s'est rien passé, alors j'ai raccroché et j'ai regardé les voitures passer. Elles passaient lentement, calmement, s'arrêtant toutes au stop, faisant ce qu'elles avaient à faire chacune leur tour, jusqu'à ce que l'une d'entre elles accélère au stop et en percute une autre au carrefour et, en tentant d'éviter la première, cette voiture a heurté un trottoir et s'est encastrée dans un immeuble, et une vitrine a volé en éclats. Un homme s'est mis à crier, et puis il a couru à la cabine téléphonique, il a composé un numéro, il a hurlé, et moi je me suis mise à penser à la fois où Ruby m'avait appelée au milieu de la journée pour me demander de venir, et quand je suis arrivée à son appartement, elle faisait frire du bacon, une tranche à la fois, déposant chaque tranche sur une assiette, s'asseyant pour la manger et se relevant pour en faire frire une autre. Elle a fini un paquet entier cet après-midi-là, et j'hésitais entre stupéfaction et frayeur, frayeur ou stupéfaction – je n'arrivais pas à choisir, et ni l'une ni l'autre ne me venait naturellement, et qu'est-ce que j'étais censée en penser, moi, de la consommation de tout ce bacon ? L'autre voiture avait tournoyé sur elle-même et se tenait maintenant au coude à coude avec une voiture garée, toutes deux serrées l'une contre l'autre comme sur une photo entre amis. De la vapeur ou de la fumée s'échappait du capot de la voiture accidentée, et moi, étais-je stupéfaite ou effrayée ? Je n'arrivais pas à mettre la main sur le moindre sentiment, et je continuais à penser à Ruby s'enfournant de fines tranches de bacon à la chaîne. Son regard semblait lointain et embrumé, et je me disais qu'elle avait subi une enfance très ressemblante à la mienne mais aussi complètement différente, cette femme qui était ma sœur, mais seulement d'un point de vue légal, cette personne qui avait surgi à l'autre bout du monde, produit de corps étrangers, cette femme avec qui j'avais subi les mêmes parents – *qui était-elle ?* Le bacon devenait son propre corps, épaississait son sang de lipides.

Je suis déprimée, elle a dit, *et je pense à ma mère.*

Tu veux dire, celle que tu ne connais pas?

Oui, celle que je ne connais pas.

C'est quoi le truc avec elle?

J'ai vu quelque chose s'affaisser dans le visage de Ruby, quelque chose qui s'échappait d'elle.

C'est quoi le truc avec elle? elle a répété, avec un regard en biais.

J'ai essayé de charger mon regard sur Ruby d'une sorte de tendresse mais je crois que ça a plutôt ressemblé à de la condescendance, et je n'arrivais pas à sentir mon visage, je le sentais enroulé autour de ma tête, et je n'arrivais pas à en sentir les muscles ni à les faire bouger comme il fallait. J'étais piégée dans mon corps et Ruby était piégée dans le sien, et nous serions toujours tentées d'abolir la différence entre nos corps, d'expier le fait que nous étions supposées être *de la famille* alors que nous ne l'étions pas, pas vraiment, mais nous devions essayer quand même, essayer encore et toujours et pour toujours de découvrir ce qui nous liait.

Je pense que ma mère mangeait beaucoup de porc, a fini par dire Ruby, *quand elle était enceinte de moi.*

On regardait toutes les deux par la fenêtre et dans l'appartement d'en face. Une femme en robe couleur pêche faisait les cent pas, et tendait une télécommande vers un appareil invisible.

Ça me fait ça parfois, Elly, c'est comme si quelqu'un d'autre était dans mon cerveau, et me disait quoi faire. Je sors. J'achète 500 grammes de bacon. Je rentre à la maison et je mange tout. J'ai l'impression d'entendre sa voix. Je sais que c'est idiot, que c'est dingue, que c'est je ne sais quoi, mais c'est ce que je ressens – je l'entends vraiment.

Son expression était approximative et tranquille, comme l'océan quand il n'y a pas du tout de vent, et quelques mois plus tard Ruby n'existait plus, et des années plus tard, je me retrouvais sur un trottoir, dans un autre pays, à repenser à ce moment, toujours à essayer de chercher un sentiment adapté à ce moment, et à essayer d'en trouver un pour ces voitures esquintées – effrayée ou stupéfaite ? Je me suis éloignée des voitures pendant que se formait un attroupement. Il y avait le chant d'une ambulance. J'ai marché avec le coucher de soleil dans le dos, en espérant tomber sur l'océan. J'ai pensé à Ruby et à la poussière qui dansait dans le rayon de lumière qui entrait par la fenêtre. Elle s'était enroulée autour de son ventre plein de cochon mort, plein du besoin qu'elle avait d'entendre la voix de sa mère.

J'avais à peine prononcé un mot de la journée, mais je n'étais pas sûre que ce morceau de moi-même me manquait, ma voix, et j'ai repensé au bruit inaudible et le fait d'y penser, il était là, et il remplissait le vide laissé par ma voix et je me suis demandé si l'ombre du bruit inaudible était la même chose que le bruit inaudible lui-même, si j'avais vraiment besoin d'être près de Jaye pour qu'il dure ou s'il pouvait exister sans elle, s'il pouvait vivre entièrement dans le souvenir d'elle, ou si, au contraire, je devais être directement exposée à Jaye pour continuer à le générer, un peu comme la vitamine D – et le soleil s'est couché et je n'avais nulle part où aller : pas de destination, pas d'étranger m'offrant asile ni voiture, et personne n'avait aucun moyen de me joindre, de me trouver, de m'appeler, de me dire quoi que ce soit, et j'étais complètement seule, en laisse à l'intérieur de mon moi absolu. L'océan marmonnait quelque part à l'est de moi, je l'entendais mais je ne le voyais pas, cet océan noir flottant dans le noir, chuchotant du sel à qui voulait entendre. Un enfant se tenait à un coin de rue comme une statue triste, les yeux dans le vague, et en m'approchant de lui j'ai commencé à ressentir une vive inquiétude – où aurait-il dû être et qu'est-ce qui allait lui arriver s'il avait été oublié ou égaré, s'il errait comme un animal abandonné à travers les ruelles et sous les ponts de l'autoroute et le long des lits des ruisseaux aux confins de la ville ? Quand je me suis approchée de lui, un sourire a clignoté sur son visage, tressaillement de petits muscles, comme une ampoule en fin de vie. Il avait à la main ce que j'avais cru être une petite boîte de jus mais qui s'avéra un paquet de cigarettes.

Tu vas bien ? j'ai demandé.

Toi, tu vas bien ? il a demandé, et puis nous n'avons plus rien dit, et il s'est retourné et il a couru vers le coin de la rue, s'est glissé sous un buisson en lisière d'un jardin. Le buisson tremblait tandis qu'il le traversait et puis il a cessé de trembler et j'ai attendu le son d'une porte qui se referme ou de voir une lumière s'allumer dans la maison ou d'entendre une voix, d'avoir l'impression qu'il allait bien, mais il n'y a rien eu et il y avait une possibilité que quelqu'un, plus tard, le débite en tranches inertes, et même si je savais qu'il n'irait pas forcément bien pour toujours, je voulais avoir une idée de sa sécurité à ce moment-là, et je savais bien que ce serait une fausse idée de sa sécurité, mais au moins ce serait une impression de sécurité, mais j'ai continué à marcher en direction de l'océan, essayant de me rappeler qu'avant que je le voie, le garçon existait très bien sans toutes mes inquiétudes et j'ai tourné au coin et l'océan de minuit était là, tout soudain et énorme. La côte était toute de rochers gris, ovales et lisses, et j'ai crapahuté dans les rochers pour m'approcher de l'océan, submergée par le son de l'océan, l'arche bleu-gris où il rencontrait le ciel bleu marine. L'océan soupirait et gémissait et soupirait. Je me suis assise, le poids de mon sac à dos m'enfonçant un peu dans les rochers, et j'ai écouté les soupirs de l'océan et j'ai pensé aux soupirs de mon mari, ses tout petits soupirs, et l'histoire qu'il m'avait racontée un jour à propos de l'année religieuse qu'il avait passée, quand il travaillait pour une association qui essaie de nourrir et d'habiller les petits enfants aux ventres ronds, aux yeux enfoncés et aux pieds nus dans des pays lointains.

Une mouette s'est approchée en marchant et m'a regardée comme si on se connaissait depuis des années et donc je devais savoir exactement ce qu'elle pensait, et je n'avais jamais vu une mouette se balader dehors dans la nuit, et puis la mouette est partie en boitillant. Je me suis retrouvée à flotter dans une sorte de semi-paralysie lasse, je ne voyais plus que le ciel sombre et le battement de mes propres cils, tombée de rideau charnu ; j'ai fait des rêves flous de mon mari et de la mouette, leurs âmes glissant du corps de l'un à l'autre – parfois mon mari était dans une mouette et parfois une mouette était dans mon mari – et ça a continué pendant un moment jusqu'à ce que j'atteigne une sorte de limite légale pour ce genre de truc, si j'en crois l'homme qui m'a réveillée, avec un ciel matinal dans son dos, cet homme qui semblait plus petit que mon sac à dos – il disait *Bonjour, bonjour, bonjour*, aussi fort qu'il en semblait capable, alors je me suis réveillée en regardant cet étranger qui me souhaitait le bonjour mais je savais qu'il ne voulait pas particulièrement que je passe un bon jour – il voulait que je me reprenne, que je me regroupe, que je lui montre mon passeport, que je me lève, oui que je me lève maintenant, merci.

Vous avez pris des drogues ? Vous avez bu ?

Nan. Pas de drogue, j'ai dit.

Alors vous avez bu – vous avez bu beaucoup ?

Pas même un peu.

Vous êtes venue ici toute seule ?

(Et quand le flic a dit *toute seule*, ça m'a rappelé le jour, des mois et des mois auparavant, où j'étais montée dans un bus à Brooklyn pour aller vers une des plages de la ville toute seule, un mardi de grisaille, et quand j'ai demandé au chauffeur si ce bus desservait la plage il m'a dit, *Vous allez à la plage toute seule ?*, il l'a dit d'une voix rieuse et incrédule, et je me suis sentie petite, et idiote, et perdue, alors que je n'étais pas perdue – j'étais juste à Brooklyn, en route pour le Queens, à distance surmontable de mon appartement et de tout ce qu'il contenait. *Vous voulez aller à la plage ? La plage ?* insistait le chauffeur. *Aujourd'hui ? Toute seule ?* Et j'ai dit, *Ouais*, et il a dit, *Pourquoi vous allez à la plage toute seule ? Qu'est-ce que vous allez bien pouvoir faire, toute seule, à la plage ?* Et j'ai dit quelque chose, pour m'expliquer. *Cette dame s'en va à la plage toute seule*, il a dit à une femme qui montait dans le bus, mais elle n'a rien répondu, elle a juste laissé tomber sa monnaie dans le truc qui avale la monnaie.)

Mais ce petit policier n'était pas aussi amusé par ma solitude, il m'a juste demandé mon passeport, et il l'a examiné, puis moi, et il a dit que je ferais mieux de ne pas dormir en public – ce n'est simplement pas prudent – et j'ai pensé qu'il avait l'air profondément inquiet, que cela lui importait vraiment et qu'il aimait l'humanité tout entière, ce flic, mais ce n'était probablement pas vrai, et je me suis demandé pourquoi certaines combinaisons de gens créent des bruits inaudibles tandis que d'autres pas, et le flic s'est éloigné comme si je n'étais rien, rien du tout, juste un petit animal inoffensif, perdu, avec un passeport.

26

J'ai trouvé une cabine et j'ai appelé le numéro et je m'attendais à ce que ça sonne dans le vide comme la dernière fois, déjà prête à me dire que je ne reverrai peut-être jamais Jaye, ou qu'elle m'avait peut-être donné un faux numéro, ou que j'allais devoir inventer autre chose pour retrouver le bruit inaudible parce que je n'arrivais plus à le générer rien qu'en pensant à Jaye, mais sa voix a surgi, la voix de Jaye, et elle a dit que j'appelais pile à temps, et où est-ce que j'étais, et elle m'a dit de ne pas bouger, alors c'est ce que j'ai fait. Elle est arrivée au volant d'une toute petite voiture argentée décapotée, les cheveux attachés dans un foulard jaune, et un instant j'ai pensé que tout irait bien pour toujours.

Elle conduisait vite sur une route dont les courbes épousaient l'océan et je n'entendais rien de ce qu'elle disait, ses mots recouverts par les vrombissements du moteur et les grognements de la mer, et j'ai eu envie de lui parler du bruit inaudible mais il n'y avait pas de bonne manière de le lui expliquer sans en dire trop, sans surexposer le bruit inaudible, le décolorer, le dévitaliser, alors j'ai fermé les yeux, je me suis laissée aller en arrière et l'air salé a rempli ma tête et couvert mon visage comme les mains délicates de tous les gens amoureux du monde, et j'ai senti mes articulations se détendre et la fatigue de ma nuit sur la plage se dissoudre.

On rentre à Wellywood, elle a dit, parce qu'elle avait changé d'avis, elle ne voulait plus passer le nouvel an avec sa famille foldingue – *Et ma mère qui continue à m'appeler Jared, tu le crois ça ? C'est qui, Jared ? Je ne connais pas de Jared, putain*, disait Jaye, et je ne connaissais pas de Jared, putain, non plus, et je comprenais qu'elle n'ait pas envie de penser à la façon dont ce nom contenait le passé, au *il* dans lequel elle était née – et je ne pouvais pas lui jeter la pierre, et je ne lui jetais pas la pierre et je comprenais, en quelque sorte, une chose que je savais pourtant ne pas vraiment pouvoir comprendre. Jaye a mis de la musique et a commencé à chanter à tue-tête, et moi je suis restée silencieuse et immobile.

J'aimerais comprendre ce qui s'est passé pendant les quelques jours que nous avons passés dans son appartement à Wellington, mais en résumé, l'accord mineur recouvrait progressivement le bruit inaudible, alors j'évitais Jaye pour éviter l'accord mineur, et je passais de longues journées à errer dans la ville, rentrant tard sur la pointe des pieds, partant tôt sur la pointe des pieds, et le soir du nouvel an j'ai menti, j'ai dit que je ne me sentais pas très bien, que j'allais rester à la maison – mais le lendemain, elle m'a vue rentrer en plein milieu de l'après-midi – *Belle année nouvelle, ma chérie ! Alors tu te sens mieux ? T'as pris un peu l'air, c'est ça ?* – et j'ai su que je n'étais pas sa chérie, et qu'il n'y avait rien de nouveau dans cette année qui s'était contentée de surgir comme toutes les autres, et il y avait quelque chose de malsain et de bizarre dans le comportement de Jaye, comme si tout allait bien, et peut-être que pour elle tout allait bien, parce que peut-être qu'elle n'avait jamais entendu le bruit inaudible et qu'il ne lui manquait pas comme il me manquait à moi, et peut-être qu'elle n'avait pas remarqué l'accord mineur – elle m'a dit qu'elle avait prévu une sortie surprise pour nous, il était l'heure d'y aller, et je redoutais le truc, quel genre de surprise elle m'avait préparée. En fond sonore, l'accord mineur jouait doucement mais de moins en moins quand on a pris le bus et qu'on a marché dans un coin bétonné de la ville, et on s'est retrouvées sur un terrain de basket en plein air où un petit groupe de gens s'étaient réunis, des femmes et des hommes ont émis des petits bruits excités en direction de Jaye et se sont jetés dans ses bras et mon nom a été prononcé et m'a été répété – *Voici Elyria – Voici Elyria – Et voici Elyria* – et j'avais envie d'être n'importe qui d'autre mais je n'étais pas quelqu'un d'autre, et puis ç'a été *l'heure*, a dit quelqu'un, et tout le monde s'est assis sur le terrain en béton et quatre personnes habillées en clown à l'ancienne sont arrivées, deux dans un caddie de supermarché, une autre poussant le caddie, et la dernière roulant plus ou moins à travers le terrain et ils ont plus ou moins commencé à se présenter, un numéro qui reposait sur la drôlerie des erreurs que commettent parfois les gens, et Jay riait de son chaleureux rire, et je ne comprenais pas pourquoi tous ces gens riaient comme s'ils n'allaient jamais être morts, et je me demandais pourquoi personne ne semblait entendre la dureté et l'énormité de l'accord mineur alors j'ai essayé de me transporter ailleurs, de me glisser dans une sorte de sommeil les yeux ouverts, et j'y suis peut-être arrivée parce que je n'ai aucun souvenir de la suite du spectacle des clowns, seulement que la fin avait quelque chose à voir avec un pot de gruau ou un truc comme ça, une bouillie de flocons d'avoine, et l'apogée du spectacle tenait dans la distribution par les clowns de bols de porridge, avec leurs grands yeux écarquillés, leur bouche béante d'admiration pour eux-mêmes, et l'un d'eux a essayé de me tendre un bol de cette bouillie, mais je n'en voulais pas, et Jaye me regardait et le clown me regardait, et le clown a pris ma main et en a enveloppé le bol, m'a mis une cuillère dans l'autre main et a mimé l'action de manger comme pour m'indiquer que c'est ce que je devais faire, et je ne voulais pas, et Jaye mangeait sa bouillie, et riait, et disait, *Oh, vas-y chérie, mange, c'est dégueulasse, c'est tellement dégueulasse que c'est génial*, et il n'y a pas eu de missile accidentel pour frapper la ville et mettre fin à ce truc, alors j'ai posé le bol de bouillie par terre, je me suis levée et je suis partie, et Jaye a dit, *Chérie ? Chérie ?* Elle disait *chérie* comme une question et j'ai dit, *Je ne me sens pas très bien*, et elle a dit, *Oh, chérie*, elle disait *chérie* comme le nom d'un chien qui aurait fait une bêtise, et quand Jaye est arrivée à la maison elle ne m'a pas demandé si j'allais bien parce que je m'étais enfermée dans la chambre d'amis, et je me suis levée tôt et je suis partie avec mon sac avant qu'elle ne se réveille. J'ai fait ça parce que je savais que le bruit inaudible était parti et je savais que je ne faisais pas partie des gens capables de manger le porridge d'un clown, et que le yack faisait jouer tout son poids en moi et j'essayais de ne pas trop me laisser secouer par le yack.

Finalement il a fait nuit, j'ai marché et je me suis retrouvée dans un pub, et je me suis rendu compte que la salle était pleine de gens qui avaient tous l'air de se connaître et de s'aimer, et ils savaient aussi qu'ils ne me connaissaient pas et qu'ils ne m'aimaient pas, et que ça ne changerait probablement jamais. J'ai regardé mes pieds et j'ai remarqué combien la chaleur des mois de vadrouille avait fait fondre mes semelles, et je savais que l'état lamentable de mes chaussures trahissait quelque chose à mon sujet – mais j'avais toujours fait ça, user mes chaussures jusqu'à la corde et ça m'a rappelé ce jour chez ma mère, des années auparavant, quand elle avait essayé de me refiler une vieille paire de tennis qui avaient appartenu à Ruby, des bleu clair, elle pensait que Ruby ne les avait même pas portées – *Elles sont encore dans la boîte* – et je n'avais pas compris sur le coup qu'elle m'offrait une paire de chaussures parce que les miennes n'étaient plus qu'une vague approximation de chaussures, des Sambas fatiguées, vieilles de cinq ans, que j'avais continué à ne pas jeter alors qu'elles en avaient à l'évidence besoin – mais cet après-midi-là j'avais répété, *Non, non, merci, ça va*, parce que ça ne m'allait pas du tout d'emprunter des chaussures que je ne pourrais jamais rendre à Ruby, et il n'était pas question que je mette mes pieds là où les siens auraient dû être, et aussi, j'en avais la nausée, qu'on me donne cette possibilité de mettre mes pieds où les pieds de la fille morte de ma mère auraient dû être, parce que je savais que j'étais son autre fille morte, pas juste sa fille morte préférée – *Elles vont finir à la poubelle*, elle a dit, et, *Comment ton mari peut-il te laisser sortir comme ça ? Quel autre choix as-tu ?* – mais j'ai choisi l'autre choix (*Tu as deux options*, il avait dit, *deux options*) et le choix que j'ai fait était de vivre avec ce que j'avais, ce qui, certes, n'indiquait pas forcément que j'étais capable de prendre soin de moi, et ces chaussures sévèrement abîmées et à peine portables montraient clairement que j'avais besoin d'aide, que mes pieds étaient dans le besoin, que j'avais besoin d'un meilleur choix de chaussures, qu'il me fallait un meilleur choix, qu'il fallait que je me reprenne, que je reprenne ma vie en main, que je me reprenne en main, que je me, moi. Je ne m'étais pas, moi, depuis un moment et peut-être que je n'y arriverais pas, semblait-il, parce que mon moi était, en quelque sorte, dépris, oublié, ou n'y comprenait rien, quoi qu'il y ait eu à comprendre, quoi que ce que je ne comprenais pas était, ou est, ou eut été.

Assise au bar, j'ai commencé à avoir l'impression d'être une boîte de nourriture pour chien placée par erreur au rayon fruits exotiques, avec les lychees et les ananas au sirop, et en même temps je savais que je n'étais pas une boîte de nourriture pour chien parce qu'une boîte de nourriture pour chien aurait eu le luxe de se contenter d'être ce néant dense et nul, une boîte de nourriture pour chien ne lutterait pas contre son être-boîte-de-conserve, n'aurait pas besoin de comprendre quoi que ce soit.

Deux femmes se sont approchées et ont posé une couronne en plastique sur la tête ovale d'un type debout au bar à côté de moi. C'était son anniversaire, semblait-il, vu que la petite couronne portait l'inscription *Happy Birthday*, en lettres cursives violettes, et même si par définition les gens qui pouvaient lire la couronne n'étaient pas ceux dont c'était l'anniversaire, quelque chose passait. Ce que je devais faire de mes mains est soudain devenu un problème précis et insoluble, alors je me suis décalée le long du comptoir, vers le mur, pour faire de la place à tous ceux que ça intéressait que le type au visage ovale soit né, et puis le comptoir m'a paru un triste endroit où s'asseoir. Je ne me souvenais plus pourquoi j'avais choisi d'entrer dans un bar, un choix clairement idiot, désespéré et piteux, et mon regard a accidentellement rencontré celui d'un type affalé sur ses bras à l'autre bout du comptoir et ses yeux m'ont dit quelque chose, m'ont demandé le genre de truc que les gens demandent silencieusement dans ce genre d'endroit, et j'aurais voulu lui crier, *Laisse tomber*, mais j'ai seulement penché la tête vers le mur et silencieusement articulé ces mots pour moi-même, en espérant que d'une manière ou d'une autre, il comprendrait le message.

27

Des voitures passaient mais je n'étais pas certaine que ce soit prudent de partager espace et temps avec d'autres gens, qui semblaient tous tellement plus doux, plus sûrs et tellement moins un secret pour eux-mêmes que j'avais l'impression de l'être pour moi, alors je restais à une distance respectable de la route, le sac toujours sur le dos, un petit arbuste à mes pieds, et on aurait dit que l'arbuste avait lui aussi passé la nuit dans le jardin d'un étranger, et nous nous tenions près de la route, avec tous les deux l'air d'avoir été laissés là par accident, l'air d'attendre que quelqu'un se souvienne de nous et revienne nous chercher et nous ramène à la maison, et je me suis rendu compte de l'histoire assez élaborée que je venais d'inventer pour cette petite plante, et je me suis demandé si je projetais ma propre histoire sur l'arbuste, mais l'arbuste et moi nous contentions de rester là, vagues et en attente, jusqu'à ce qu'une voiture arrive et m'emmène quelques kilomètres plus loin, et j'étais là, seule encore, à écouter l'océan retomber sur lui-même, heurter les rochers, et j'ai pensé aller à la plage pour partager un petit moment idéaliste avec l'océan, mais tout le romantisme du voyage s'était étiolé, et l'océan ne me faisait plus le même effet ; j'essayais juste d'aller quelque part, et plus tard un type m'a déposée dans une petite ville, près d'un parc qui se trouvait dans un quartier où vivent des gens qui ne vont pas dans les parcs, où les gens qui aiment aller dans les parcs n'iraient pas vivre. À l'entrée du parc, il y avait un monument entouré de bancs. Au bout d'un moment, deux personnes sont arrivées et se sont assises sur le rebord du monument. Elles portaient la même tenue – l'uniforme d'une école – polos blancs et pantalons bleu marine. Elles ont commencé à s'embrasser. Une des personnes était un garçon avec des cheveux blonds en bataille et l'autre était une fille aux cheveux courts et noirs. Ils s'embrassaient en rythme, avec la bouche comme unique point de contact, et je les ai ignorés, ou pas tout à fait ignorés mais je me suis mise à lire un livre, et pendant que je regardais mon livre, j'ai repensé à l'époque où je portais un uniforme et où j'allais dans un parc avec mon petit ami pour qu'on s'embrasse, à l'endroit où on pensait que personne ne nous remarquerait, sauf cette femme qui nous a vus une fois en passant dans son jogging rose fluo, la femme qui avait dit, *Ah, les amours de jeunesse!*, sur un ton qui n'était pas tout à fait cruel, et j'ai pensé que ce n'était pas très gentil de nous complexer à cause de notre jeunesse et de notre amour encore si simple alors. J'ai fixé mon livre, parcourant les lettres des yeux en pensant à cette femme, à son *Ah les amours de jeunesse!* et à son jogging rose fluo, et au petit sourire bête et humide sur le visage du garçon quand il l'avait regardée s'éloigner en marche rapide. Les deux personnes en uniformes s'embrassaient toujours, bougeant diligemment leurs têtes au même rythme soutenu.

Je suis restée dans ce parc jusqu'au coucher du soleil et puis je suis restée encore. J'ai trouvé un banc éloigné des lampadaires, et j'ai plus ou moins dormi pendant quelques heures. Au milieu de la nuit j'ai trouvé un bocal dans une poubelle et j'ai pissé dedans et puis j'ai replacé le bocal dans la poubelle, et je sais bien que ça peut paraître un peu ridicule, mais il me semblait que cela donnait au fait de dormir dans un parc comme un soupçon de dignité, de ne pas pisser sur la terre comme un animal, d'être capable de contenir mes propres déchets, que ça faisait de moi une personne qui vivait une aventure, plutôt qu'une personne de peu d'options et de peu de moyens, et possiblement de santé mentale précaire.

Le matin, il y a eu des oiseaux. Il y a eu des oiseaux là comme il y en avait partout.

28

Je trouve que parfois, des tas d'émotions s'expriment bizarrement sur un visage : une lèvre retroussée, un cou penché, un écho dans l'œil. C'était clair quand la porte de l'abri s'est ouverte et qu'une femme est apparue et elle n'avait pas l'air trop surprise de ma présence, avachie sur le côté, une pile de gants de jardin en guise d'oreiller. J'ai plissé les yeux face à la luminosité soudaine et elle a dit, *Oh là là !*, et elle avait l'air contente et embêtée à la fois, sourcils froncés, tout petit sourire, ses yeux occupés à tout autre chose.

Eh bien bonjour, elle a dit, et j'ai dit quelque chose et elle a dit, *Est-ce que tout va bien ?*

(Et tout n'allait pas bien du tout parce que cela faisait des jours ou des semaines que je vagabondais sans but certain, à manger dans les poubelles, à être *seule*, comme Werner avait dit que je n'étais pas faite pour l'être, et j'allais lui montrer, pensais-je, sauf que j'allais lui montrer sans vraiment lui montrer, parce qu'il ne me voyait pas dormir dans des cabanes ou sous des vignes dans les vignobles la nuit, je faisais ça toute seule, en attendant le jour, en attendant de trouver quoi faire de moi-même, en me demandant si cette façon d'être seule était vraiment ce que je voulais…)

Je vais bien, j'ai dit, mais elle n'a rien dit d'autre et j'ai compris qu'elle attendait plutôt une explication de ma part, mais toutes mes explications semblaient en désaccord avec ma bouche, ou en grève, ou en congé maladie, ou peut-être n'avaient jamais existé, et j'avais l'impression que des organes cruciaux s'étaient fait la malle pendant la nuit, comme si mes reins s'étaient faufilés hors de mon corps par mes oreilles et n'avaient laissé que deux petits sacs de sable à leur place, et comme si tous mes ganglions lymphatiques s'étaient consumés en petits morceaux de charbon –

Je marchais et je me suis perdue, j'ai fini par dire. *Il faisait nuit. Je suis désolée.*

Aucune raison de vous excuser ma chère, cela arrive aux meilleurs d'entre nous.

C'est pas vrai, j'ai pensé mais je n'ai rien dit, parce que je savais que je ne faisais pas partie des *meilleurs d'entre nous*, que j'étais juste *l'une d'entre nous*, et ce genre de chose n'arrivait pas aux *meilleurs d'entre nous* mais seulement à *certains d'entre nous*, dans des cas extrêmement rares, quand une personne oublie comment atteindre la moindre zone raisonnable d'elle-même, mais je n'allais pas corriger cette femme (*Ruth*, elle a dit, en me tendant la main pour m'aider à me lever), parce que je savais, au moins, que dire à une étrangère qu'on est incapable d'atteindre la moindre zone raisonnable en soi n'était pas une chose agréable ni une chose utile à dire, pas une bonne première impression, pas le genre de truc à dire à la lumière du jour.

Ruth a poussé un petit soupir, puis souri. *Vous restez pour une petite halte alors ? Pour vous rafraîchir ?*

C'était une maison ancienne et silencieuse, et elle m'a conduite à une petite salle de bains blanche, elle a dit que je pouvais utiliser le savon vert, celui en forme de coquillage. J'ai défait mon sac à dos et je l'ai laissé tomber avec un bruit sourd derrière moi, je me suis déshabillée comme on s'épluche, j'ai fait couler un bain dans la baignoire à pieds en forme de griffes, et j'ai étudié le miroir, le bronzage de ma peau exagérait le blanc de mes yeux, la transpiration faisait boucler mes mèches de cheveux, de la poussière striait ma figure.

Une fois la baignoire remplie, je m'y suis glissée et je me suis laissée tremper, j'ai oublié où j'étais et j'ai pensé à la question de savoir si la police avait emporté les papiers que Ruby avait déposés au bureau du professeur ce jour-là, parce qu'une fois je lui avais demandé s'il avait toujours ces papiers et il a dit qu'il n'était pas sûr de ce qu'ils étaient devenus, et j'ai dit, *Tu ne te souviens pas ? Pourquoi tu ne te souviens pas ?* Mari : *C'était il y a longtemps, Elly, et ça a été une année très difficile* – Et moi : *Mais pourquoi tu ne te souviendrais pas de ce qu'ils sont devenus ?* Et il n'a rien dit, ou alors quelque chose qui revenait à rien, et j'ai passé ma langue sur ce souvenir comme sur une blessure à l'intérieur de ma joue, jusqu'à ce que l'eau du bain refroidisse et me rappelle à mon corps et à la peau flétrie de mes doigts.

Dans le salon une vieille dame s'écroulait comme un sac de sable dans un fauteuil à oreilles fleuri.

Nina, je voudrais te présenter Elyria, a dit Ruth. *Elyria, voici Nina.*

Enchantée, j'ai dit, en essayant d'avoir l'air calme et normale et gentille – et non d'une femme avec un yack qui louait une chambre à l'intérieur, pas d'une femme qui dort dans les cabanes de jardin et les cabines téléphoniques et n'importe où – mais ma voix résonnait comme une voix d'emprunt, et elle n'était pas à la taille de ma bouche, elle ne transformait pas mes vraies pensées en vrais mots, ma voix comme un article de récup éraillé.

C'est un plaisir de vous rencontrer, ma chère, a dit Nina, sans lever la tête. Son ventre rond évoquait une pâte levée.

Mère, a dit Ruth, *tu pourrais au moins faire un petit effort.*

Un quoi ?

Un effort, a répété Ruth, plus fort, *tu pourrais – tu ne veux pas te rasseoir correctement ? Nous avons une invitée, Mère, quand même.*

Ça va, ça va, a dit Nina, mais sans bouger la moindre partie d'elle-même. Elle portait cinq ou six colliers de perles tout emmêlés. Un bol de myrtilles humides se balançait en équilibre sur son ventre et elle avait un petit morceau de peau de myrtille coincé entre les dents de devant.

Je vais juste chercher des herbes au jardin, a dit Ruth. *Je reviens tout de suite. Il y a du café et du thé si vous voulez.*

Nina a examiné la pièce comme si quelqu'un risquait de la surprendre et puis elle a posé les yeux sur moi.

Alors, c'est comment. Dormir dans la cabane du jardin ?

Oh, ça va, j'ai dit.

Je trouve que ça a l'air amusant. Moi j'aimerais bien m'amuser encore un peu. Un jour, j'ai dormi assise dans un train. Imaginez ça. Une jeune femme toute pomponnée pour le voyage – qui dort – assise et endormie avec ses gants et son chapeau !

Après que j'ai englouti une assiette d'œufs brouillés et des toasts comme un chien errant, et puis une deuxième, et puis un bol de fruits et encore une tartine de beurre, Ruth a commencé à me poser des questions (les questions attendues : d'où je venais, où j'allais, pourquoi j'avais dormi dans la cabane) et j'essayais de siroter mon thé, comme si j'étais le genre de personne qui sirote son thé, tout en lui disant la vérité : je n'étais pas perdue, car je n'avais plus de destination, l'endroit où j'avais eu l'intention de séjourner en Nouvelle-Zélande, ça ne marchait plus, et mon plan B ne marchait plus non plus. *J'apprécie vraiment d'être seule*, j'ai dit, et j'ai essayé de sourire mais je me suis rendu compte que je ne souriais pas vraiment, que ce qui se passait, c'est que j'avais de l'eau sur le visage, et que cette eau tombait de mes yeux, et ça m'a surprise, mais ça n'avait pas l'air d'être une surprise pour Ruth, qui a penché la tête et m'a posé des questions sur ma famille, comme une thérapeute, ou quelqu'un d'habitué à la douleur soudaine, nue, et je me suis retrouvée incapable de mentir comme je l'avais pourtant fait si souvent.

Je lui ai raconté mon mari, et Ruby, et ma mère, je lui ai tout raconté, et à la fin j'étais tellement épuisée, ma poitrine tressautait, j'ai poussé un long soupir et je me suis sentie un peu détendue, et Ruth, avec son visage respectablement ridé et soucieux et son chemisier en soie et son pantalon lilas, et l'odeur de romarin qui faisait un halo à cette situation exagérément saine qu'était sa vie, Ruth m'a regardée et a dit : *Est-ce que vous souhaitez appeler quelqu'un, ma chère ?* Et je ne pouvais rien faire d'autre qu'approuver parce qu'il aurait été presque impossible, ou possiblement illégal, ou du moins difficile, de contrarier toute cette bonté – j'ai dit, *D'accord*, et elle a apporté un téléphone à cadran et le seul numéro qui m'est venu à l'esprit était le numéro que ma mère écrivait au Magic Marker sur mon avant-bras quand elle nous envoyait, Ruby et moi, jouer dehors – *Au cas où, on n'est jamais trop prudent* – et parfois on ne pouvait pas différencier ses quatre de ses neuf – *ça c'taineuf, pas un kat* – et plus tard, Ruby et moi on l'imitait, *c'taineuf c'taineuf*, on disait ces mots qu'on inventait à d'autres gamins qui n'y pigeaient rien et on échangeait un petit sourire satisfait, et on courait dans les jets d'eau pour effacer le numéro au Magic Marker et on disait, *Maintenant, on ne rentrera plus jamais, elle ne nous retrouvera plus jamais comme ça*, mais nous rentrions toujours et nous nous souvenions toujours du numéro et je ne sais pas pourquoi j'ai composé ce numéro cet après-midi-là dans la maison de Ruth, mais je l'ai composé comme si j'avais enfin trouvé le cas dont elle parlait quand elle disait *Au cas où*, et tout à coup il y a eu un *Allo* sceptique sur la ligne et j'ai dit, *C'est Elyria.*

Oh… ma mère a dit. *Elyria ? Ça alors.*

Je vais bien, j'ai dit.

C'est ce que je pensais, elle a dit, *tu te débrouilles toujours. C'est où que t'es allée ?*

En Nouvelle-Zélande.

Oh là, c'est loin.

Nous nous sommes tues pendant un petit moment et puis elle a dit, *T'es toujours là ?*

Oui.

Tu sais, il y a eu un moment où on a vraiment tous cru que tu étais morte. C'est ce que tu voulais qu'on pense ?

J'ai réalisé que c'était le début de soirée là-bas, donc elle n'avait peut-être bu que quelques vodkas dans l'après-midi. Je lui ai dit que je ne tenais pas à ce que quiconque pense que j'étais morte, que j'avais juste voulu partir.

Tu sais, Elly, je pensais vraiment que tu te serais remise de tout ça depuis le temps. Ça fait six ans.

J'ai fixé la vitrine de porcelaine de Ruth.

Allo ? Tu es là ?

Je suis là, j'ai dit.

Et alors, tu n'as rien à dire là-dessus, Elyria ? Rien du tout ?

Sur quoi ?

Tu pars le jour anniversaire de – tu sais... Tout tourne toujours autour de Ruby avec toi, même le mariage – tu le sais bien. Tout le monde le sait. C'est juste que je suis la seule à le dire.

Elle a ri un petit peu et a distinctement avalé une gorgée de quelque chose.

Il ne s'agit pas de ça. Je ne – je ne savais même pas que c'était... Mais je devais le savoir, d'une manière ou d'une autre, je devais le savoir. J'ai laissé le silence s'installer.

Tu es là ?... Elyria ?

Je suis là, j'ai dit mais je savais que, de plus en plus, je n'étais pas là, et j'ai senti cette version de moi-même, cette version capable-de-sangloter-et-d'être-vue-en-train-de-sangloter que j'avais été face à Ruth s'endurcir à nouveau, comme du caramel tiède laissé à refroidir.

Pour information, je lui ai dit de ne PAS *annuler tes cartes, c'était son idée, Elyria, parce qu'il se fichait de ta sécurité, tout ce qui l'intéressait c'est que tu sois* à lui. *Tu vois comme il est tordu maintenant ? Épouser la sœur de son étudiante morte ? Dix ans de différence entre vous ? Ça ne t'a jamais paru étrange ?*

Mais mère n'avait pas la moindre idée de ce que c'était que d'être dans la cafétéria avec la masse soudaine de sens qu'il y avait eue entre ce professeur et moi, quand nous n'étions pas encore mari et femme, seulement une jeune femme et un jeune professeur, des gens qui étaient soudain en possession de quelque chose dont l'autre avait besoin, une possibilité, un baume particulier, et c'est quelque chose que je ne sais toujours pas comment bien décrire ni comprendre, mais cela avait donné un sens à tout, au mariage comme aux réserves de chagrin garanties et régulières de chaque vie, et puis tout avait changé, d'une manière ou d'une autre, ou s'était donné la mort, ou était parti en vadrouille et n'était jamais revenu, et c'est la raison pour laquelle j'étais partie, pas Ruby, pas le manque de Ruby –

Je crois qu'il faut que j'y aille, j'ai dit, parce que j'en avais assez qu'on me rappelle les différences entre nous, et j'ai raccroché le téléphone et Ruth est revenue dans la pièce et m'a demandé si je me sentais mieux et j'ai dit que je me sentais mieux parce que j'étais redevenue la femme qui pouvait se plier comme une acrobate et se stocker quelque part, empaquetée comme un corps plié à l'intérieur d'un canon, et mon visage a retrouvé son état normal, calme, pas son état de petit animal chaud et humide et impuissant et elle a dit, *Vous avez meilleure mine, très chère, peut-être que c'était tout ce dont vous aviez besoin, parler un peu avec votre mère*, et j'ai dit, *Oui, merci. C'était tout ce dont j'avais besoin.*

29

Quand la camionnette noire s'est mise à ralentir et s'est arrêtée, j'ai réalisé que ce n'était pas la première fois que cette camionnette ralentissait et s'arrêtait pour moi – et la femme au nid vide est apparue, le petit oiseau.

Je suis montée et elle a dit, *Et où allons-nous aujourd'hui, mademoiselle ?* Et elle a souri. Son sourire a activé ma culpabilité parce que je savais que j'allais lui dire que j'avais menti, qu'il n'y avait pas de mari fermier et que j'allais nulle part, encore et encore, que je continuais à aller nulle part.

Ça ne me dérange pas d'aller… n'importe où, je crois.

Eh bien, elle a dit, et je me suis cramponnée, pour la question qui mènerait à une réponse qui mènerait à une confession et qui n'allait pas être confortable –

Qu'en pense votre mari, que vous alliez comme ça n'importe où toute seule ?

J'ai menti, j'ai dit, *je ne suis pas venue ici avec mon mari. Il ne sait même pas où je suis*, et après avoir dit tout ça, je me suis sentie plus légère mais l'atmosphère à l'intérieur de la camionnette s'est assombrie, parce que c'est déjà assez décevant de savoir que les gens que nous aimons mentent parfois, mais c'est presque pire de se souvenir que les étrangers aussi, et c'est pour ça qu'il vaut mieux ne pas avouer nos mensonges à des étrangers, parce que ce n'est pas agréable d'apprendre que quelqu'un peut mentir même quand il n'y a rien en jeu, ou presque rien, et ce n'est pas agréable de se souvenir que nous avons tous cru aux mensonges d'autres étrangers, et même si à peu près tous les êtres vivants le savent, d'une certaine façon, ce n'est quand même pas le meilleur sujet à aborder au cours d'une conversation polie. Si la veuve avait posé la question, je lui aurais raconté le reste de l'histoire, mais elle n'a pas posé la question. Elle a remis la camionnette en route et elle ne m'a pas demandé pourquoi je m'étais donné tant de mal. Probablement que la partie la plus forte d'elle-même conseillait à la partie la moins forte de juste *laisser tomber – Laisse tomber* – à la manière dont j'ai parfois entendu des gens dire à leurs chiens d'arrêter de s'intéresser à une trace dégoûtante sur un trottoir.

Elle m'a déposée à l'office de tourisme au centre d'une ville qui ne semblait proche de rien, sinon de parois, de falaises et de ponts qui enjambaient d'étroites rivières. *Il y aura sûrement quelqu'un pour vous aider ici, vous dire où vous devriez aller*, et je me suis sentie reconnaissante qu'elle ait eu raison : à l'intérieur, il y avait un mur couvert de petites annonces, l'une disait, *Recherche Boulanger*, et une autre, *Recherche Ouvrier agricole*, et d'autres annonces annonçaient d'autres besoins, des besoins que j'aurais pu combler ou pas, mais il y en avait une qui disait, *Vivez à Waiheke Island, Vivez au Paradis!* et j'ai aimé qu'elle ne me demande rien, qu'elle me dise juste quoi faire, avec emphase. *Logé nourri contre travaux, toutes compétences bienvenues*, alors j'ai pris l'annonce et j'ai appelé le numéro et une femme a répondu – *Désherbage, ménage, lessive, petites réparations, ça vous va ?* – et même si toutes ces choses ne m'allaient pas follement, j'avais bien compris en dormant dans des cabanes et des parcs et des jardins que Werner n'avait pas tout à fait tort et pas complètement raison : je suis quelqu'un qui a besoin d'autres gens, mais je suis le genre de personne qui a besoin d'être avec des gens qui n'ont pas besoin de moi. Alors j'ai dit à la femme que toutes ces choses m'allaient et elle a dit que je pouvais venir n'importe quand, et me trouver une nouvelle vie de fortune n'a pas été plus difficile que ça, une vie aveugle au passé comme à l'avenir.

Après m'être à nouveau fait ramasser, et à nouveau déposer dans un parking à l'odeur de soufre, à côté de rails de chemins de fer, et à nouveau ramasser et à nouveau déposer à une statio-service, et ramasser une dernière fois par une femme à grandes dents au volant d'un van gris pâle, je me suis retrouvée à Auckland, et quand je suis descendue la femme à grandes dents à dit, *Dieu vous bénisse*, ce à quoi j'ai répondu, comme par réflexe, par un éternuement, alors elle l'a répété – *Dieu vous bénisse* – et j'ai encore éternué, et j'ai pensé que c'était le genre de chose qui rend facilement les gens complices, un clin d'œil, la vie est drôle parfois, ou peut-être pas drôle mais surprenante, mais le visage de la femme aux grandes dents est resté impassible, ces deux dents de devant dépassant de ses lèvres comme si elles étaient les deux autres au sein de sa Sainte-Trinité à elle.

30

Luna expliquait qu'elle était végétarienne pour des *raisons purement physiques* tout en faisant tomber une pluie de dés d'oignons de la lame de son couteau dans une poêle chaude, ce qu'elle a fait avec une précision perturbante, et les oignons se sont mis à chuinter et j'ai imaginé Luna transperçant un lapin blanc avec un javelot pour le plaisir, parce qu'elle avait dit que ça ne lui serait pas difficile de tuer un animal – tuer n'était pas le problème – mais qu'elle ne voulait pas ingérer de chair morte, absorber une mort, et l'image du lapin blanc en brochette de javelot, combinée à son aisance avec le couteau et sa façon de me regarder, tout ça m'a conduite à me demander ce que son corps était capable de faire à une autre chose s'il le décidait, et ce souvenir m'est toujours revenu depuis bras dessus, bras dessous avec un autre souvenir, celui d'un matin quand Luna mangeait un morceau de fruit – peut-être une pomme, mais la pomme suggère des implications trop évidentes, allégoriques et autres, alors peut-être une pêche, mais la pêche suggère d'autres implications, sexuelles et autres, et je sais que je ne me souviens pas bien de quel fruit il s'agissait, et je ne suis même pas tout à fait sûre que ce moment ait eu lieu dans la vraie vie, mais j'ai le sentiment d'avoir vu un jour l'écartement délicieux de ses lèvres tandis qu'elle mordait dans quelque chose et une moue particulière tandis qu'elle mâchait.

C'était pendant la première semaine des nombreux mois que j'ai vécus dans une caravane derrière la cabane de Luna et Amos, à l'époque où je croyais encore avoir résolu le problème de savoir qui j'étais, et pourquoi je semblais incapable de vivre ma vie comme tout le monde – je commençais à comprendre que ce que je voulais, c'était le bruit des autres vivant autour de moi, mais pas suffisamment près pour provoquer l'apparition de bruits inaudibles, parce que je savais désormais que ce genre de bruits se muaient souvent en accords mineurs inaudibles et que je suis incapable d'affronter cette mue – quand l'amour ou la gentillesse ou les bruits inaudibles se transforment en ennui ou en déception ou en accords mineurs – et c'est la différence entre moi et le reste du monde : la plupart des gens peuvent laisser leurs sentiments changer sans qu'un yack les dévaste à l'intérieur, mais moi, pour une raison ou pour une autre, j'en suis incapable – et quand même, je suis plus humaine que yack, alors je ne serai jamais tout à fait exempte du très humain besoin d'avoir des gens pas loin, mais à cause de ma part yack, il ne faut pas qu'ils soient trop près, et pour ça, je voudrais m'excuser mais je ne peux pas m'excuser pour ça, pas auprès de tous ceux qui méritent des excuses, à moins que personne ne mérite rien, auquel cas, quel soulagement, parce que, ce rien, je peux l'offrir à tout le monde – je peux leur offrir rien à longueur de journée.

Mais cette théorie n'était pas encore tout à fait au point lors de ces premiers jours avec Luna et Amos, dans leur vie extrêmement naturelle et ordonnée, leur cabane à outils impeccablement organisée et leur verger à kiwi en biodynamie, où les poules se promenaient et pondaient des œufs sans regrets ni réserves, et j'ai remarqué que Luna et Amos se souriaient ouvertement et sans honte, et à part le fait que Luna savait qu'elle était un animal capable de tuer d'autres animaux, ni l'un ni l'autre ne semblait avoir de côté obscur, et comment se fait-il que certaines personnes s'avèrent être comme ça – Luna et son sourire permanent et sa peau rayonnante et ses cheveux épais et brillants, et elle était jeune, peut-être même plus jeune que moi, et je voyais bien qu'elle était ce genre de femme dont la jeunesse dure plus longtemps que chez les autres, et même si Amos avait atteint ce moment de sa vie où ses rides n'étaient plus simplement visibles mais manifestes, il avait pourtant en général toujours cette expression calme sur le visage, comme pour dire que oui, sa vie était déjà majoritairement passée, mais qu'il avait gagné et continuerait à gagner et qu'il était là avec ses mains usées et sa peau brûlée de soleil et sa cabane faite main, et sa jolie petite femme, et tous leurs sourires sans complexes. Certaines personnes s'avèrent juste être comme ça, et d'autres vivent dans une caravane derrière la cabane de ces personnes, se chargeant des corvées en échange d'un endroit où dormir.

Si Luna voyait bien que je n'allais pas tout à fait bien, elle avait dû décider de l'ignorer, ou peut-être que tout simplement elle s'ennuyait profondément et se sentait seule dans sa vie bien ordonnée et bio au bord de la mer, prête pour la photo, parce que pendant ces premières semaines, elle essayait tout le temps de créer une sorte de compréhension entre nous, ce qui me rappelait que j'avais toujours eu du mal à comprendre les gens qui veulent me comprendre et être compris ; Luna (elle ne devait pas du tout en être consciente) passait son temps à m'inviter à préparer le dîner avec elle et à essayer de me demander en quoi consistait ma vie, s'il y avait un amour dans ma vie, ce que je faisais avant la Nouvelle-Zélande, ce que j'espérais faire ensuite, et je m'appliquais, j'essayais d'être une bonne fille avec les bonnes réponses à ces questions, et je tentais d'apprécier quand Luna voulait qu'on partage une bouteille de vin et m'expliquait pourquoi ce vin était spécial, et je voulais apprécier les histoires qu'elle me racontait sur sa rencontre avec Amos, la tornade romantique que ça avait été mais, de plus en plus, je me rendais compte que ça ne m'intéressait pas particulièrement, et j'essayais bien de feindre un peu de gentillesse, un peu de douceur, j'essayais de servir de miroir à Luna, mais au bout d'une semaine, ça m'a épuisée, et j'en ai conclu que je n'étais pas faite pour ce genre de chose, les amis, la bienveillance, non, je n'étais pas faite pour. J'étais faite pour gagner ma croûte et grignoter ma croûte et c'est tout.

Environ une semaine plus tard, un groupe de gens est arrivé et ils portaient tous le même style de tuniques en lin et leurs cheveux poussaient en touffes. Ils passaient pas mal de temps à joindre les mains et à s'incliner. Aucun d'entre eux ne semblait posséder ni porter de chaussures. J'avais presque envie d'en savoir plus sur eux, comment ils s'étaient tous rencontrés, pourquoi ils avaient l'air d'arborer un uniforme, ce qu'ils avaient contre les chaussures, mais le désir d'en savoir plus le cédait à l'intuition que pour obtenir ces informations, il me faudrait leur parler substantiellement, et qu'ils auraient probablement des questions à me poser, et qu'il pourrait m'être difficile de m'extraire d'une telle situation.

Un soir, je préparais à dîner pour le groupe (j'avais été rétrogradée aux tâches les plus domestiques, que j'accomplissais toujours seule), quand Amos est entré pour se laver les mains,

Ta famille doit être –

Pas de famille. Je n'ai pas de famille.

Amos a hoché la tête. Je savais qu'il devait y avoir eu un moment dans sa vie où il aurait dit la même chose, qu'il n'avait pas de famille, même si je savais aussi qu'Amos avait probablement fondé cette nouvelle famille avec Luna pour éclipser celle dont il venait, et savoir mentir de la même façon nous offrait une vérité commune. Il y a eu un silence d'environ trois secondes, et Amos a ouvert le robinet pour se laver les mains. Il y a eu une autre pause d'environ quatre secondes, et j'ai recommencé à couper mes carottes.

Tu vas trop vite, il a dit, *il n'y a pas de raison de précipiter le couteau.*

Le couteau va très bien.

Ouais, le couteau va très bien, c'est à tes mains qu'il faut faire gaffe.

Faire quoi ?

Gaffe.

Il y a eu une pause de peut-être une seconde. Amos a commencé à réexpliquer mais je l'ai interrompu.

Oh, gaffe. Faire gaffe à mes mains. OK!

Cela arrivait tout le temps, ce truc où je ne comprenais pas ce que quelqu'un qui parlait parfaitement anglais disait. Je me sentais malpolie de demander constamment aux gens ce qu'ils avaient dit, d'autant que je finissais par comprendre et à le leur répéter avec mon accent mais je ne voyais pas d'autre façon d'affronter ce problème, alors je l'affrontais comme ça.

Désolée, j'ai dit.

Amos est parti pour s'occuper d'un des animaux alors j'ai fini de couper les carottes sans endommager la moindre partie de ma main ou de moi-même, et puis j'ai coupé le brocoli, les poivrons, les tomates, j'ai mis de l'huile et du sel sur les légumes en morceaux et le tout au four et j'ai attendu un peu, et puis je les ai sortis du four, mais le problème c'est que je n'avais pas fait gaffe au four comme Amos m'avait dit – *Fais gaffe au four*, il avait dit, *il est nul* – et maintenant j'étais d'accord, il était nul ce four, parce qu'il avait noirci un coin du plat de légumes ; mais j'étais en train de penser à mon mari, et au fait que probablement, très probablement, presque certainement, quasi définitivement, nous ne nous reverrions pas pendant un bon bout de temps, voire plus jamais, et même si on devait se revoir, ce ne serait jamais plus pareil et donc, en ce sens, nous étions tous deux morts l'un pour l'autre, vivant seulement à travers des souvenirs mouvants, mais morts dans tous les autres sens. Et parce que j'étais toujours en train de penser à mon mari à demi mort, en sortant les légumes à moitié brûlés du four, je les ai juste détachés du fond et versés dans un grand saladier au lieu d'enlever les morceaux brûlés d'abord, parce que j'essayais en fait de calculer depuis combien de jours mon mari et moi étions morts l'un pour l'autre, au lieu de faire attention aux brocolis et aux carottes carbonisés, et de réaliser que ce n'était pas le genre de choses que les gens aiment manger. J'ai bien essayé de retirer les morceaux brûlés du plat mais je n'en ai pas attrapé beaucoup parce que je ne faisais pas beaucoup d'efforts, et même si j'enlevais les morceaux brûlés parce qu'ils étaient immangeables, je les mangeais au fur et à mesure parce que, sur le moment, je me suis dit que ce serait mieux si chacun apprenait à consommer ses propres erreurs.

31

Je veux revoir cette vidéo que tu m'as montrée un jour avec les deux bébés jumeaux qui se répètent la même syllabe encore et encore et encore. Je veux la revoir parce que nous savons tous les deux que c'est ça la vie, vraiment, il n'y a rien d'autre. Nous sommes tous des jumeaux et des clones et des remakes les uns des autres ; tous des paires dépareillées ; nous nous répétons tous la même syllabe et pourquoi devrais-je m'échapper dans une solitude sans jumeau ? Qu'y a-t-il à l'intérieur de cette solitude à part moi, qui me répète la même syllabe encore et encore et encore, en essayant de la comprendre, en essayant de la réarranger. Mari, si j'étais vraiment en train de te parler, je te raconterais le bébé pingouin, un grand empereur, qui a accidentellement nagé deux mille miles pour finir sur une plage près de Wellington, un très long accident, une erreur d'embranchement. Il paraît qu'il s'est nourri de sable et de bois flottant, à défaut de savoir quoi manger, où il était, de quoi il avait besoin, pourquoi il avait nagé à deux mille miles des autres pingouins, mais je continue à penser aux mois qu'il a passés à nager tout seul. Peut-être que des requins l'ont dépassé. Peut-être que des bancs de minuscules poissons blancs lui ont mordillé les pieds, se sont désintéressés, ont passé leur chemin. Peut-être que des baleines grises se sont soulevées au-dessous de sa petitesse, le seul œil globuleux d'une baleine aussi grand que sa tête tandis qu'il nageait dans l'océan bleu du jour, et l'océan tempétueux bleu marine, et le froid océan noir sous la lune ou la demi-lune ou pas de lune du tout, et chaque nuit au-dessus de lui une lune différente, et le lent clin d'œil de la lune n'était que pour lui, pour sa solitude, pour sa persévérance, pour la surface constamment plane de l'eau, de l'eau, de l'eau, et personne qui l'aime, et rien qu'il ne connaisse et nul autrui avec qui nager. Qu'était-il sinon une paire dépareillée, vivant loin du froid giron des autres pingouins ? Ça suffit, ma métaphore ridicule. Peut-être qu'il est temps que je sois claire, ou du moins laisse-moi être plus claire que je ne l'ai été jusqu'ici : je ne t'ai pas quitté pour devenir la chose de quelqu'un d'autre, le jumeau à qui parler de quelqu'un d'autre, le clone dans le miroir d'un autre, le quoi que ce soit d'un autre. Je ne suis pas partie comme ça. Je suis partie mais je ne suis pas partie au point qu'il n'y ait aucune possibilité que je revienne, même si je suis peut-être déjà allée trop loin, assez loin pour que tu te prépares à un avenir sans cette épouse-ci – alors, Mari, si c'est le cas, souviens-toi s'il te plaît que tu as toujours légalement des obligations envers moi, écrites comme une loi gravée dans ma vie, et nous ne pouvons pas nous retirer l'un de l'autre si facilement, sur un coup de tête, ou, du moins, ceci est en partie vrai. Sache-le, je suis partie sans raison particulière, même si j'ai sans doute quelques raisons non particulières – des sentiments indicibles et des secrets indicibles et des sentiments incompréhensibles et des sentiments relatifs à des secrets, et des sentiments relatifs à des faits et des sentiments relatifs à des sentiments, et puisque le tout est in-incompréhensible, peut-on appeler tout ça des sentiments préhensibles ? Pourquoi en sommes-nous venus à nous déprendre ? D'où est venue cette déprise et comment se fait-il et pourquoi n'avons-nous pas su nous en défendre et pourquoi n'étions-nous plus ensemble, mais seulement seuls dans le voisinage l'un de l'autre ? Et y a-t-il une possibilité pour que nous redevenions, à nouveau, le genre de gens qui ont un avenir au lieu de seulement un passé et pourrions-nous atteindre une sorte de clairière dans cet avenir, un carré d'herbe quelque part dans un très-longtemps où nous sommes juste tranquillement occupés à aller bien ? Peut-être qu'on pourrait décider de prendre un chien, ou un enfant, ou juste une bonne bouteille de vin et peut-être qu'on pourrait s'asseoir à une terrasse de café, la siroter, siroter notre absence de responsabilités, regarder des mères s'emberlificoter en trimballant leurs enfants et leurs bébés et leurs chiens qui ne sont d'aucun secours, avec tout le poids et la plainte de leurs décisions pesant sur elles, et l'exigence, l'exigence de toujours plus, l'exigence d'être nourri, d'être surveillé, d'être aimé, et si nous devons être soit des gens à enfants soit des gens à chien, je dirais que ce qui me rend le moins malade c'est de croire que nous pourrions devenir des gens à chien, pas des gens à enfants, dans ce lointain carré d'avenir herbeux. Parce que je crois que nous sommes capables de suivre la simple émotion répétée d'un chien, les besoins prévisibles d'un chien, la douce étourderie d'un chien – et peut-être que tu as voulu des enfants par le passé, et peut-être que j'ai voulu en vouloir par le passé, et peut-être que tu voulais seulement en vouloir, mais tu déguisais ce désir de vouloir en pur désir, et peut-être que je voulais juste des enfants mais que je n'arrivais pas à l'admettre autrement que comme un désir de vouloir parce que j'avais peur du poids d'un pur désir, l'effrayante possibilité d'un désir, d'un désir qui ne serait pas nécessairement comblé, ou la possibilité que ce désir soit comblé dans le conflit – mais ça n'a plus d'importance, c'était un carrefour sur l'hypothétique route que nous n'avons pas prise, et maintenant nous pouvons rester ici, au cœur de ce non-vouloir, ce moment passé, cet avenir et son idée du passé en désintégration. J'ai quand même parfois encore l'espoir que je serai un jour capable de générer en moi le désir d'élever un chien, de satisfaire les besoins répétitifs d'un chien, l'être-chien du chien, toutes les qualités des chiens qu'ils ne partagent pas avec les bébés, ces pré-gens et tout leur chaleureux et gluant désir et leurs besoins d'une disproportion embarrassante, leur appétit hurlant à en devenir tout rouge, et leur besoin meurtrier de sieste, et finalement ces besoins sont exactement les mêmes que les nôtres, mais reflétés vers nous en version magnifiée – et tu sais quoi ? Il y a des gens qui ne sont pas du genre à supporter ce genre de trucs, des trucs magnifiés et reflétés, des trucs de toutes petites personnes moites et visqueuses et exigeantes. Certaines personnes préfèrent tout simplement les chiens. Mari, je sais aussi bien que toi que mes métaphores ont pris un coup dans l'aile, mais ce que je veux dire c'est qu'il y a un avenir et que je suis dedans. Il pourrait y avoir un demain, où je pourrais bien rentrer à la maison et peut-être qu'il ne sera pas trop tard pour que je devienne le genre de femme qui n'a pas le sentiment que sa vie est irrévocablement compliquée, et peut-être que je peux progressivement oublier ce qui est arrivé à mon cerveau, où il est allé et pourquoi je n'ai pas pu le retrouver et pourquoi toi non plus, tu n'as pas pu. Mais si je ne reviens jamais à la maison, Mari, sache s'il te plaît que je conserve pas mal l'impression de t'appartenir. J'ai toujours une petite alliance autour du cerveau, comme un diamant ou celui de Saturne, ou le genre de cercle que laisse l'eau du bain. Je sais, je te demande de souffrir, de rester tout à fait immobile et de ressentir le moins de choses possible.

32

Même si l'air se rafraîchissait jour après jour et même si le soleil se couchait plus tôt qu'avant, les gens en tuniques de lin se promenaient toujours sans chaussures et dormaient toujours dans une yourte aux murs extrafins, et je les imaginais dormir empilés, comme dorment les chiots ou les chats, mais moi je dormais dans la caravane, comme le ferait une sardine si les sardines étaient vendues dans des boîtes de conserve individuelles. Il était manifeste qu'une unité s'était nouée entre les tuniques en lin, Amos et Luna, et je ne faisais pas partie de cette unité, de cette communauté de gens qui tous s'appréciaient, se respectaient, se soutenaient les uns les autres. Ils traînaient après dîner le soir, déjeunaient ensemble dehors au lieu d'avaler de l'aspirine en le faisant passer avec du lait de chèvre, comme moi. On m'avait confié, ou je m'étais portée volontaire, ou ça tombait juste comme ça, en tout cas j'*accomplissais* les missions que je pouvais accomplir seule – récupérer les œufs dans le verger à kiwi, préparer le dîner pour tout le monde pendant qu'ils construisaient cette grange ensemble, l'un tenant l'échelle pendant qu'un autre grimpait, tout en chantant *Un deux trois, on y va* avant d'élever le cadre de la grange ou des trucs comme ça. Et même si j'avais bien remarqué que j'étais séparée de cette pseudo-famille, je n'y voyais aucun problème, et je pensais que personne n'y voyait un problème, et je pensais que ça voulait probablement dire qu'il n'y en avait pas, de problème, mais tout ça a changé un après-midi quand Amos m'a demandé s'il pouvait me parler une minute, et il n'a pas attendu que je lui réponde, il a commencé à parler pendant *plusieurs* minutes, il parlait comme parlent les pères dans les séries télé, quand ils ont un truc simple à expliquer d'une manière compliquée, histoire d'avoir l'air énigmatique, peut-être, histoire d'avoir l'air d'être le gardien d'une forme de sagesse qu'on n'accorderait qu'à un homme d'un certain âge, et il m'a parlé de biodynamie ou de permaculture ou quelque chose, comment le système dépend de la coopération totale, ou de l'intégration ou d'un autre mot en *ration.*

Tu sais que nous essayons de créer ici une communauté pleine et entière – c'est important pour nous. Et nous pouvons respecter ton intimité, tu sais, je comprends ça très bien, mais nous avons vraiment besoin que tu participes à notre écosystème, Elyria. Est-ce que tu peux faire ça ?

Et je n'ai rien dit pendant un instant et Amos me faisait le regard que mon mari me faisait parfois, ce regard qui était un croisement entre la pitié et le calcul de tête d'une très longue division, alors je lui ai rendu son croisement de pitié et de très longue division, et Amos a fini par dire, *Est-ce que tu crois que tu peux faire partie de notre écosystème ?* Et la voix d'une adolescente m'est venue, silencieusement, et a demandé, *Et comment est-ce que je suis censée le savoir ?* et c'était la voix de cette fille dans l'épisode du soap-opéra, quand elle se fait arrêter et que le flic lui demande, *Comment une fille comme toi en vient à se faire arrêter ?*, et elle répond, *Comment est-ce que je suis censée le savoir ?* sur le même ton contrarié et indigné que je venais d'entendre dans ma tête, et j'ai compris que ça devait correspondre à mes sentiments – contrariété, indignation – et je ne les sentais pas, mais je les entendais, alors peut-être que j'étais comme ce garçon avec qui j'allais au lycée, qui était né avec des nerfs pas complètement fonctionnels, dont les doigts et les mains étaient couverts de coupures et de brûlures parce qu'il adorait cuisiner mais il ne comprenait pas vraiment ce qu'était un couteau ou une flamme, ce garçon que tous les autres garçons taquinaient parce qu'il ne pouvait pas avoir un vrai pénis s'il n'avait pas les sentiments qui allaient avec, donc il n'était pas un homme puisqu'il ne connaissait pas la différence entre douleur et plaisir, et ce garçon semblait ne jamais sourire, et il portait des manches longues toute l'année, et je n'étais pas si différente de lui – nous étions tous deux incapables de nous approcher de la vraie vie dans la vie.

Oui, je crois que je pourrais faire ça, j'ai dit à Amos et il a souri, alors j'ai souri un peu, et j'étais contente d'avoir fait semblant d'être meilleure que je ne le suis, parce que cela allait faciliter mon départ, car je savais que j'étais incapable de me montrer à la hauteur de cette fausse personne que j'avais inventée et présentée à Amos, et c'était presque l'automne maintenant, alors peut-être qu'il fallait que quelque chose meure, que quelque chose change, et en même temps je savais que je n'avais pas la moindre idée de ce qui allait se passer ensuite, de ce qui allait mourir ou changer, je comprenais que je n'avais pas ou très peu de contrôle sur ce qui mourrait ou changerait ensuite mais je ressentais une sorte d'apaisement qui en fait n'était que de l'épuisement, et je savais aussi que j'aurais la maison pour moi toute seule pendant au moins une heure puisqu'Amos devait aller animer un atelier de permaculture et Luna avait emmené le chien arthritique chez le véto et ce que je voulais, contre tous les possibles, c'est que le professeur soit avec moi dans cette maison, et je voulais qu'il soit là parce que cette première version de l'homme qui était devenu mon mari ne me demanderait pas depuis combien de temps nous étions morts l'un pour l'autre, et il ne parlerait pas de l'injustice de ma disparition, et il ne me dirait pas que j'ai toujours deux options – *Tu peux choisir ce que tu ressens ou tu peux laisser tes sentiments te choisir* – parce qu'il est peut-être vrai que c'était les deux options qu'avait mon mari, mais je savais que moi je n'avais pas ces options, et je détestais que quelqu'un me dise que j'avais des options que je n'avais pas, parce que je savais bien que mon esprit était un petit objet à vendre et que mes sentiments pouvaient me ramasser, et me posséder, et peut-être que mon mari était trop cher pour que les sentiments le choisissent, le ramassent, le fassent passer en caisse, le scannent, l'emballent et l'emportent avec ces sentiments, sentiments comme *Je ne peux pas vraiment sortir de mon lit aujourd'hui* et comme *Mari, pourrais-tu s'il te plaît ne plus m'adresser la parole pendant un an.* Moi, trop souvent, je me faisais écrabouiller la tête contre l'asphalte de trottoirs recouverts de Ruby, de souvenirs de Ruby, l'expression de son visage cet après-midi-là quand elle s'était recroquevillée dans ce fauteuil près de la fenêtre et que la lumière se déversait dans la pièce et puis que les ténèbres se sont déversées dehors, et ce qui s'est passé peu de temps après – j'allais mon chemin, otage de ces souvenirs, avec derrière moi une personne invisible qui me pointait un flingue dans le dos.

Je suis entrée discrètement dans le bureau d'Amos où se trouvait un ordinateur interdit d'accès et je suis allée sur le site de l'université, sur la page du département Mathématiques, et j'ai essayé de télécharger une des conférences de mon mari. Je ne les avais jamais regardées à l'époque où mon mari se tenait calmement dans ma vraie vie, lorsque nous occupions le même espace comme si nous étions des vêtements possédés de longue date, oubliés et familiers sur nos propres corps. J'ai trouvé une conférence du mois d'avril précédent et je l'ai ouverte, mais je n'arrivais à charger que la première image, un plan arrêté, flou, une piètre représentation du souvenir de mon souvenir, mais le flou le rajeunissait, j'ai remarqué, et peut-être que mon mari avait ressemblé à ça pendant la décennie qui avait précédé notre rencontre. Ses plus anciens amis disaient toujours qu'il n'avait pas changé depuis le jour de sa remise de diplôme, mais je connaissais son visage d'assez près pour savoir que ce n'était pas vrai – je savais que j'avais manqué des années délicates de sa vie, dont l'homme que j'avais épousé n'était que les restes durcis ; j'avais loupé les années de désir innocent, et les soirées tardives, et les petits boulots, et les petites amies qui étaient devenues mamans d'enfants d'autres hommes. J'avais loupé les yeux sans rides, et les cheveux avant que les mèches grises n'apparaissent, et sa bouche avant qu'elle n'ait dit *Je t'aime* à d'autres gens, silhouettes d'autres femmes que je n'avais jamais connues, que je ne connaîtrais jamais. Toutes ces versions de lui-même que mon mari avait répétées au cours de la décennie qui m'avait précédée me semblaient injustes parce que mon passé à moi ne contenait pas ce genre de versions secrètes de moi-même, parce que toutes les enfances et les adolescences sont plus ou moins les mêmes, une lutte acharnée, et mon mari m'avait vue me transformer de vieille enfant en jeune adulte mais je n'avais pas de passé comme lui – il n'y avait pas une plus douce version de moi bien rangée dans la mémoire d'autres gens.

Et après avoir effacé mon historique sur l'ordinateur d'Amos, j'ai réalisé que même si personne ne me retrouvait jamais, et même si je vivais ici jusqu'à mon dernier jour, si je restais une personne disparue à jamais pour d'autres gens, pour moi-même je ne pourrais jamais être cette personne disparue, je ne pourrais jamais effacer mon propre historique et je saurais toujours exactement où je suis et où j'ai été et je ne me réveillerais jamais sans être qui je suis et ça n'avait pas d'importance, combien je comprenais, ou le peu que je pensais comprendre de mon propre désordre, parce que jamais, quoi que je fasse, je ne disparaîtrais de moi-même, et c'était ça que j'avais voulu tout ce temps, disparaître complètement, mais je ne pourrais jamais disparaître complètement – personne ne disparaît ainsi, personne n'a jamais eu ce luxe et personne ne l'aura jamais. Ça n'a pas l'air de grand-chose maintenant, mais les révélations sont rarement spectaculaires je suppose, ces moments lumineux, quand vous voyez enfin ce qui a toujours été là. Ce n'était pas un savoir immédiatement utilitaire, le genre de chose qu'on trouve dans une copie de fac ou un bouquin de développement personnel ou dans le journal intime relié de gentes dames. Il n'y a pas eu de *ah*, pas de *ah*, ni de soulagement, ni d'humour dans les plis de cette révélation. Il y a juste eu quelque chose de réel dans ma tête – un bateau de sauvetage dans les eaux d'une mer où il ne restait personne à sauver.

33

Pendant que tout le monde dormait, j'ai fait mon sac et je suis partie – j'ai pris le chemin en gravier puis à travers le champ où toutes les vaches chancelaient dans leur sommeil debout. J'ai grimpé un sentier jusqu'aux bois, en réfléchissant au genre de pensées que j'aurais dû avoir, et j'ai presque ressenti un sentiment réel – un sentiment du genre, c'est vraiment triste, c'est triste d'en être là, c'est un triste moment de ma vie, peut-être simplement une triste vie. Les bois n'étaient pas particulièrement beaux. Je n'étais pas bien impressionnée par les arbres.

Ça faisait un moment que je marchais quand j'ai réalisé que je ne marchais plus, mais que j'étais allongée sur le dos, au bord d'un sentier ; j'étais incapable de dire depuis combien de temps j'étais là. Mon corps me donnait l'impression d'être un enchevêtrement d'élastiques, de stylos à l'encre séchée et de trombones collants, comme le contenu d'un tiroir où l'on met les trucs qu'on ne sait pas où mettre, et je savais que l'esprit et le corps sont connectés, et que mes sensations physiques n'étaient que des messages de la part de mon esprit, mais j'aurais voulu qu'il existe une boîte ou un tiroir ou un trou dans la terre où j'aurais pu déposer tout ça, tout ce bordel de corps et d'esprit dont je ne savais que faire. J'ai pensé à cette femme qui travaillait dans une bibliothèque où j'allais à une époque, et à ses fausses dents qui s'étaient déchaussées dans sa bouche, et qui rebondissaient quand elle parlait, et je me suis demandé ce que cette femme avait dans la tête qui faisait bouger ses fausses dents comme ça, pour qu'elles refusent de rester à leur place. Peut-être que son esprit était un chiot. Peut-être que son esprit était un chiot qui avait bu du soda et mâchouillé une paille avec laquelle quelqu'un avait sniffé de la drogue, et en comprenant ça j'ai révisé mon opinion sur la femme aux dents en vrac, parce que même si sa dentition donnait l'impression de vouloir s'échapper de sa bouche et de se faire la malle à coups de dents à travers sa figure, en descendant le long de son cou jusqu'à son épaule, le long de son bras pour faire un bond depuis sa main et atterrir sur moi et me déchirer en petits morceaux – non, elle ne me faisait plus pitié et elle ne me perturbait plus et je ne me sentais plus menacée – j'ai pensé, Comme elle a de la chance, cette femme, d'avoir un chiot drogué pour esprit et je me suis sentie momentanément heureuse pour elle, et pour son visage irrévocablement ridé, et on ne pouvait révoquer le temps qu'elle avait traversé parce que les choses qu'elle s'était infligées, tout comme les choses qu'on lui avait faites, seraient toujours les choses qu'elle faisait ou avait faites.

N'empêche, toujours allongée sur la terre de ce chemin, je suis tombée dans ce territoire intermédiaire, proche du coma, entre veille et sommeil, et mes pensées se sont éteintes et j'ai dit, *Au revoir, pensées, au revoir, au revoir*, et j'étais remplie de sons à la place de pensées, le vent peignait les branches des arbres.

Cris et crépitements des parties les plus mortes des bois. Tressaillements des parties les plus vivantes. Et je sais bien aujourd'hui qu'elle n'est toujours pas très claire, ma position sur le spectre entre le vivant et le non-vivant, mais je ne suis pas, je n'ai jamais été le genre de femme qui idéalise les bruits de la nature juste parce qu'ils viennent de la nature, parce que les tumeurs et les poisons et les tornades aussi sont naturels – pas le genre de truc qu'on a envie d'idéaliser – ça c'est pour la fiction, le faux, l'imaginaire – c'est là qu'il faut mettre vos idées romantiques, j'ai pensé, pas dans le feu et la poussière de la vie.

En fin de compte, j'étais de nouveau en marche et le chemin s'est terminé au bord d'une route goudronnée, et au bout d'un moment une femme au volant d'un van bleu s'est arrêtée et a descendu sa vitre.

*Mettez-le à l'arrière mais pas de ce côté, de l'autre côté, non, l'*autre *côté, parce qu'il est juste là, faites le tour.*

Je n'avais même pas le pouce tendu et je ne savais pas qui *il* était ou de quoi elle parlait, mais je suis allée de l'autre côté, j'ai mis mon sac sur le siège arrière et il s'est avéré qu'*il* était un bébé, endormi, attaché dans un berceau en plastique.

C'est très dangereux ce que vous faites, très stupide. Les gens viennent ici et pensent que c'est un pays où tout le monde est gentil et bon mais tout le monde n'est pas toujours gentil et bon et il y a des femmes qui se font violer et assassiner tous les jours, tous les jours, et il n'y pas de raison qu'aujourd'hui tout soit différent. Alors pensez-y. Pensez à ce que vous faites.

J'ai hoché la tête. J'ai dit que j'y penserai, mais il était encore un peu tôt pour y penser, là. Elle avait de beaux cheveux sombres. J'ai imaginé qu'elle était argentine.

C'est juste que c'est pas prudent, d'être une femme ou une fille où que ce soit, de nos jours. Vous vous souvenez de la dignité ? Eh bien les gens ont égaré leur dignité. Tout change. Pourquoi est-ce que tout change comme ça ? Je n'en sais rien. Du tout. Quand j'avais votre âge, j'allais partout en stop, mais maintenant – bon Dieu, je ne sais pas ce qui est arrivé aux gens, mais ils ont mal tourné, ils ont tourné vinaigre, tous.

J'ai dit que je ferai attention, et elle m'a déposée sur un grand parking à Ostend. Elle a dit, *Et gardez vos distances avec ces foutus types.*

J'ai dit que je le ferai mais je ne l'ai pas fait, un type s'est arrêté et je suis montée dans son camping-car vert vif.

Il a dit, *Mortis.*

J'ai dit, *Mortis ?*

Il a dit, *Non, Mortis.*

Mortis ? j'ai redemandé, mais il a dit, *Non.*

J'ai dit, *Je suis Elyria*, et puis on ne s'est plus parlé.

Mortis aurait pu être suisse ou quelque chose comme ça, et il m'a emmenée là où il allait, une petite plage presque vide, sans me violer ni me tuer, ce que j'ai apprécié, et quand on est sorti de son camping-car il a dit, *Fais gaffe à toi*, et j'ai dit, *Toi plus*, et j'ai fait comme si c'était comme ça que les gens parlaient dans ce monde parce que qu'est-ce que ça changeait ? Qui ça dérangerait que je me balade en imitant les autres ?

J'ai posé mon sac à dos dans le sable et j'ai remarqué un homme et une petite fille en maillot de bain vert qui construisaient un château de sable près de l'océan. Plus loin sur la plage il y avait une femme, et au-delà, il n'y avait personne et pour une raison ou une autre, j'ai repensé au soir où j'avais brûlé les légumes, et comment j'avais dit à Amos et Luna que s'ils en trouvaient des brûlés dans leur assiette c'était pas grave, ils n'avaient qu'à ne pas les manger, à moins que ça les tente, parce que les brûlés n'ont pas si mauvais goût, mais les pas brûlés sont meilleurs et sont aussi plus faciles à mâcher. J'ai marché vers l'océan, le cerveau calme et vide, comme écœuré de lui-même, mon cerveau posant un jour d'arrêt maladie.

J'ai pataugé un peu dans l'eau et j'ai juste regardé l'horizon, la courbe de l'océan et j'ai eu un moment quasi idéal. Je me suis accroupie et j'ai plongé mes bras dans l'eau et je me suis sentie apaisée, vraiment. Je me suis recroquevillée sur mes genoux, comme une enfant, et j'ai fermé un peu les yeux, me contentant d'être.

J'ai commencé à avancer dans la mer, mais quelque chose de charnu est passé sur mes pieds, contre mes tibias et il y a eu une petite éclaboussure qui n'était pas de mon fait, et j'ai senti une étrange sensation électrique dans mon avant-bras et j'ai levé mon bras hors de l'eau et il n'avait pas l'air bien normal, mais il avait changé trop vite pour que j'enregistre ce qui n'allait pas : mon bras était comme augmenté, mon avant-bras plus précisément, quelque chose pointait au travers – un point gris foncé comme la pointe d'un couteau et quand j'ai regardé en dessous, j'ai vu le reste du truc, ce truc qui avait l'air en métal, comme une pièce d'appareil de tronçonnage, un genre d'outillage, une pièce perdue, sauf que j'étais dans l'océan, où d'habitude ne se perdent pas les pièces d'outillage, et où d'habitude elles n'empalent pas le bras d'une personne.

J'étais encore en train de fixer mon bras quand il a commencé à y avoir du sang, qui a commencé à goutter dans l'eau et j'ai repensé à ce qu'avait dit cette infirmière des mois auparavant : que le sang est un déchet dangereux, et qu'on doit s'en débarrasser avec précaution, et je ne voulais pas que mon déchet dangereux s'ajoute aux autres déchets dangereux qui se trouvaient déjà dans l'océan, alors j'ai commencé à marcher vers la plage mais quand je suis arrivée sur la rive je saignais d'une manière qu'on pourrait qualifier d'abondante, et c'est seulement là que j'ai senti ma tête tourner et mes membres se relâcher au niveau des articulations et je savais qu'il me fallait faire quelque chose au sujet de cet état soudain et, comme si j'avais compris une devinette, j'ai réalisé que la pièce d'outillage avait appartenu à une raie, son dard, et j'ai ouvert la bouche comme on fait quand on comprend quelque chose *(Oh, une raie!)*, quand le chaos se réordonne. Mais le sang coulait de plus en plus maintenant, et l'homme qui construisait un château de sable avec la petite fille avait remarqué mon problème de déchet dangereux, et courait vers moi et il criait, et c'est à ce moment-là seulement que j'ai ressenti une terrible douleur, qui irradiait de ce dard *(Comment ça s'appelle déjà ?)* et à ce stade il se peut que je me sois mise à hurler, en état de choc et incontrôlable, comme si mes hurlements m'échappaient accidentellement, comme si j'avais le hoquet. L'homme m'a ramassée et il a couru vers le parking, et j'ai vu Mortis *(Oh, je me souviens de toi, Mortis, tu es là)* et Mortis tenait mon sac à dos, et il courait très calmement, comme un bon athlète, et sur le parking j'ai vu la petite manger une glace à l'eau à l'orange, et elle lui fondait sur le visage et sur le bras mais quand elle a vu son père elle a lâché la glace à l'eau et elle a commencé à agiter les mains et à taper du pied et à faire un caprice contre ce qui était en train de se passer – et qui aurait pu lui donner tort ? C'est tout simplement désagréable de voir son père barbouillé du déchet dangereux d'une étrangère et je me souviens de ses pleurnicheries à l'arrière de la voiture tandis qu'on fonçait sur la route et elle n'arrêtait pas de demander, *Papa, qu'est-ce qui va lui arriver ? Qu'est-ce qui va se passer ?* Et Papa n'a pas répondu les premières fois, et j'ai pensé, *Bien joué Papa, laisse-la profiter un peu du suspense.* Mais finalement, Papa a répondu et il a dit, *Je ne sais pas, chérie*, et elle a arrêté de demander et elle a arrêté de geindre ou peut-être que c'est juste le moment où j'ai fini par tomber dans les pommes, mais avant que je ne le réalise, j'avais été témoin du moment où cette petite fille avait découvert que personne (pas même Papa) ne sait *ce qu'il va lui arriver, à elle*, à lui, à personne, et c'est ce qu'on appelle la Tension Dramatique, et c'est ce qu'on appelle le Suspense de la Vie, et c'est ce qu'on appelle Être en Vie.

34

Je me suis réveillée dans une petite chambre verte.

Dans un coin du plafond, pendait une télévision, sous laquelle pendait une plante en plastique. J'ai entendu comme une tessiture de clics et de bips. Il y avait une image encadrée au mur : un homme sur un voilier, regardant l'océan comme s'il lui appartenait, comme s'il avait consacré sa vie à gagner assez d'argent pour s'acheter l'océan et maintenant il l'avait et il était content de lui.

Dans la porte, il y avait une petite fenêtre étroite pour voir de petites choses étroites. Une femme est entrée et m'a souri.

Bonjour, Elyria. Je suis Mme Harper. Je travaille à l'ambassade.

Elle m'a fixée et a eu l'air d'attendre quelque chose.

Comment vous sentez-vous aujourd'hui ?

Un mot – il me fallait un mot. *Bien*, j'ai dit. Un réflexe.

La femme m'a montré des documents, m'a montré mon propre passeport, et a eu l'air inquiète et fière à la fois, comme si elle venait de trouver un mot à cent points dans ce qui ressemblait à une partie de Scrabble entre amis. Elle m'a lu quelque chose au sujet d'une loi ou d'un projet de loi ou d'une clause ou d'un cas de force majeure ou quelque chose – et à propos d'une sorte de traitement qui avait été ou qui allait être administré – mais la lumière et les sons étaient encore tout flous. Elle m'a glissé un stylo dans la main et un porte-bloc sous le stylo.

Oh pardon. Voilà – vous n'utilisez pas ce bras-là d'habitude, n'est-ce pas.

Ma main et mon bras droits étaient enrobés de gaze et quand j'ai vu mon bras je l'ai senti, j'ai senti mes muscles frémir, senti les os chantonner, la chair luisante et brûlante. La femme essayait de faire tenir le stylo dans ma main gauche engourdie et il semblait extrêmement possible que l'intégralité de ma vie se soit écoulée et que je sois arrivée au bout, que par cette signature je renonçais à quelque chose, avec ma main en vrac et mes oreilles privées de tympans et mes yeux exténués, le tout presque mort. Ma signature ressemblait à un gribouillis d'école maternelle.

Elle a prononcé les mots douanes, visa, pénalité, expulsion, mais je n'ai pas entendu de phrases complètes jusqu'à ce qu'elle mentionne mon mari –

Il est tenu au courant et il a payé pour votre transport et vos soins médicaux. En raison de vos antécédents, nous avons décidé d'ajouter une évaluation de votre santé mentale. C'est pour que la Sécurité intérieure puisse calculer les facteurs de risques éventuels de votre rapatriement.

J'ai senti que je me réveillais un peu. Les sons recommençaient à ressembler à des sons. J'ai souri au tableau de l'homme qui avait acheté l'océan et j'ai pensé à Mortis. Je me demandais ce qu'il était advenu de Mortis. J'aimais bien le mot *rapatriement.*

Le Dr Williamson sera là dans un moment. Je vous souhaite le meilleur, elle a dit mais je savais qu'elle ne me souhaitait ni le meilleur, ni le deuxième choix, ni même le troisième, ni rien de bon ni d'approchant du bon sur l'échelle de la chance. Et quand elle a refermé la porte j'ai entendu le verrou s'enclencher.

35

Une infirmière est entrée.

Madame Riley, Charles au téléphone.

Charles ?

Oui. Charles.

Elle a dit ça comme si je devais forcément savoir qui était Charles, comme si je n'avais aucune excuse pour ne pas savoir qui était *Charles*, comme si rien que le mot *Charles* devait avoir une sérieuse signification pour moi et j'aurais déjà dû savoir laquelle, et si je ne savais pas ce que *Charles* voulait dire, c'est que quelque chose clochait sévèrement chez moi.

Votre mari, elle a dit. *Au téléphone.*

Mon mari, j'ai dit. Il aurait pu s'appeler Charles, oui, j'ai pensé, j'étais même à peu près sûre que *Charles* était le mot que les gens qui n'étaient pas sa femme utilisaient pour appeler mon mari puisqu'ils ne pouvaient pas l'appeler *Mari*, vu qu'aucun d'eux n'était sa femme.

Et que dit Charles ?

Il veut vous parler, elle a dit.

À moi ?

Elle m'a seulement regardée ce coup-ci, n'a rien dit, comme si j'avais disposé de trois essais pour réussir cette épreuve et que je les avais tous utilisés.

D'accord, j'ai dit, *je vais lui parler.*

Et je lui ai parlé.

Et lui aussi a parlé.

Et nous avons parlé.

Nous avons eu une conversation.

Nous avons poussé des informations en direction l'un de l'autre et nous l'avons fait de la manière la plus informelle que nous étions capables de feindre, parce que cela faisait un sacré bout de temps que nous n'avions pas fait cela et nous manquions d'entraînement, et cela nous paraissait évident, évident que nous nous étions déshabitués l'un de l'autre mais le problème principal que me posait cette conversation, c'était que mon mari avait mal placé sa voix – il l'avait enfilée de travers, elle tombait affreusement mal et c'était douloureux de l'écouter parler comme ça, de la même façon qu'il est douloureux de regarder la bouche en sang de quelqu'un quand la personne parle et que d'épaisses gouttes rouges s'échappent de ladite bouche ou peut-être une dent – écouter parler mon mari était également douloureux sachant que je peux à peine regarder quelqu'un qui a une tumeur évolutive sur la figure, ou une oreille pliée sous une ampoule pleine de pus, ou un nez gonflé comme une balle de caoutchouc et c'est pour ça que l'écouter me parler avec sa voix de travers a mobilisé toute mon énergie, sa voix qui sonnait comme si elle avait été arrachée de sa bouche à la clé à molette, comme une molaire lentement dévissée de sa mâchoire avec les nerfs pendouillant, mais, *Allo*, il a dit, et *Comment tu vas?* il a dit, et j'ai dit, *Bien*, et nous savions que ce n'était pas vraiment vrai, et il a dit, *Je vais bien aussi*, même s'il était tout aussi évident qu'il n'allait pas bien non plus, ni même un peu bien mais, au mépris de tout ce pas bien, il a parlé pendant un petit moment et j'ai émis des bruits équivalents à des mouvements de tête distraits, mais au bout de quelques minutes de ce régime, il a demandé, *Est-ce que tu m'écoutes au moins ? Ça fait des mois et tu ne peux même pas m'écouter ? Est-ce que c'est trop demander ? Est-ce que c'est trop demander que tu m'écoutes au moins une putain de fois ?* Et je savais que c'était important de l'écouter, alors je me suis appliquée à essayer de l'écouter, à recevoir ses mots et à les plier comme il faut, à en faire une belle pile lisse et encore chaude, une pile du genre chaussettes et serviettes blanches tout juste lavées en machine, une pile blanchie à l'eau de javel et séchée en machine que je pourrais regarder en me disant, Oui, j'ai accompli cette corvée, cet acte de vie qui devait être accompli : entendre les plaintes de mon mari, celles du moment. Alors j'ai laissé la douleur agir ; j'ai laissé la douleur s'installer, prendre la place d'une chose que j'aurais ressentie. J'ai dit à mon mari, *C'est juste que ça fait beaucoup, t'écouter, t'entendre, là maintenant. Je suis – je suis bouleversée, un peu. Je suis un peu bouleversée.* Et mon mari a dit, *Oui, je comprends ça*, mais je ne crois pas qu'il comprenait ou même que c'était compréhensible, à quoi ressemblait ma vie à ce stade, et pourquoi elle me bouleversait. La chambre d'hôpital vert mousse et la porte verrouillée et une dame de l'ambassade qui me disait que j'étais illégale et que j'avais besoin d'être évaluée psychologiquement et ce petit tableau avec l'homme qui possédait l'océan me rappelait que je ne possédais rien du tout à ce moment précis, pas même la liberté que j'avais eue, et pas même un verre d'eau de l'océan et voilà que retentissait la voix de mon mari, qui me demandait si j'étais bien traitée, si les officiers de l'immigration était corrects et justes et si les infirmières et les médecins étaient gentils et polis et j'ai voulu lui répondre quelque chose de vrai, lui dire quelque chose de précis pour qu'il se rende compte que je l'écoutais et que je lui répondais, faire un vrai effort, et comme je réfléchissais à ce que je pourrais lui dire, j'ai regardé par l'étroite fenêtre dans la porte verrouillée et j'ai vu une infirmière poser sa main au bas de son dos, s'étirer un peu vers la droite, et son geste m'a rappelé la tendre barmaid sur le ferry entre Picton et Wellington, et comment l'attitude barmaid était tellement tendre dans sa façon de glisser les bières entre les mains de chacun et dans ses mouvements, tirant sur le manche de la pression, se retournant sur la pointe des pieds vers moi, l'attitude pleine de grâce qu'elle déployait en se penchant pour poser sa tête sur ses mains mouillées de bière, et j'ai pensé à cette tendre barmaid et au monde possible que sa seule existence suggérait, la vie possible qu'elle laissait imaginer, et il y avait eu comme une petite lueur de la tendre barmaid dans l'infirmière quand elle avait appuyé ses doigts sur son dos, et grâce à ce doux souvenir, j'ai senti passer comme quelque chose de chouette, et j'ai dit à mon mari qu'on me traitait *très bien* à l'hôpital, que tout le monde ici était *professionnel et gentil*, même si, en fait, personne ne m'avait encore traitée du tout et je n'avais parlé qu'à cette infirmière avec le téléphone et à Mme Harper de l'ambassade, qui n'avait pas été particulièrement gentille mais qui m'avait au moins paru, en un sens, professionnelle, puisque sa profession semblait être d'informer les gens de ce qu'ils avaient fait de mal. Mon mari s'est excusé d'avoir à m'imposer l'évaluation mais il lui semblait que c'était la seule façon de faire de mon retour un retour sécurisé, dire aux officiers de l'immigration que j'étais potentiellement un risque pour moi et pour les autres était la seule chose prudente à faire pour moi, et il savait, disait-il, que je n'étais plus moi-même et que j'avais besoin qu'on me retrouve mais, il a dit, *Je sais que tu n'es pas vraiment un risque pour toi-même ou pour les autres, Elly, je sais que tu n'es pas, tu sais – un danger – tu le sais n'est-ce pas ?* C'était ce qu'il me demandait vraiment, honnêtement : si je savais qu'il savait que je n'étais pas *un risque pour moi-même ou pour les autres*, ce qui, me semblait-il, négligeait le fait que j'avais été enfermée dans une petite chambre d'hôpital verte et qu'on m'avait dit que j'avais besoin d'une évaluation psychologique, que j'étais une personne hautement suspecte et que j'avais besoin d'être mentalement et émotionnellement évaluée, qu'il fallait faire un inventaire, parce qu'ils n'étaient pas tout à fait certains que tout ce qui était censé être en moi était toujours en moi, et que tout cela me disait, à bien des égards, que j'étais bien, en fait, une sorte de risque, que j'avais mis une partie de ma vie ou de la vie des autres en danger, parce que les officiers de l'immigration ne s'amusent pas à enfermer des gens inoffensifs dans des chambres d'hôpital, et les évaluations de la santé mentale ne sont pas menées sur ceux qu'on considère simplement comme d'adorables choses calmes et douces et *Tout ça n'est pas le genre de chose qu'on fait à des gens qui ne représentent aucun risque, Mari*, j'ai pensé, mais je ne l'ai pas dit. J'étais un risque. Et mon mari le savait. Et il savait aussi que je le savais. Je savais aussi que j'étais un risque pour *sa* vie, et même si j'avais très envie de lui demander s'il savait *ça*, lui, je ne le lui ai pas demandé parce que je connaissais déjà la réponse, quoi qu'il en dise, alors j'ai inspiré de mon mieux et j'ai essayé d'écouter la voix de mon mari, sa voix de travers, sa voix de tumeur, sa voix pleine de pus au bord de l'explosion. Et je ne voulais pas l'admettre à ce moment-là mais je peux l'admettre maintenant et je l'admets : j'avais envie d'être responsable de la destruction d'une petite à moyenne partie de lui, et c'était une chose un peu malsaine et un peu normale, je pense, nous voulons tous avoir l'impression qu'on *pourrait* détruire une petite à moyenne à grande partie de quelqu'un qui nous aime, même si nous ne voyons pas tous cet affreux désir dormir sous les couvertures de l'amour et de l'affection et de l'attachement sécurisant avec lesquels nous tentons d'étouffer cet atroce désir. Et nous sommes moins nombreux encore à permettre à ce désir de se muer en acte, et à prendre plaisir au spectacle de cette destruction exécutée. Chacun rêve d'être indispensable à quelqu'un au point que, s'il devait se soustraire à la personne qui a besoin de lui, cela laisserait la personne si vide qu'elle deviendrait complètement inutile, incapable d'être au monde d'une manière normale, fonctionnelle, juste bien, d'aller de l'avant, et pour la faire courte : mon mari était en vrac, et même si je savais que j'étais en vrac aussi, je savais qu'il était encore plus en vrac que moi, en tout cas dans une certaine mesure, et j'ai réalisé que ça ne m'intéressait plus d'être responsable de lui, son effondrement et ses grognements, mon mari, cette vie à laquelle je m'étais mariée, soudée – lui et sa façon d'être et comment il voulait que je sois. Mon mari m'a dit quelque chose à propos des piètres choix que j'avais faits, mais je savais déjà que j'avais fait de piètre choix, ou une série de piètres choix. Mes choix étaient piètres, ils étaient pauvres, fauchés, ils avaient perdu toute valeur aux yeux des autres. Mes choix n'avaient de valeur que pour moi et cette valeur, me rendais-je compte, était elle aussi hautement discutable, maintenant que j'étais assise, engourdie et encore habillée sur un lit d'hôpital, en train d'attendre que quelqu'un vienne analyser en profondeur mon être invisible intérieur, et j'étais tellement sûre qu'on ne me dirait que ce que je savais déjà – qu'il n'y avait aucune raison évidente ou perceptible derrière tout ce que j'avais fait : quitter mon mari sans un mot et errer dans ce pays pendant si longtemps. J'étais simplement là, recroquevillée dans mon rien. Tout ce que je pouvais dire pour expliquer mes piètres choix c'est que j'avais eu le sentiment général d'avoir besoin de partir, d'avoir besoin d'être la première à partir, le besoin de me barricader contre la vie que tous les autres semblaient vivre, la manière apparemment évidente, intuitive, claire et facile, et facile et claire pour tous ceux qui n'étaient pas moi, pour tous ceux qui se trouvaient de l'autre côté de cet endroit appelé moi.

Rien n'est clair, ni facile désormais, j'ai dit à mon mari, et lui, toujours avec sa voix difforme, il a enchaîné, car il avait quelque chose d'important à me dire. Il a dit qu'il laisserait une lettre au portier de son immeuble (le sien, pas le nôtre), et que cette lettre m'indiquerait ce que je devais faire, elle tracerait les contours de ce qu'il restait de la vie que j'avais quittée, et de ce à quoi je pouvais prétendre. Il a repris sa respiration et rééquilibré sa voix sur ce qui semblait être la dernière extrémité stable de son être.

Elly, je ne suis pas encore sûr de ce que je vais faire de toi, ou de moi-même, ou s'il existe un contexte dans lequel il peut encore exister un nous. *Tu as compliqué tous les contextes dans lesquels nous existions précédemment, Elyria, tu en as testé les ultimes confins. Il y a des limites à ce qu'un homme peut supporter, un point au-delà duquel supporter de ne pas être traité comme un mari fait de lui, eh bien, plus du tout un mari, un point au-delà duquel il ne souhaite plus être la moitié de la vie qu'il pensait vivre.*

Je l'écoutais aussi attentivement que j'en étais capable, continuant à recueillir ses mots entre mes mains et à les plier en petits rectangles bien lisses et à les empiler soigneusement à côté de moi. Et voilà que mon mari m'avait expliqué quelle serait ma prochaine corvée, quand on m'aurait renvoyée à New York, il y aurait cette lettre, ça paraissait chouette, d'avoir des instructions, des directions, peut-être même une liste avec des petites cases à cocher, peut-être que je pourrais y aller de mon tac, tac, tac, *fait, fait, fait* et réintégrer ma vie ou une vague approximation de ma vie. Après m'avoir parlé de la lettre, il a dit qu'il ne pouvait pas me parler plus longtemps, qu'il fallait qu'il y aille, mais il était clair d'après sa façon de le dire, qu'il ne *fallait* pas vraiment qu'il y aille, mais plutôt qu'il *voulait* y aller, et même si je ne suis pas le genre de personne à qui l'on peut faire confiance pour distinguer désir et nécessité, peut-être pas le genre de personne capable de mesurer l'espace entre avoir besoin et vouloir, ou même entre vouloir et être obligé, ou être obligé et être avalé tout entier par quelque chose, être ramassé et emporté par quelque chose comme le désir, quelque chose comme un besoin, quelque chose comme une obsession. Mais je savais que ce que mon mari voulait dire quand il disait qu'il devait y aller, c'est qu'il voulait raccrocher et se servir un verre de gin, si l'heure le permettait, ou même si l'heure ne le permettait pas, et il voulait aller s'asseoir dans son fauteuil, son fauteuil préféré – le beige avec une tache sur le bras gauche – et il voulait mettre un des disques de sa mère, celui sans étiquette qu'il n'avait jamais entendu enfant mais qui lui avait quand même appartenu, pour lequel elle avait probablement dépensé de l'argent ou qu'on lui avait offert, cet enregistrement d'un quatuor à cordes interprétant quelque chose de juste assez morose pour une musique de tous les jours, et le compositeur était toujours resté inconnu parce que la mélodie n'était pas familière, et que la pochette originale était perdue et remplacée par une feuille de carton vierge pliée, et en s'asseyant dans son fauteuil et en écoutant ce disque pour la millième fois, en tenant le premier verre de gin de la soirée, il suivrait le rythme en balançant très légèrement sa tête vers la droite (les yeux fermés), puis vers le centre, et puis il lancerait le menton vers le haut (toujours les yeux fermés), puis retour au centre, et encore à droite, au centre, en haut, au centre, toujours les yeux fermés, et à droite, au centre, en haut, au centre, et il ferait ça pendant des heures, les yeux toujours fermés, tandis que le disque jouerait et se terminerait, et il le retournerait sur la face B, et puis à nouveau sur la face A, et puis la B, et puis la A, et voilà, je le savais, moi, ce qu'il voulait dire par *Il faut que j'y aille, Elyria* ; il voulait dire qu'il devait retrouver l'endroit où il allait quand je le faisais saturer, l'endroit où il dirigeait de la musique jouée par des hommes ou des femmes qui étaient (peut-être) morts depuis longtemps, des hommes ou des femmes qu'il ne connaissait qu'en tant que violons, alto, violoncelle, des hommes ou des femmes qui avaient donc toujours, essentiellement, été morts pour lui, qui n'étaient en vie que dans l'ombre enregistrée de cordes qui avaient un jour vibré, qui n'étaient en vie que quand le disque tournait, mais en quelque sorte sa mère se trouvait dans ce disque, je le savais, et c'est pour cela qu'il fallait qu'il le passe, c'est pour cela qu'il devait le diriger, c'est pour cela qu'il devait être le chef d'orchestre de cette musique, de cette énergie, son énergie à elle, ce dernier morceau en rotation, craquant un peu, qui existait de sa mère, et mon mari dirigeait ces mélodies, aussi parce que j'étais trop pour lui, trop pour qu'il me dirige, et pour cela je voudrais m'excuser, parce que je n'ai jamais été au bon voltage pour mon mari, j'ai toujours fait dérailler son circuit, j'ai toujours excédé son seuil de tolérance.

L'infirmière m'a pris le téléphone sans fil des mains, elle est sortie sans la moindre explication, et la porte s'est à nouveau manifestement verrouillée derrière elle, et on m'a juste laissée toute seule derrière cette porte verrouillée, et même si ce n'était pas un endroit particulièrement chouette, l'endroit où je me trouvais, j'ai décidé – ou peut-être que je l'ai senti – que je voulais que ce moment précis dure plus longtemps que tout autre moment. Je me suis dit, *Moment, tu devrais t'arrêter, reste un peu même si je sais que tu ne peux pas et que tu ne resterais pas même si tu le pouvais*, et c'est ce que je voulais, je le comprends maintenant, parce que j'adorais les limites que j'avais dans ce moment – les bords de mon lit d'hôpital, et les murs hideux de cette chambre et la porte et le verrou sur la porte et le pays qui me gardait et le fait de savoir qu'un psychiatre avançait vers moi d'un pas régulier pour me poser des questions et enregistrer mes réponses, je savais qu'il surveillerait quand et comment mes yeux bougeraient, qu'il observerait où je poserais mes mains et comment, et que toutes ces petites choses seraient enregistrées, mises à plat sur une feuille de papier qui dirait à l'ambassade et aux agents de l'immigration et à la Sécurité intérieure et à mon mari qui attendait ce que j'étais exactement, et pourquoi j'étais ce que j'étais, et j'aimais que telles soient les confortables frontières de ma petite vie, dans la limite de ce moment, dans l'étreinte antiseptique de cette chambre d'hôpital, dans le flou cocon autour de moi que les autres appelaient le monde, ce moment – eh bien je voulais qu'il *s'arrête*, exactement comme ce jour d'avril, le premier printemps après que Ruby s'était ouverte en deux sur le sol en brique de la cour, et le premier printemps depuis que j'avais rencontré le professeur qui deviendrait mon mari, quand lui et moi étions dans un parc, allongés sur une couverture dont il m'avait confié que c'était sa mère qui l'avait tricotée, et pour la première fois depuis notre rencontre, il avait souri en parlant de sa mère, le professeur et moi étions dans le parc, allongés sur le côté sur cette couverture, nous tenant par la main, nous regardant dans les yeux, et nos deux cœurs se rappelaient à notre bon souvenir comme des organes hautement fonctionnels – battant comme les soldats les plus vigoureux et les plus patriotes en tête du défilé de nos petites vies – et donc le professeur et moi étions aussi amoureux que deux personnes peuvent l'être, parce que nous avions été réunis par la perte que nous avions en commun, et malgré ça, ou à cause de ça, nous nous étions permis de tomber amoureux pendant cet automne, le plus sombre de tous les temps, mais ensuite la neige était arrivée, et repartie, et la terre avait séché, et les arbres avaient de nouveau eu des feuilles, et nous étions finalement là, à nouveau, au milieu de tout, à fixer l'impossibilité du printemps, à nouveau c'était le printemps, et nous fixions l'impossibilité d'être tellement en vie et d'être tellement en éveil avec quelqu'un d'autre et le professeur, m'observant dans ce moment tout jaune, a décidé de dire un truc qu'avait dit ou écrit quelqu'un de mort depuis très longtemps, il a dit, *Arrête-toi, instant qui passe*, et j'ai dit, *Quoi ?*, et il a dit, *C'est quelque chose que Virginia Woolf a écrit : Instant qui passe, attarde-toi, tu es si beau, ou quelque chose comme ça*, et j'ai dit, *Alors c'est ça que tu ressens ? Ce que Virginia Woolf a déjà senti ?*, et il a dit, *Oui*, et ce que j'ai ressenti alors était en partie petite-à-moyenne en accord avec lui parce que oui, j'étais moi aussi amoureuse, et je voulais le rester, mais j'ai aussi ressenti une sorte de tristesse, une sorte de colère, une sorte de déception, parce qu'à l'instant où il avait demandé à l'instant de s'attarder, l'instant avait disparu.

36

Voilà le truc, j'ai dit au souvenir de mon mari, cet hologramme – voilà le truc :

Il ne nous est pas permis d'arrêter les moments, et ça ne devrait pas te surprendre. Nous sommes tous deux familiers du concept de temps, son affreuse mathématique, comment notre histoire s'élargit toujours, devient moins compréhensible, surchargée, surmenée, encore et encore, et les souvenirs se retrouvent mal classés, et compliquent les sentiments sans raison, et certaines personnes semblent plus aptes à affronter ça, à maintenir leur histoire propre et bien rangée mais je ne comprends toujours pas comment nous nous sommes retrouvés détachés de ces moments que nous voulions faire durer, et pourquoi les moments que nous voulions oublier continuent à nous hanter.

Peut-être que c'est un genre d'équation que nous ne pouvons résoudre, un truc auquel on a échoué, et quand je pense à toi aujourd'hui, je ne peux pas penser à toi simplement – c'est comme si tu étais devenu une couleur ou un son, comme un orchestre entier s'échauffant, avec le premier violon qui fait un truc, le second violon un autre et le cinquième violon qui fait encore autre chose, et le septième violon qui ne fait rien et les violoncelles et les tambours et les flûtes qui tous gribouillent, zéro harmonie, zéro motif, zéro sens, zéro ordre. Je ne sais même pas de quoi je parle ni à quoi je pense ni si je parle ou si je pense, et peut-être que si moi j'étais un son ou une couleur, je ne serais pas un son ou une couleur parce que je serais un yack, sauf que ce n'est pas vrai parce que je suis un yack. Je suis partiellement yack. Bien sûr, tu dirais, *Ce n'est pas vrai, tu n'es pas un yack*, et tu essayerais de me consoler : *Nous avons tous une part sombre*, tu dirais ; mais je sais que la mienne est plus sombre et qu'elle cache tout un troupeau de yacks sauvages enragés et que je ne suis pas comme toi, Mari, il n'y a pas d'interrupteur dans mes ténèbres, parce que mes ténèbres sont une savane à minuit par une nuit sans lune, sans étoile, et tous mes yacks cavalent à pleine et sourde vitesse mais je ne pourrais même pas te dire ça, même si j'essayais, parce que nous ne nous sommes pas vraiment parlé depuis des années, c'est la raison pour laquelle j'ai mis de la distance, espace et temps, entre nous, pour donner un sens à notre silence. Et même si tu trouvais cette lettre non écrite et si tu la lisais, tu ne pourrais pas vraiment la lire parce qu'elle n'existe pas parce que les yacks l'ont mangée et je suis désolée, mais j'aimerais quand même savoir :

Est-ce que tu dors la nuit ces temps-ci ?

Est-ce que ta vie est vivable ?

Est-ce que tu manges – est-ce que tu manges quelque chose ?

Est-ce que tu crois que ça intéresse quelqu'un de savoir si tu es vivant à la fin de la journée ?

Et où est passé notre désir ?

Et qui a mis le feu à notre désir ?

Et qui a inventé le désir, et pourquoi?

Autant dire que celui qui a inventé le désir, celui qui a eu cette idée, celui qui l'a ressenti le premier et nous a tous laissés l'attraper comme une peste rose fluo, j'aimerais lui dire, à celui-là, que c'était franchement pas juste, de lâcher un truc pareil sur le monde sans nous laisser une garantie ou au minimum un mode d'emploi qui explique comment se débrouiller, comme vivre avec, comme comprendre ce truc qui peut arriver à quelqu'un contre son gré, je veux dire, le désir, le besoin qui nous grignote et l'ombre qu'il laisse quand il s'en va. Et oui, je sais bien que ce sera toujours notre problème intolérable, une de ces choses qui font lentement pousser des cheveux blancs, alors oublie – oublie ma question, oublie ce que j'ai dit et permets-moi juste de te demander ceci : Si tu pouvais engager un *think tank* pour comprendre ce qui nous est arrivé, est-ce que tu le ferais? On pourrait penser qu'après tous ces mois que j'ai passés à réfléchir à ce que nous étions et à ce que nous sommes devenus, on pourrait penser que j'aurais une petite idée, mais rien. Tu en as une, toi? Je peux la voir? Je peux te l'emprunter? À moins que ce ne soit le genre de jeu où tu gardes tous les indices pour toi jusqu'à ce que la partie soit terminée et que quelqu'un ouvre l'enveloppe et dise, *C'était le mari, dans le bureau, avec le tableau noir* (ce qui est marrant parce qu'on était tous si persuadés que c'était l'épouse, dans la cuisine, avec le couteau à viande).

Parfois je me remémore cet après-midi où tu m'as demandé de t'apprendre à tenir un bébé dans tes bras et à le mettre dans son berceau, parce que tu ne savais pas comment faire, et moi je savais, et tu pensais qu'un jour tu aurais besoin de ce savoir, de cette minuscule compétence, et même si je savais que tu n'aurais très probablement jamais besoin de savoir comment faire, je t'ai quand même appris.

Tu portes un bébé de la même façon que tu portes une faute : tu le déposes tout doucement – après soigneuse délibération sur l'endroit où le mettre – et tu protèges la tête – et tu fais attention à son cou.

37

Une autre infirmière est entrée et a enregistré ma température, ma tension artérielle et mon rythme cardiaque et elle n'a pas eu l'air impressionnée par les mouvements de mon cœur, ni par les chiffres sur le thermomètre. Elle a posé une petite planche en bois sur ma langue, elle a jeté un œil au fond de ma gorge, enlevé la planche, et l'a jetée à la poubelle. Elle a promené le faisceau d'une petite lampe dans mes yeux et dans mes oreilles et dans mes narines, à nouveau contrariée de ne rien trouver qui porte à conséquence en moi.

Il est aussi temps de changer ça, n'est-ce pas ?

Elle a commencé à défaire la gaze, laquelle semblait de plus en plus rouge que blanche, et elle a détaché une longue couche de coton trempé de sang. Une blessure cramoisie et visqueuse creusait le centre de mon avant-bras. Elle a épongé les traces de sang et puis elle a dit, *Ça va piquer un peu*, et elle a versé quelque chose dans cette fossette rouge qui s'est mis à pétiller mais je n'ai rien senti. Elle tenait mon poignet tandis qu'elle essuyait le dessous de la blessure et puis elle a remballé le tout.

Et voilà, elle a dit, en souriant. Elle m'a regardée dans les yeux plus longtemps qu'il ne m'a semblé naturel ou approprié. *Vous avez de la chance – à quelques millimètres près vous auriez pu mourir.*

Elle a dit que le psychiatre passerait bientôt et j'ai essayé de garder un peu de dignité même si elle savait qu'il était devenu nécessaire de faire venir un psychiatre pour évaluer mon état mental, et puis je me suis souvenue que je n'avais plus aucune dignité à garder, plus depuis qu'elle avait mesuré mon cœur et vu mon sang couler et examiné tous les orifices possibles ouvrant sur le centre visqueux de mon crâne.

Plus tard le psychiatre est arrivé : un homme chauve avec des lunettes délicates, cerclées de métal, portées bas sur son nez bulbeux, comme un petit oiseau sur une branche épaisse. Il portait une chemise gris clair sous un gilet gris foncé, et un pantalon gris encore plus foncé. Des petits arbustes de cheveux pâles lui pendaient sur les côtés de la tête, ses dernières feuilles de printemps.

C'est souvent mieux si on s'appelle par nos prénoms, Elyria. Est-ce que je peux vous appeler Elyria ?

D'accord, j'ai dit, en pensant au fait que j'avais toujours été installée sous ce mot, mon nom, le bruit terminal de mon être.

Je m'appelle Thomas.

Il n'avait pas une expression genre *enchanté* sur le visage, on aurait plutôt dit un bijoutier en quête d'authenticité.

D'abord, Elyria – et j'espère que vous ne le prendrez pas trop personnellement –, je vais devoir évaluer vos capacités intellectuelles. Ceci n'est qu'une simple formalité pour confirmer que vous êtes apte à répondre au test suivant, le test sur votre état général ces derniers temps. Vous êtes prête pour la première partie ?

Je me suis relevée un peu, j'ai essayé d'avoir l'air de quelqu'un de gentil et calme et digne de confiance, un vrai labrador.

Je suis prête, et il m'a donné un petit crayon jaune et une planchette sur laquelle était maintenue une feuille de papier avec des problèmes de maths et de logique.

Je vous en prie, prenez votre temps Elyria. Rien ne presse.

L'évaluation consistait en quelques problèmes basiques comme *neuf divisé par trois* et *quatre fois cinq*, et d'autres lignes comme celles-là, des problèmes qui n'étaient pas vraiment des problèmes du tout, des problèmes si simples qu'ils donnaient l'impression que mes propres problèmes étaient insupportablement complexes. Il y avait aussi quelques problèmes illustrés : *Un poisson, un chien, un marteau – trouver l'intrus. Une pomme, un arbre, un hélicoptère – trouver l'intrus.* J'ai quand même répondu lentement, délibérément, m'assurant d'être à la hauteur du sérieux avec lequel on me faisait passer ce test. Tous les moments depuis le tout début m'avaient menée à ce moment-ci avec ces équations et avec ce dessin d'un joyeux chien baveux, savoir instantanément les réponses, regarder à nouveau les problèmes, savoir les mêmes réponses, les relire une fois encore et essayer d'imaginer s'il y avait un moyen possible que je me trompe, mais chaque fois, je revenais toujours à ma première idée et après avoir écrit mes neuf réponses aux neuf problèmes, j'ai ressenti une petite euphorie parce qu'il y avait au moins neuf choses dans ce monde que je pouvais tenir pour des faits avérés, garantis. J'ai souhaité, un instant, être devenue mathématicienne ou comptable ou travailleuse en usine pour qu'une partie de ma journée soit simplement remplie de NON ou OUI, de UN MILLION ou DEUX MILLIONS, ou de IDEM, IDEM, IDEM, IDEM. Mais, au lieu de ça, j'avais cette vie peuplée de tellement de PEUT-ÊTRES ou de PRESQUES ou de POSSIBLEMENTS ou de JE NE SAIS PAS que j'avais l'impression de nager ou de couler ou de bouillir parmi eux, mais ici, au cœur de ce moment de calme, alors que j'avais terminé l'évaluation intellectuelle mais que je ne l'avais pas encore rendue, j'ai essayé d'aplatir ma vie à un format similaire :

Mari fois silence égale un autre pays.

Ruby fois cour de brique égale moins Ruby.

Bord de mer, sœur, mouette – trouver l'intrus.

Mais ma vie, la vie de n'importe qui, n'importe quelle vie qui soit réelle, n'importe quelle vie humaine – ne peut être réduite à des questions pareilles. J'ai rendu la planche en bois à Thomas qui l'a regardée en faisant descendre un doigt le long du côté droit du papier, s'arrêtant une seconde à chaque numéro et à chaque lettre et il a hoché la tête et il m'a regardée.

D'accord, ça n'a pas été trop dur, n'est-ce pas ?

Non, j'ai dit. (Étais-je supposée répondre à cette question ? Ce n'était pas clair.)

Thomas a souri une bouchée de toutes petites dents et a retiré ses lunettes.

Et comment vous sentez-vous aujourd'hui, Elyria ?

J'ai fait un rapide inventaire à l'intérieur de moi et j'ai trouvé que tout était là, et plus ou moins en état de marche. Mon cerveau fonctionnait. Mon corps n'était pas écrabouillé comme un crumble. Et, certes, j'étais un rien piégée dans une chambre d'hôpital, le bras enveloppé de couches de gaze, avec tous ces analgésiques dans mes veines, mais c'était, d'une certaine façon, presque agréable, même si sous cette sensation, j'éprouvais tellement de sentiments compliqués et pas tout à fait top – parce que j'avais conscience de trouver agréable quelque chose qui, j'en avais conscience aussi, à un certain niveau, n'était pas du tout censé être agréable –

Bien, j'ai dit. *Je vais bien.*

Juste bien ?

Ouaip, bien.

Bon, bon. C'est bien. Donc vous ne souffrez pas trop ?

J'ai hoché la tête.

Les infirmières sont vraiment gentilles, n'est-ce pas ?

Oui.

Alors, Elyria, permettez-moi de confirmer quelques petites choses avec vous. On m'a donné quelques informations et je veux simplement confirmer que tout est juste. Dites-moi si quoi que ce soit vous paraît erroné, d'accord ?

OK.

Vous êtes diplômée de Barnard. Vous étiez employée comme scénariste chez CBS depuis cinq ans. Vous avez épousé Charles Riley, il y a six ans. Vous n'avez jamais eu de problèmes de santé majeurs. Vous n'avez pas de dettes. Vous avez toujours déclaré vos impôts dans les temps. Vous ne suiviez aucun traitement avant de quitter les États-Unis. Vous viviez dans l'Upper West Side à Manhattan, dans un immeuble appartenant à l'université de Columbia où votre mari a obtenu une chaire il y a un an comme professeur associé au département de mathématiques. Tout cela est juste ?

Oui. Ça m'en a l'air.

Maintenant, vous voyez, Elyria, ce que je viens de décrire, ça ressemble à une vie assez réussie, ce que vous aviez là, alors vous comprenez que d'autres personnes puissent avoir du mal à comprendre que vous décidiez simplement de partir comme vous l'avez fait, sans même dire à votre mari où vous alliez. C'est plutôt étrange, n'est-ce pas?

Je l'ai regardé comme s'il était un objet dans un musée qui ne m'intéressait pas particulièrement.

C'est difficile à comprendre pour les gens, a dit Thomas, *ce qui a pu vous pousser à simplement vous lever et partir.*

Oui, j'ai dit, en hochant la tête et en souriant un tout petit peu. *Je sais.*

Elyria, êtes-vous en train d'essayer d'éviter de me dire pourquoi vous êtes partie?

Non.

Non?

Je n'ai rien à dire à ce propos.

Pourtant vous opposez une certaine résistance à en parler. Pourquoi?

Je ne sais pas.

Nul besoin d'être sur vos gardes, Elyria.

Je ne suis pas sur mes gardes.

Mmm, vous semblez un peu sur vos gardes.

Non, non.

Comment affrontez-vous le stress?

Je ne sais pas. Je lis, je crois. Je fais quelque chose toute seule.

Pouvez-vous m'en dire un petit peu plus là-dessus?

Je n'ai rien de particulier à ajouter. Le stress, c'est le stress. On l'affronte.

Moi, je boxe, parfois, pour soulager le stress. Ça fait du bien de frapper quelque chose parfois, vous voyez? On a tous un peu de colère à évacuer.

D'accord.

Alors, est-ce que vous faites quelque chose comme ça? Est-ce qu'il y a quelque chose qui soit comme la boxe pour vous?

Non. Je préfère être seule.

Thomas a pris quelques notes et je me suis demandé s'il attendait que je confesse un truc étrange, que je dise, *Oui, Thomas, en fait j'aime bien tuer des forêts entières de petits animaux pour soulager mon stress ; ça ressemble beaucoup à la boxe, je suppose, Thomas, vous voyez – finalement vous et moi ne sommes pas si différents, n'est-ce pas ?* J'ai forcé mon visage à sourire un petit peu, comme si j'étais calme, comme si j'allais bien.

Est-ce que votre mari vous manque ?

Je n'y pense pas tellement.

Alors c'est une manière de soulager le stress pour vous : l'isolation. Vous vous isolez pour éviter de ressentir qu'il vous manque ?

Non.

Qu'est-ce que c'est alors ?

C'est juste qu'il ne me manque pas.

Est-ce qu'il vous est passé par la tête que vous auriez dû dire à votre mari où vous alliez ?

Je ne me souviens pas.

Comment ce serait si vous retourniez chez votre mari ?

Pareil, je suppose.

Qu'entendez-vous par là ?

Eh bien, on irait au boulot, on vivrait dans notre appartement, et on ferait les choses qu'on faisait avant, tout pareil.

Votre mari vous a-t-il jamais fait du mal quand vous viviez avec lui ?

Non. Rien de ce genre, j'ai dit. Mais, vraiment ? J'ai interrogé ma tête silencieuse. Est-ce que ce n'était pas précisément quelque chose de ce genre ? N'y avait-il pas quelque chose de si brutal dans nos silences, quelque chose de si acide, quelque chose de mutuellement abusif dans la façon dont nos vies étaient si silencieusement pliées ensemble ? *Non, rien de ce genre. Rien à voir.* Mais n'était-ce pas quelque chose comme de la brutalité, comme du sang congelé, comme des bleus au visage, comme une côte cassée qui ne cicatrise pas – était-ce *rien* de ce genre parce que c'était dans son sommeil que la violence silencieuse entre nous finissait par se déchaîner, et alors le désir que nous avions de nous détruire nous-mêmes ou de nous détruire l'un l'autre sortait enfin, une casserole de soupe laissée trop longtemps à bouillir, les bouillons débordant, brûlant les parois de la casserole, remplissant la maison de fumée.

Vous a-t-il maltraitée émotionnellement ?

J'ai réfléchi une seconde et j'ai dit, *Je ne sais pas.*

J'ai pensé à la petite fille rousse dans le bus, des mois plus tôt, et je me suis demandé ce qui avait pu lui arriver et ce qu'elle avait voulu dire quand elle avait déclaré qu'elle venait d'une nébuleuse, et je me suis demandé si elle allait bien, et aussi si ma mémoire m'avait trahie, si en vérité, elle n'avait jamais dit un truc pareil, et peut-être que c'était pour ça que j'étais là, parce que j'avais vu tellement de mirages, et je les avais crus réels, et les gens avaient remarqué, peut-être, les gens m'avaient vue debout sans chaussures dans des prés à moutons, parler à personne, peut-être, m'adresser droit dans les yeux à personne, écouter le rien, et répondre au rien et n'est-ce pas le truc avec ce genre de chose ; vous n'êtes jamais tout à fait sûre que ce que vous entendez et voyez corresponde à ce que les autres voient et entendent, et Thomas a mis les pieds dans ma pensée –

Est-ce qu'il vous a physiquement maltraitée ?

Et je me suis demandé pourquoi je ne pouvais pas simplement dire, *Non, il ne m'a pas maltraitée, mon mari ne m'a pas maltraitée*, et passer à la question suivante. C'était peut-être parce que nous savions tous les deux que la quasi-majorité des femmes avaient été, très probablement, maltraitées, ou attaquées, ou agressées ou peu importe, et que toute femme qui n'avait pas encore été maltraitée, ou attaquée ou agressée, n'avait qu'à attendre, attendre un jour ou un an ou une semaine environ, parce que très probablement cela finirait par lui arriver, oui, un jour, elle se réveillerait en pensant que c'est un jour comme les autres et entre son réveil et l'heure d'aller se coucher, ça ne serait plus le même genre de jour, et si ça ne devait jamais arriver, si d'une manière ou d'une autre elle demeurait encore l'une des rares membres du club des non-maltraitées, non-attaquées, non-agressées, alors elle devait toujours garder en tête que cette possibilité, le fait qu'une femme soit attaquée, était monnaie courante, quasiment inévitable. Il y avait une impression de *pas si mais quand*, et j'ai senti cette impression pendant que Thomas me regardait, s'attendant, m'a-t-il semblé, à ce que je dise, *Oui – c'est vrai – c'est pour ça que je suis partie, je suis une de ces femmes qui ne savent rien faire d'autre que fuir*, mais je savais avec une telle certitude, ou du moins presque certainement, que mon mari ne m'avait, ou ne m'avait presque pas, ou pas tout à fait, ou pas vraiment, ou pas consciemment, mais j'aurais presque souhaité qu'il m'ait maltraitée – maltraitée d'une manière éveillée, intentionnelle, en plein jour – de sorte que mon départ ait un peu plus de sens pour moi et pour le reste du monde.

Vous a-t-il physiquement maltraitée ?

Ma bouche ne laissait pas mon cerveau la mettre en mouvement.

Elyria, je ne peux pas prendre votre absence d'explication pour une explication, vous savez. Je ne peux rapporter que ce que vous me confirmez être vrai ou que vous me dites être la vérité. Si vous ne pouvez pas dire ou confirmer que votre mari vous a maltraitée, ou pas, je ne peux pas simplement prendre ce que je crois que vous sous-entendez peut-être par votre silence et l'écrire. Je ne peux qu'écrire que vous avez refusé de répondre à la question, vous comprenez?

Oui.

Peut-être qu'on devrait simplement revenir à cette question plus tard.

Je me suis rassise bien droite et j'ai à nouveau regardé l'image de l'homme qui possédait l'océan et j'ai fait le vœu de, s'il vous plaît, devenir lui tout de suite, me boucher le nez, fermer les yeux, et sauter dans une autre vie.

J'ai pensé à mon mari, assis dans son fauteuil, les jambes croisées, les bras croisés, sa voix disant, *Typique, Elyria. C'est incroyable, tout ce que tu peux oublier.* Au fil des années, il y avait souvent eu des choses que j'avais oubliées et dont il se souvenait, des souvenirs et des informations que mon mari avait archivés – des choses que j'avais faites, qu'il avait faites, des mots que j'avais dits, qu'il avait dits, des phrases qu'il pouvait se remémorer mot pour mot, prononcées par lui ou par d'autres ou par moi, des choses que nous avions vues, ou faites, ou des endroits où nous étions allés, des endroits mot-pour-mot, des gens mot-pour-mot, des choses dont il se souvenait exactement précisément factuellement et que j'avais oubliées, ou dont je ne me souvenais pas bien, pas tout à fait, pas complètement. Ainsi mon mari était ce contrôleur permanent d'informations, de faits de ma vie, et l'idée qu'il invente des trucs, intentionnellement ou pas, m'était venue à l'esprit, que peut-être, une bonne partie des choses qu'il m'avait dit être arrivées n'étaient peut-être jamais arrivées –

Elyria, quand vous est-il venu à l'esprit que vous vouliez quitter votre mari ?

Je ne me souviens pas, j'ai dit, et ma voix ne sonnait pas vraie, même à ma propre oreille, parce que je me souvenais très bien du jour où j'avais décidé de partir, un mardi après-midi, en marchant dans Brooklyn – j'avais observé une vieille dame qui traversait un carrefour et j'avais su.

Thomas a repris sa respiration et a feuilleté des papiers sur son porte-bloc.

Vous arrive-t-il d'imaginer faire du mal à votre mari ?

Non.

À d'autres personnes ?

Non.

Pensez-vous parfois à vous faire du mal ?

Non.

Pensez-vous parfois au suicide ?

Les souvenirs s'installent parfois au cœur d'un mot ou d'une expression et vous ne repenserez jamais à ce mot ou à cette expression ou à ce sentiment ou à cette couleur sans penser à cet autre aspect, aux choses que vous y stockez, et sous le mot *suicide*, il y avait une grotte au nom de Ruby, et il m'était devenu impossible d'expliquer à qui que ce soit à quoi je pensais quand je pensais au mot *suicide* parce qu'alors il y avait tellement de pensées qui s'allumaient dans mon cerveau, des vies entières de pensées, et chaque fois que j'entendais ce mot, je me rappelais toujours la fin de Ruby, le petit nœud noué qui avait mis fin à *nous*. Mais ce n'était pas, je le savais, ce que Thomas voulait dire quand il me demandait si je pensais parfois au suicide.

Alors j'ai dit, *Non*, sans faire de pause.

Elyria, je voudrais maintenant commencer une autre évaluation. S'il vous plaît, donnez des réponses aussi complètes que possible, d'accord ? OK. Avez-vous du mal à vous endormir ou à rester endormie ?

Non.

Vous sentez-vous parfois effrayée ou mal à l'aise sans raison apparente ?

Parfois.

Souvent ?

Je ne sais pas. Est-ce que tout le monde ne ressent pas ça parfois ?

Avez-vous du mal à vous concentrer ?

Sur quoi ?

N'importe quoi.

Bien sûr.

Thomas a attendu que je continue, que je m'explique, mais je ne voulais pas le regarder ni m'expliquer, parce que je savais que tous les gens qui sont vivants ont du mal à se concentrer sur la vie et je savais que lui, quelque part, le savait aussi, qu'être vraiment vivant, se faire trimballer dans le monde par ce qui se trouve dans votre cerveau, quoi que ce soit, et avoir des pieds, marcher sur ses pieds, avoir une liberté toujours limitée à la liberté de votre corps, tout ça faisait beaucoup trop de choses sur quoi se concentrer, et donc personne ne se concentre sur tout ça trop souvent, ou trop facilement, et nous avons tous du mal à nous concentrer là-dessus, à nous concentrer sur tout.

Vous sentez-vous irritable ou nerveuse ?

Les deux, j'ai pensé, et j'ai dit, *Non.*

Vous sentez-vous détachée ou étrangère à vous-même et/ou aux autres ?

Souvent, j'ai pensé, et j'ai dit, *Non.*

Avez-vous parfois l'impression que vous refaites l'expérience d'une partie difficile de votre passé ?

Et j'ai pensé à cette phrase, et à la réalité derrière cette phrase, et j'ai pensé, *Eh bien, oui, Thomas, bien sûr, n'est-ce pas précisément le problème avec les souvenirs, Thomas ? Vous devriez le savoir, Thomas, vous êtes un professionnel de la manière dont fonctionne l'esprit.* Mais j'ai dit, *Non, pas vraiment. Pas que je me souvienne.*

Vous est-il arrivé quelque chose dont vous ne souhaitez pas parler, à quoi vous ne voulez pas penser ?

Qu'est-ce que c'est que cette question ?, j'ai pensé, et j'ai dit, *Qu'est-ce que c'est que cette question ?*

Par exemple, y avait-il des endroits à New York où vous vous sentiez incapable de vous rendre sans vous sentir bouleversée ?

Je me suis souvenue d'avoir fait des détours de plusieurs blocs pour éviter ces endroits, des immeubles bouleversants, de bouleversantes ombres projetées par la lumière à travers les arbres, le nœud que j'avais dans la gorge quand je passais les grilles de l'entrée est du campus et cette cafétéria qui avait été la cafèt' de Ruby où mon mari continuait d'aller certains soirs, où il mangeait toujours son Reubens et ses spaghettis *(Qui prend des spaghettis dans une cafèt' ?)* comme si rien ne s'était passé, comme si Ruby n'avait jamais été là, à manger des BLTs et à fixer les voitures qui descendaient Amsterdam, sirènes à tue-tête en route vers et de retour de l'hôpital.

D'autres questions arrivaient et elles se fondaient les unes aux autres – *Avez-vous vécu ou été témoin de quelque chose de perturbant ou qui vous ait fait craindre pour votre vie ? Une situation bouleversante ? Quand vous pensez à l'avenir, avez-vous l'impression qu'il va être raccourci pour une raison inconnue ? Vous arrive-t-il d'avoir des souvenirs non désirés ?*

Et mon yack me disait que tous les souvenirs sont indésirables, mais je disais autre chose, essayant de donner à Thomas une réponse qui reflète mon humanité et non mon yack et peut-être aussi un morceau de santé mentale mais parfois, je me mettais à parler, je m'arrêtais, je regardais dans le vide, et j'oubliais ce qui se passait, j'essayais d'essayer d'essayer de me souvenir –

Elyria, nous apprécions votre collaboration dans cette évaluation, et tout va –

Ça fait je ne sais même pas combien de temps que je suis enfermée dans cette chambre –

Vous êtes ici depuis moins d'un jour. Vous avez été soignée pour une blessure sérieuse infligée par une raie et nous avons découvert que votre visa était dépassé, et maintenant vous subissez une évaluation psychologique et une évaluation post-traumatique. Tout est très clair, en fait. Tout est très simple.

Il avait l'air blessé et contrarié. Je me demandais quel était ce trauma par rapport auquel j'étais supposée être *post*.

Votre mari pense que vous pourriez, potentiellement, être mentalement instable, et nous prenons ce genre de déclaration au sérieux. Nous prenons soin de ne pas exposer, en connaissance de cause, le public à quelqu'un qui pourrait ne pas avoir toute sa tête –

J'ai fixé le plafond et je savais que je ne pourrais aller nulle part sans qu'on me retrouve.

En dehors de votre statut d'immigration, avez-vous été impliquée dans une activité illégale au cours de votre séjour en Nouvelle-Zélande ?

Non.

Vous êtes sûre ?

Je suis sûre, j'ai dit, mais je savais que je n'étais pas sûre parce que les souvenirs et les réalités et les faits et les rêves, tout était devenu moins distinct, et quand je repensais aux choses que j'avais faites, je n'étais pas convaincue que je les avais vraiment faites, et quand j'établissais mentalement une liste de ces choses, je n'arrivais à rien mettre sur la liste, et je savais que le yack en moi était un pesant désir de détruire quelque chose mais sans la capacité réelle de détruire quoi que ce soit, et peut-être que Thomas pouvait aussi voir mon tout petit tueur à gages souriant, ce fils de pute suffisant assis au centre de moi, et à ce moment je pouvais penser à un tas d'autres choses que j'aurais préféré être : un plant de haricot vert, ou un opossum qui ne demande qu'à ramper et à manger, plutôt qu'une personne apparemment incapable de trouver un moyen d'être ou de vivre confortablement dans ce monde, mais je ne cherchais pas non plus une sortie de cette vie, ni une entrée dans une autre. Je ne voulais fantasmer sur rien. Je ne voulais rien aimer. Je n'étais pas une personne, mais simplement une preuve de moi-même.

38

Je regardais par ma petite fenêtre d'hôpital, j'essayais d'en faire un moment important, j'essayais de comprendre quelque chose, de me sentir réelle. J'attendais, patiemment, mais aucune révélation n'est venue. Rien ne semblait réel. Une profonde sensation d'irréalité m'a envahie jusqu'à ce que, finalement, me vienne une demi-révélation, que voici : l'irréalité était ma seule réalité, et je ne pouvais qu'essayer de croire que cela me suffisait, que l'irréalité était pas mal proche de la réalité, que la réalité était le nom de l'irréalité, et le mieux était sans doute de faire avec.

J'avais déjà eu le même genre de non-révélation à propos de l'irréalité, je m'en souvenais, c'était en me préparant dans le vestiaire, à l'église où je m'étais mariée, ma mère était entrée, le regard vague et un chat dans la gorge, déjà un peu partie avant le début de la cérémonie.

Vous faites un charmant cou-couille, elle avait dit, trop fière ou trop insouciante pour se corriger. *C'est quoi déjà la règle, pour la mère de la mariée, elle doit pas voir le marié ? Hein ? Je ne sais pas s'il y a une règle, en tout cas c'est fait. Je veux dire, ton marié. Bel homme. Un marée chaland, je veux dire – un sacré marrant.*

Dans l'ensemble, elle savait limiter son ivresse à un bruit de fond plutôt qu'à un fracas de tôle froissée, et je lui étais reconnaissante de cette subtilité, la couleur du problème, ma sacrée maman. Je regardais ma mère et je percevais l'électricité et la pulsation de sa vie et il m'est revenu en mémoire que je m'étais glissée dans ce monde par le biais de son corps, et que ça devait avoir une signification, ça m'apprenait quelque chose sur le genre d'accident que j'allais provoquer parce qu'elle était mon unique point de départ, je n'en aurais jamais d'autre.

En tout cas, elle a dit, *il est l'heure de te marier. Mariage ! Allons-y.*

Mon mari et moi, on avait décidé d'éviter demoiselles et garçons d'honneur ou plutôt, on s'était rendu compte qu'on ne connaissait personne qui puisse jouer ce rôle-là pour nous. Le public remplissait à peine quelques bancs. Sa famille, la mienne, sourires avares. Les grands-mères pleuraient poliment, mais personne d'autre ne semblait ressentir quoi que ce soit. L'absence de sa mère constituait la présence la plus forte, et sa belle-mère n'arrêtait pas de se toucher les cheveux et de regarder autour d'elle, comme si elle avait peur que quelqu'un les lui vole sur sa tête. Mes parents avaient laissé assez d'espace entre eux pour deux ou trois enfants.

Nous avons prononcé les vœux. Un orgue a orgué. Nous avons fait demi-tour et nous sommes sortis.

Et là dans ma chambre d'hôpital, j'essayais de convoquer de jolis souvenirs de mon mari, de m'échouer dans ce genre de nostalgie, dans la tendresse photoshopée de souvenirs peaufinés, épluchés, réduits à presque rien, plus que l'image d'un homme gentil faisant quelque chose de gentil, souvenir détaché du désordre irrévocable entre nous. Des infirmières sont entrées et sorties de la chambre toute la journée suivante, avec ou sans sourires, avec ou sans nouvelles, ou avec des trucs à manger gélatineux et compartimentés, et une des infirmières m'a rappelé que j'avais eu de la chance, tellement de chance de ne pas avoir saigné à mort, mais une autre m'a dit que ma blessure n'avait jamais été si grave, qu'elle cicatriserait très bien, et quelqu'un a lu quelque chose à voix haute sur le fait d'être exporté ou importé ou déporté – mon enlèvement, mon être-bientôt-ailleurs, et je me suis demandé pourquoi j'avais apparemment tellement de mal à classer ma vie au sein d'un système organisé, pourquoi je rangeais des histoires vieilles de dix ans dans le même dossier que celles de la semaine dernière, de l'année dernière, les dossiers contenant mon mari se mélangeaient avec celui de Ruby, de mon père et de qui, de quoi encore, et saurai-je un jour me remettre en ordre et si oui, alors quand et comment, et si j'y arrivais – alors quoi ?

Quelqu'un est entré avec le petit-déjeuner – un œuf dur écalé, une tomate dégoulinante, une pomme de terre écrasée, un toast tamponné de beurre – et ça voulait vraisemblablement dire que la nuit était redevenue le matin, et peut-être que j'avais dormi ou si je n'avais pas dormi, j'avais au moins sombré dans une sorte de transe, très probablement, parce que je n'avais pas le souvenir d'avoir ouvert les yeux, mais c'était le matin, et je n'ai fait qu'une bouchée de l'œuf, le jaune crayeux dans ma gorge, les joues encombrées de brisures douces et blanches.

Deux femmes flics aux cheveux et aux visages denses, des femmes esquissées à gros traits, m'ont escortée hors de la chambre d'hôpital et j'ai apprécié la promenade dans les couloirs et leur lumière bleuâtre, et la façon dont les infirmières et les médecins ont tenté de regarder le spectacle sans avoir l'air de regarder le spectacle, essayaient de voir la petite femme escortée par les flics, et j'ai aimé que la lumière soit affreuse, et j'ai aimé les petits éclairs que j'ai parfois surpris dans leurs yeux, et j'ai aimé être hors de cette chambre vert mousse. Et je voulais que ce moment s'arrête parce que je voulais juste marcher et marcher, flanquée des deux flics, avec une destination précise, et j'avais juste envie d'être en route vers quelque part, je voulais être en chemin pour toujours sans jamais arriver, parce que c'était ça que je voulais vraiment, peut-être, aller, et aller, et continuer à partir et partir et partir et aller et partir et être en train de m'en aller et ne jamais arriver.

Je n'ai gardé aucun son, aucune image du vol, tout ce dont je me souviens c'est la descente, le bruit sourd et la glissade sur le tarmac, et comment, quand je me suis réveillée, toute la grande aventure de mon voyage semblait désormais minuscule et luisante, comme une figurine de collection, une pathétique chèvre en cristal aux cornes ébréchées.

39

Demande à Ray de t'emmener à la cave. Dans une zone clairement délimitée du box, tu trouveras tout ce qui est à toi, y compris tes vêtements (tous lavés) mais pas seulement, tes livres aussi, tous les tableaux qui t'appartiennent, tes lampes, les deux chaises et une table d'appoint qui appartenait à Ruby, ce tapis que tu as acheté en Espagne, tes affaires de toilette, une boîte de muesli rassis, toutes les pinces à cheveux et les élastiques à cheveux que j'ai pu trouver, ce thé au réglisse que tu adorais et que je détestais, les clés de l'appartement désormais inutiles parce que j'ai changé toutes les serrures, et un sac en papier contenant tous tes cheveux ramassés sur le tapis, sous le canapé, balayés dans les coins et récupérés dans le lavabo de la salle de bains. Il n'y a plus rien de toi dans mon appartement. Il n'y a aucune raison que tu prennes l'ascenseur jusqu'à mon étage, alors s'il te plaît, n'essaie même pas. Il faut que tu récupères tous les cartons, tous à la fois. Je ne souhaite pas te voir. Je ne souhaite plus jamais avoir de tes nouvelles ni te revoir. Bien à toi.

J'ai relevé la tête de la lettre pour regarder le portier (pas Ray, un nouveau) mais il avait les yeux rivés sur une télévision de la taille d'une boîte à chaussures, et peut-être ignorait-il que j'étais une substance indésirable dans l'immeuble, que j'avais fait de mon mari une personne qu'il ne voulait pas être, il semblait que ce portier ne savait rien de tout cela, alors je suis allée à l'ascenseur et je suis montée au dixième étage comme je l'avais longtemps fait chaque jour sans y penser.

J'étais devant ma porte, désormais la porte de mon mari, et j'ai pensé toquer et que se passerait-il si je le faisais et qu'il était à la maison et qu'il ouvrait et me voyait là. Il se contenterait peut-être d'un signe de tête, et son regard vacillerait peut-être, et il serait possible que je jette machinalement mes bras autour de mon mari, même si je ne serais plus tout à fait sûre qu'il soit encore mon mari, et j'appuierais mes os contre les siens, et je sentirais le léger renflement de sa taille, et les muscles noués du haut de son dos, et je remarquerais la légèreté de son étreinte, comme si j'étais couverte de fines épines.

Peut-être que je le lâcherais et il ferait un pas en arrière et il regarderait vaguement dans ma direction mais pas directement vers moi, pas directement vers l'absurdité de ma personne, sa femme disparue revenant boiteuse et repentante. Peut-être qu'il aurait une nouvelle coupe de cheveux, ou peut-être que ses yeux ne seraient plus du même vert d'herbe, peut-être qu'ils auraient pris une nuance de chasse, une couleur utilisée pour le camouflage. Il se tiendrait probablement tout rigide, comme s'il tenait une tasse de thé bouillant en équilibre sur sa tête, et derrière lui je verrais notre salon et la fenêtre à laquelle nous allions fumer quand nous étions plus jeunes et encore amoureux et que tout semblait encore possible et donc nous pouvions détruire un peu nos poumons, nous pouvions tenir du feu entre nos doigts, mettre nos corps au défi, et derrière la fenêtre, la lumière et le ciel annonceraient peut-être la pluie pour bientôt mais pas encore. Je voudrais lui dire que j'étais *désolée* mais je saurais que ce mot était trop petit pour ce que j'avais fait, et puis je n'étais pas *désolée*, pas exactement, ou peut-être que je convoquerais assez de confiance pour entrer dans l'appartement, et mon mari refermerait la porte et se retournerait, et s'appuierait contre elle. J'ai imaginé ce petit bruit familier quand j'aurais détaché mon sac à dos et j'ai imaginé ce que je pourrais dire à ce moment précis, ce moment de silence juste après le petit bruit, et peut-être que je me tiendrais plus droite et que j'ouvrirais plus grand mes yeux fatigués, et j'essaierais de vraiment voir mon mari, de lui dire quelque chose pour de bon, de lui donner quelque chose de moi, une explication, un baume pour la brûlure de l'instant, mais je savais que je ne ferais rien de tout cela parce qu'il y avait une paralysie entre nous et une lassitude dans sa façon de me regarder et quelque chose d'étranger dans ses yeux – qu'en restait-il et pourquoi étaient-ils devenus cette autre chose ?

Dans le présent, j'étais toujours à la porte de mon mari, et pendant une seconde je me suis demandé si je m'étais trompée de porte, trompée d'homme, pas un mari mais un étranger, un voisin que je n'aurais jamais rencontré, et je me suis demandé quelle différence il y avait entre un mari et un étranger. *Étranger plus temps égale mari. Mari divisé par temps égale étranger. Mari et femme – trouver l'intrus. Épouse plus porte égale quoi ?* Mais il n'y avait ni équation ni série de questions qui puisse transformer ce moment en réponse.

Au mirage de mari, j'ai dit, *Et si nous restions tous les deux ici, sans rien nous dire du tout pendant un an, histoire de voir comment on se sent après ça ?*

Peut-être que ce n'était pas la pire des idées jamais émises, et peut-être que si on pouvait ne rien se dire du tout pendant un an, ou toute autre durée significative, peut-être que ce serait un moyen d'exhumer le mariage, de l'aérer, de le sortir de lui-même histoire de voir s'il restait encore quelque chose à l'intérieur. J'ai essayé d'imaginer comment ça se passerait, nous deux en train de prendre le thé, de dîner, de nous habiller ou de nous déshabiller ou de nous rhabiller ou juste d'être debout, tous les deux, près de la porte, à mettre nos chaussures, mais sans nous envoyer nos pensées à la figure, sans avoir besoin de demander quoi que ce soit à l'autre, pas besoin d'alimenter ce dialogue jusqu'au bas de notre page, et plus important, pas besoin de ressentir la moindre culpabilité à cause du silence qui avait grandi comme une tache de moisissure sur le mur de la salle de bains que nous frottions parfois sans conviction, sans jamais nous consacrer vraiment à l'éradiquer, parce que, si nous acceptions cette année de silence, la tache ne serait plus un truc à nettoyer, mais plutôt une preuve de notre évolution, de notre supériorité sur les nettoyages basiques que doivent faire les autres, presque une performance artistique, cette tache, ce silence, une chose vivante que nous laisserions vivre, simplement, pas quelque chose que nous voudrions contenir ou convaincre ou éliminer à l'eau de javel – cette tache serait juste un truc qui n'aurait besoin de rien, et j'ai regardé mon mari dans ce souvenir, et j'ai pensé à la tache métaphorique, et j'ai su à ce moment précis qu'il ne restait pas grand-chose, voire rien, de nous, et que ce qui nous avait gardés ensemble si longtemps n'était que le riche et sauvage souvenir de tout ce qu'il y avait eu, tous ces jolis moments du passé, si jolis que nous leur avions demandé de s'arrêter, et maintenant ils avaient tous disparu, parce que les moments ne s'arrêtent jamais, qu'on le leur demande ou pas, ils s'en fichent, les moments s'en fichent, tous, et ceux dont vous souhaiteriez qu'ils puissent s'étirer comme un hamac dans lequel vous étendre, eh bien, ces moments-là sont ceux qui disparaissent le plus vite en emportant tout ce qu'il y a de bon avec eux, petits cambrioleurs, ces moments, ces heures, ces jours que vous aimiez le plus.

Je ne bougeais pas, je restais à la porte, à passer en revue tous les moyens possibles par lesquels je pourrais nous faire conclure une paix avec ce que nous avions fait ou avec ce que j'avais fait, le désordre, je veux dire, mais je n'ai pas toqué à la porte de mon mari et je me demandais s'il était possible que mon mari me tire dessus avec une balle microscopique qui me redonnerait un sens, une balle qui enverrait les bons désirs dans mon corps : le désir d'être dans ce bel appartement avec cet homme honnête et fiable qui payait les factures et rentrait à la maison et faisait les choses qu'il avait dit qu'il ferait, et parfois plus encore, et le désir d'avoir une famille parce qu'il était temps que je rejoigne le défilé des gens auxquels j'appartenais et que c'était la direction dans laquelle nous avions construit notre vie, comme l'avait dit un jour mon mari, et je n'avais pas su comment être d'accord ou pas d'accord. Peut-être que cette toute petite balle pourrait me faire vouloir cette vie qui, par bien des aspects, était tout à fait formidable, parce que nous avions un domicile et un boulot chacun et de l'argent sur nos comptes en banque et une miche de pain dans la cuisine et de bons couteaux avec des manches solides et de chouettes appareils ménagers et des alliances à nos mains et nous vivions dans une ville où il y aurait toujours quelqu'un pour nous préparer un sandwich à l'œuf à n'importe quelle heure jour férié inclus, et nous avions un confortable canapé vert et un gramophone et une honnête collection de vinyles et plein de livres et nous avions des moulures au plafond dans l'appartement et nous avions une vue sur la cime des arbres, et nous avions des corps qui fonctionnaient bien avec des poumons en mesure de nous propulser, et des cœurs qui nous ravitaillaient, et des bouches avec toutes leurs dents normalement gluantes, et pas une seule fausse, et nous avions un code génétique qui nous avait permis à tous deux d'atteindre une taille et une silhouette respectables, et j'avais plein de robes bleues et de bottes noires et les chemises beiges en lin lui allaient si bien, comme s'il avait été un nuage dans une vie antérieure.

Je devrais vouloir tout ça, j'ai pensé, mais en vérité ce que je voulais c'était espérer que j'avais seulement voulu vouloir tout cela et si j'étais honnête avec moi-même, ce qui m'arrivait parfois, je ne voulais même pas vouloir l'espérer.

Regarde – je suis là. Je suis toujours là. Je suis exactement où tu m'as laissé, m'a dit le mirage de mon mari dans ma tête.

Je sais, j'ai pensé.

Quoi ? a dit le mirage de mon mari.

J'ai dit je sais, n'ai-je pas vraiment dit, *je sais que tu es toujours là.*

La lettre, a dit le mirage de mon mari, et je me suis souvenu de la lettre et j'avais été impatiente de recevoir des instructions qui ne me donneraient qu'une seule option, une logique implacable.

Le mirage de mon mari a refermé son mirage de porte et je suis restée encore un moment à sa porte réelle, et je savais bien que je savais ce que j'avais à faire, et je savais comment le faire et je savais qu'il fallait que cela se passe maintenant, alors j'ai redescendu les escaliers mais je me suis arrêtée au quatrième étage pour regarder par la fenêtre embuée qui donnait sur la cour, et une certaine quantité d'humanité s'est faufilée en moi et a mouillé mon visage et s'est précipitée à travers mon corps et m'a fait trembler si légèrement que je me suis demandé ce que mon mari était en train de faire, et je me suis demandé ce qu'il allait bien pouvoir faire maintenant que nous avions tous deux des choses à faire dans cette nouvelle sorte de *sans*, la sorte de *sans* qui était définitive, la sorte qui voulait dire qu'il n'y aurait pas d'excuses, pas de pardon, et que nous devions chacun investir, tels des mollusques, la routine de se réveiller, de prendre un bain, de manger, en l'absence de l'autre comme témoin, cette personne avec qui nous avions partagé une telle part de notre vie, cette personne qui abritait des armées entières d'informations sur l'autre et avec *qui*, je me suis demandé, avec qui allions nous feuilleter notre passé, et qui remarquerait comme la peau si pâle de mon mari devenait dorée sous la lampe de son bureau très tard le soir, quand son esprit faisait bouger des bâtons de craie, clac clac clac, créant des problèmes et des solutions et des problèmes et des solutions, et s'il n'y avait personne pour remarquer ces choses sur mon mari, est-ce que mon mari continuerait d'exister ? Et où irait tout le moi qu'il avait abrité en lui si je n'étais pas là pour être avec lui et voir ce qu'il gardait de moi en lui, est-ce que les versions de chacun de nous que nous avions si exactement et si précisément confectionnées pour l'autre, est-ce que ces versions allaient tout simplement s'évaporer, mourir, disparaître, ou juste tomber de l'immeuble pour atterrir quelque part dans chacun de nos cerveaux et si oui, alors pourquoi on n'avait pas le droit de leur organiser des funérailles ? J'aimais le "lui" qu'il avait été pour moi. Je l'aimais et il est mort et je veux un moment triste pour cet homme. Donnez-moi un moment triste pour ça.

40

Le portier qui m'avait laissée me faufiler était parti et Ray était là quand j'ai ouvert la porte des escaliers –

Madame Riley, personne ne devait vous laisser monter.

Ray avait toujours cette masse de cheveux noirs inamovible et son unique sourcil blond et sa rangée de cils blonds, qui transformaient ce grand homme costaud en une sorte de chiot.

Est-ce que le nouveau vous a donné la lettre ? Il était supposé le faire.

Ouais, je l'ai eue, j'ai dit.

Ray a ramassé un trousseau de clés derrière le comptoir. La petite télévision était toujours allumée, une présentatrice météo bougeait son bras devant une carte comme dans un mouvement de karaté au ralenti.

Je devrais vous emmener au sous-sol, alors. D'acc' ? Récupérer vos affaires ?

D'accord, j'ai dit, et j'ai essayé de sourire et d'avoir l'air reconnaissante.

Nous avons pris l'ascenseur, et quand il s'est ouvert au sous-sol, Ray a tendu un bras devant la porte et il a regardé vers moi pour me signaler qu'il me laissait descendre d'abord, mais il a regardé au-dessus de moi au lieu de regarder mon visage, et j'ai compris que Ray ne me regarderait pas parce qu'il devait penser que j'étais quelque chose de mauvais, même s'il m'avait si souvent et si sincèrement dit *Bonjour!* et demandé *Comment va, Elly?*, et s'il s'était même donné le mal d'écouter ma réponse et peut-être même de s'intéresser vraiment à comment j'allais, et souvent il avait porté mes courses quand j'arrivais toute chargée dans le hall, et une fois il avait même pris l'ascenseur avec moi jusqu'à l'appartement, parce que j'avais été malade et que je n'avais pas l'air bien, et Ray l'avait remarqué, et il avait agi en conséquence, et malgré tout ce passé, maintenant Ray ne pouvait même plus me regarder, ne me glisserait même pas un seul petit regard. Pour Ray, je n'étais désormais plus qu'une corvée, une chose qu'il devait subir ; à ses yeux, j'avais chassé l'humanité de ma personne.

Ray a empilé mes cartons, les deux chaises et la petite table sur un diable et a poussé le diable dans le monte-charge, et de retour dans le hall, il a tout déchargé du diable et fait une pile dans le vestibule, à côté d'un banc que je n'avais encore jamais remarqué, vu que je n'avais jamais eu à attendre dans ce hall, je n'avais fait qu'y passer dans cette partie du passé où je savais où j'allais, où je devais être et ce que je devais faire. Quand Ray a eu fini, il n'a rien dit, il a juste poussé le diable hors de vue et il m'a laissée avec mes affaires comme il aurait laissé n'importe qui et n'importe quoi et c'était le cas, parce que les objets ne sont que des événements lents et les gens ne sont que des événements lents et Ray en avait fini avec cette partie de sa vie à laquelle j'avais pu appartenir, dorénavant j'étais une étrangère pour lui, et même si je le croisais un jour sur un trottoir et qu'il avait le réflexe de dire *Bonjour*, il ne me verrait pas et il ne dirait rien et il ne me regarderait pas dans les yeux, parce que pour lui, il n'y aurait rien à voir.

Je suis restée assise un petit moment sur le banc du hall avec nulle part où aller, et je me suis demandé s'il y avait un numéro que je pouvais appeler pour Un Homme Avec Un Camion qui ferait aussi psy ou prêtre ou quelqu'un qui pourrait juste me dire quoi faire de moi-même, quelqu'un qui pourrait m'emmener, moi, mes meubles et mes cartons de vie, vers une autre partie du monde ou de la ville et me dire quoi y faire, quelqu'un qui connaîtrait un grand espace vide où je pourrais recommencer à zéro. Je me suis demandé s'il existait quelque chose comme un Spécialiste de la Re-Création de Vie mais j'étais assez sûre que si je devais chercher un truc pareil dans les pages jaunes, ce ne serait que pour découvrir que ça n'existe pas ou pas encore – il me revenait de trouver une nouvelle place dans le monde pour moi et ma vie, et il semble que tout le monde, les autres, vivants ou morts, tout le monde savait que ce sont des décisions qu'on ne peut prendre que pour soi et que personne ne peut les prendre pour vous, et qu'il y avait probablement un sérieux problème chez une femme qui a du mal à choisir quoi faire de sa peau.

Au bout d'un certain temps, peut-être une heure, ou plusieurs heures, Ray est venu me voir et m'a dit que je ne pouvais pas rester assise dans le hall toute la journée maintenant que je ne vivais plus ici. Il a mobilisé une sorte de pitié et il m'a demandé, *Vous n'avez pas d'endroit où aller ?* Il avait presque l'air sincèrement inquiet de l'endroit où je pourrais aller, et je me suis surprise à lui dire, *Si, j'ai un endroit où aller*, et je l'ai dit comme si j'en avais marre, et une fois encore c'était ma voix, pas mon cerveau ni mon corps, qui me disait ce que je ressentais, et c'était première nouvelle même pour moi, parce que je n'aurais pas pensé que j'en avais marre. *J'ai plein d'endroits où aller*, j'ai dit, et j'ai arrêté de regarder Ray et j'ai fouillé dans mon sac à dos, et je n'ai pris que le strict nécessaire (brosse à dents, papiers pour l'immigration, petit chameau en laine que m'avait donné Jaye, chaussettes, passeport, sous-vêtements, une chemise) et j'ai tout mis dans un petit sac en toile qui me paraissait désormais préférable au lourd sac à dos. J'ai envisagé de regarder dans les cartons si j'y trouvais autre chose dont je pourrais avoir besoin, comme des chaussures plus pratiques et un pantalon propre, mais ça ne valait pas le coup de se cogner toutes les robes bleues et de penser à mon mari enlevant les affaires de leurs cintres, les pliant, les mettant dans ces cartons. Un joyeux livreur UPS est entré dans le hall, lui et son short et son sourire et son nom brodé sur sa chemise, et Ray a bavardé un peu avec lui, heureux de parler à quelqu'un qui correspondait à ce qu'il attendait de lui, qui arrivait, faisait ce qu'il avait à faire, repartait, tout simplement.

Tandis que Ray discutait et plaisantait avec le livreur d'UPS, je suis sortie du hall et j'ai immédiatement regretté d'avoir dit à Ray que j'avais un endroit où aller parce qu'en fait, je n'avais absolument nulle part où aller, et c'était exactement où j'allais, nulle part. J'ai eu le temps d'arriver au bout du bloc avant que Ray se mette à me crier dessus à propos de tout ce que j'avais laissé dans son hall, alors j'ai tourné sur Broadway et je me suis mise à courir vers le métro, et je ne sais pas si Ray me courait après ou pas, parce que je n'ai pas regardé, j'étais trop occupée à courir comme pour dire, *Va te faire foutre, tout, allez vous faire foutre, toutes les affaires, pour toujours, parce que je suis libre, tellement libre*, mais aussi je savais que je n'étais pas libre, parce que partir en courant, ce n'est pas la liberté, c'est juste une façon de s'enfuir et certes, dehors c'était ce qu'une personne parlant à une autre personne aurait qualifié de beau jour, mais ça m'a immédiatement paru aller de soi, l'impression que la terre me devait bien cette gentille petite faveur.

Dans la station de métro, j'ai sauté par-dessus le tourniquet comme si ça avait toujours été mon moyen de locomotion, et j'ai foncé dans un wagon à l'arrêt à l'instant où les portes se refermaient, et nous sommes partis, et tout le monde s'en foutait, et j'ai regardé tous ces gens autour de moi, les yeux dans le vague, écouteurs dans les oreilles, certains endormis, d'autres presque, et tout le monde s'en fichait – oh comme tout le monde s'en fichait – et oh comme j'ai adoré ça.

Debout devant moi il y avait un homme au crâne dégarni, signe que je pouvais lui faire confiance parce que lui aussi connaissait la perte. J'ai fixé son petit morceau de crâne nu, si tendre, si brillant, si proche du cerveau, de son être tout entier. Après un moment il est descendu du train, alors je suis descendue aussi, et j'ai suivi la pleine lune qu'était son crâne, et quand j'ai perdu sa trace dans une vague de gens qui sortaient du travail, ce n'était pas grave – nous savions depuis toujours que cela finirait ainsi, qu'il faudrait bien que ça finisse.

J'observais mes pieds qui bougeaient sur le trottoir et je me suis rendu compte que mes chaussures étaient sur le point de m'abandonner, moi et le reste du monde : le bout des lacets s'effilochait, les coutures craquaient, une petite bouche s'ouvrait sur un orteil comme pour aspirer de l'air ou comme si elle essayait de murmurer, *Assez, assez, t'as pas encore compris qu'il n'y a pas de meilleur ou de pire endroit où aller, et que les autres gens s'en arrangent et que toi pas, une maladie, et est-ce que tu vas arrêter d'essayer de voir une signification dans tout et dans rien, et est-ce que tu vas arrêter de regretter de ne pas avoir pu t'approcher d'un mouton en Nouvelle-Zélande, juste pour toucher l'animal qui remplissait le monde de laine, et est-ce que tu vas arrêter de parler à tes chaussures et d'imaginer qu'elles te répondent?* Je n'ai pas particulièrement aimé écouter mes chaussures me parler. Elles n'avaient rien d'utile à dire.

Comme je descendais la West Side Highway, les voitures murmurant à côté de moi comme un océan malade, j'ai entendu un pas lourd, puis la voix d'un homme – *T'as un cul sexy salope* – et c'était prononcé tellement bas que je me suis demandé si j'étais censée l'entendre ou si c'était une remarque pour lui-même, sur son propre cul sexy, et puis l'homme est passé sur ma gauche, et il m'a regardée par-dessus son épaule avant d'accélérer, scannant la foule devant lui, à la recherche d'autres salopes au cul sexy. Sur un banc, un homme aux vêtements gris déchirés, des sacs en plastique à ses pieds, demandait à tous les passants s'ils n'avaient pas 50 cents – *C'est seulement 50 cents, c'est seulement 50 cents* – mais quand je suis passée il a arrêté de demander et j'ai pris ce regard, je l'ai encadré et je l'ai accroché en moi. Toutes les quelques minutes, je me ressouvenais de ce regard de l'homme qui voulait 50 cents, et je regardais ce souvenir encadré en moi, et ça voulait dire que j'étais là, de retour dans cette ville malsaine, mais à certains égards je n'étais pas là du tout et quiconque regardait attentivement pouvait bien voir que je n'avais rien à donner, que j'étais un tiroir à merdouilles, une collection de choses qui avaient pu autrefois avoir un usage, ou pas.

J'ai continué à errer dans ces rues sales et sinueuses et toutes mes pensées et toutes mes observations s'autodétruisaient instantanément, pas un seul souvenir, et puis j'ai remarqué que le ciel avait produit des nuages du genre à pousser une personne à croire en Dieu, à condition d'être susceptible de croire en Dieu, mais à moi, tout ce que ça faisait, c'est que je me demandais si ça avait été une bonne idée de me mettre à marcher sur le pont en direction de Brooklyn, parce qu'on aurait dit qu'il y avait là bien moins de gens que d'habitude, que tout le monde sauf moi savait qu'un truc était sur le point d'arriver, et ces nuages divins ont grossi et sont devenus plus sombres et ont laissé leur pluie tomber sur le pont et la rivière en dessous a pris une texture de stuc et mon corps et mon sac en toile ont vite eu l'air de sortir tout juste de l'océan, monstre marin perdu. Les rares autres passants sur le pont triomphaient, à l'abri sous leurs parapluies, et il m'a soudain semblé, plus clairement que jamais, que tout ce qu'il y a sur cette terre, c'est l'éternel maintenant et rien d'autre. J'avais, dans le passé, entendu beaucoup de gens dire ça, dire que rien n'existe à part le moment présent, que rien n'a jamais eu lieu, que personne n'est là ou pas là, qu'aucun objet n'est autre chose que son action à un moment précis, et si toute cette histoire sur le moment présent est vraie, et je suis toujours encline à penser que c'est vrai, alors tout ce que j'étais à ce moment-là, c'est une série de sensations prisonnières dans un corps mouillé, dans des vêtements mouillés, sous la pisse d'un nuage, coincée au milieu d'un pont, et j'étais ça et rien d'autre, et le passé, le passé récent, et le passé moins récent, n'étaient pas une partie de moi, juste un truc rassemblé autour de moi, un public pour ce que j'allais faire ensuite.

La pluie a lâché l'affaire, est repartie d'où elle était venue, et j'ai enroulé mes cheveux d'un seul côté, je les ai ramenés sur une épaule, puis j'ai trouvé un banc au bout du pont de Brooklyn, et j'ai essayé de débarrasser mes vêtements d'une partie de l'eau et j'ai enlevé mes chaussures et j'ai enlevé mes chaussettes et je les ai essorées et je les ai remises quand même parce que les autres chaussettes que j'avais emportées ne seraient pas plus sèches, et pendant que je faisais ça, une femme sous un parapluie est venue vers moi et m'a tendu quelques mouchoirs en papier qu'elle a sortis d'une poche en plastique. J'ai dit merci et elle n'a rien dit, et quand je les ai pris, ils sont devenus tout mous, trempés par la pluie sur mes mains. Elle a posé la poche en plastique sur le banc à côté de moi et elle est repartie sans un mot, alors je l'ai regardée s'éloigner, j'ai regardé toute sa bonté et son empathie s'éloigner de moi. Je me suis demandé pourquoi mon mari n'avait pas pu être exclusivement mauvais. Pourquoi il n'avait pas été un vrai méchant de dessin animé, quelqu'un que j'aurais pu fuir en sachant que je prenais la bonne décision ? Pourquoi faut-il qu'il y ait de bons souvenirs de lui derrière les affreux souvenirs, souvenirs oublieux les uns des autres, comme des étrangers dans l'autobus ? Et je voulais toujours mon moment triste, et j'espérais toujours ce moment triste, je sentais toujours qu'il m'était dû, un petit enterrement pour le nous que nous avions été. Il fallait que j'arrête de vouloir ces funérailles impossibles, il fallait que je lâche ce désir comme les chiens lâchent ce que leurs maîtres leur disent de lâcher – j'étais quelque chose comme un chien que je possédais. Il fallait que je me dise de *laisser tomber*, de me *taire*, il fallait que je m'emmène faire un tour et que je me nourrisse, et il fallait que je me regarde sévèrement et que j'essaie de comprendre ce que moi ressentait ou ce dont moi avait besoin.

Quand je me suis remise en marche, la lumière du ciel faiblissait et l'air est devenu une jolie couverture qui nous bordait, nous souhaitait bonne nuit, dors bien. J'ai suivi une rue large et animée au bout du pont et j'ai failli tendre mon pouce, par réflexe, mais j'ai eu l'impression que ce n'était pas le genre de chose à faire à New York, alors je me suis abstenue. Des sirènes hurlaient, encore et encore, camions de pompiers, voitures de police et ambulances, ces bruits d'urgences qui nous rappellent qu'il y a toujours quelqu'un qui brûle ou qui enfreint la loi ou dont le corps abandonne, et si ce n'est pas encore vous qui brûlez, qui cassez ou qui tombez en morceaux, alors vous pouvez être sûr que ça ne saurait tarder, que bientôt les sirènes viendront pour vous mais vous ne disparaîtrez jamais pour vous-même, et la seule chose que vous pouvez faire c'est retarder, retarder, retarder, et l'action de retarder doit vous suffire, et vous devez trouver un moyen de vous accommoder du retard parce c'est toute votre vie, et la minute où vous disparaissez pour de bon est la minute que vous ne pouvez plus manquer.

Devant une épicerie un homme distribuait des prospectus qui disaient, *Souffrez-vous d'une* DOULEUR *chronique?* Et le mot *douleur* prenait un tiers de la page et l'homme disait, *Nous proposons les meilleurs tarifs pour les massages des tissus profonds. Massages thérapeutiques. Massages thérapeutiques.* Je suis passée devant lui rapidement, et quand il a essayé de me refiler un prospectus j'ai fait semblant de ne pas le voir, même s'il était impossible à ignorer, cet énorme type pâle avec un gilet de circulation orange, une barbe poivre et sel sauvage, d'épaisses lunettes. *Est-ce que vous souffrez?* il a demandé et j'ai souri. Ça m'a fait sourire. Je ne sais pas pourquoi ça m'a fait sourire.

Le soleil avait complètement disparu maintenant, la ville n'avait plus qu'à s'éclairer toute seule. J'ai traversé un quartier sombre avec des rues étroites et de grands arbres. J'ai emboîté le pas d'un grand type costaud qui marchait comme s'il était le président d'un pays appelé Vie, et il me semblait que je pouvais lui être associée, d'une manière ou d'une autre, je serais en sécurité, alors je l'ai suivi sans me demander où il pouvait bien aller, comme les bébés canards suivent quiconque les conduit, un alligator, une petite chèvre, une petite voiture électrique. Je redoutais le moment où il entrerait dans sa maison ou quelque part où je ne pourrais plus le suivre, mais ça n'est jamais arrivé parce qu'après que je l'ai suivi pendant près de deux kilomètres, il s'est retourné et il a dit, *Pour qui tu fais ça, merde!*

Ma voix est devenue un glaçon coincé dans ma gorge. J'ai attendu. On s'est regardés dans les yeux. Le glaçon a fondu. J'ai dit, *Personne.*

T'es qui? Tu me suis, salope? Tu crois que tu vas continuer à me suivre?

Je ne sais pas où je vais, j'ai dit et je tremblais et il faisait le contraire de trembler et il a reculé d'un pas, il a repris sa respiration lentement, et j'ai vu un café de l'autre côté de la rue, avec un panneau 24 HEURES clignotant et j'ai décidé de traverser la rue n'importe comment, de juste le laisser tranquille parce qu'il avait désormais l'air de ne pas être la bonne personne à suivre pour moi.

Tu dis à ton mec que j'en ai marre de ces conneries, il a crié. *J'en ai ma claque, tu m'entends ?*

D'accord, j'ai dit, mais je l'ai dit si silencieusement que personne sauf moi n'a pu l'entendre.

Et si je revois ta putain de figure, ça va devenir personnel, dis-le à ton mec. Dis-lui ça.

Et je l'ai fait – j'ai inventé un petit homme dans ma tête et je lui ai dit, *Ça va devenir personnel.* Je crois qu'il a compris. Tout est personnel.

Il n'y avait pas grand-monde dans le café et une serveuse m'a souri comme je n'avais vu personne sourire depuis longtemps et elle a dit, *Installez-vous où vous voulez, je m'occupe de vous dans une minute.* J'ai commandé une assiette de quelque chose qui était servi avec tout, et quand *BONJOUR, je m'appelle BELINDA* m'a demandé si elle pouvait m'offrir autre chose j'ai dit, *Oui*, et elle a dit, *Quoi donc ?* Et j'ai dit, *Quoi ?* Et elle a dit, *Autre chose ?* Et j'ai réfléchi un instant avant de dire, *Du café*, et ça a ressemblé à une explication pour elle, ce désir d'une tasse de café à une heure qui devait s'approcher de minuit, et ainsi BELINDA a souri et à dit, *Pas de problème mon petit.*

J'ai passé la portion mémorable de ma vie qui a suivi à observer la surface ridée de mon café frissonner et je savais, avec une intensité grandissante, que tout le monde sur la planète tremble en permanence très légèrement, que la Terre nous secoue en se déplaçant et en se rencognant et les machines que nous avons fabriquées, elles nous secouent aussi, les climatiseurs et les poids lourds et les mariages et les générateurs électriques et les gens qui dansent en tapant des pieds, et les boulets de canon et les bulldozers et les voitures qui vont si vite et qui percutent d'autres voitures et les animaux et les ondes radio, et les vies autour de nous qui circulent à une fréquence qui interfère avec notre fréquence. Nous ne remarquons pas toutes ces secousses, jusqu'à ce nous les remarquions, mais la plupart des gens sont capables d'oublier pendant un moment, jusqu'à ce qu'ils remarquent à nouveau, sauf que moi, je n'arrive pas à arrêter de voir comment la Terre et tout ce qu'il y a dessus est toujours et toujours en train de trembler, tout le temps, les tiges des plantes sortant du trottoir, et les poutrelles d'acier, et les gratte-ciel, et les gens qui pensent être parfaitement immobiles, je ne peux pas m'empêcher de tout voir frissonner en même temps, maris assis dans des fauteuils et tableaux noirs et cours de brique, et cimes des arbres qu'on aperçoit par la fenêtre et bons couteaux de cuisine et chemises en lin, et ne pas pouvoir ignorer ce petit frisson qui est partout, ça a rendu la vie normale, la vie des autres, beaucoup trop difficile pour moi, les gens qui commandent à déjeuner chez un traiteur, et les vieilles dames qui portent plusieurs manteaux et les policiers en pause cigarette et les adolescents avec leurs secrets et leurs sourires, et les oiseaux qui se contentent de voler et d'être, et les chiens en laisse, se promenant en laisse dans les rues, attachés à leurs maîtres, joyeusement attachés pour toujours. Personne n'est rien d'autre qu'un événement lent, et je savais que je n'étais pas une femme mais une série de mouvements, pas une vie, mais une secousse, et ça m'a foutu un nœud dans la gorge et ça a interrompu ma respiration et ça m'a noué l'estomac, de savoir que mon estomac n'était pas un estomac mais un nœud, et que ma respiration n'était rien si elle ne bougeait pas, et que ma gorge sans voix n'était que de la viande en décomposition lente, mais je n'avais plus rien à dire, pas encore, et BELINDA a re-rempli ma tasse de café et la surface a ondulé, et puis elle s'est presque immobilisée mais pas tout à fait parce qu'elle tremblait, comme elle tremblera toujours, et je l'ai regardée continuer à trembler.

Je remercie profondément Jin Auh, Eric Chinski, Emily Belle et tous ceux qui, chez FSG et à l'agence Wylie, ont aidé à faire de ce manuscrit un livre. Ma reconnaissance va aussi aux éditeurs qui m'ont encouragée et qui ont publié de premiers extraits : Cal Morgan chez Harper Perennial ; Dave Eggers, Chelsea Hogue et Jordan Bass de *Mc Sweeney's Quarterly* ; Alban Fisher à *trnsfr* ; Brandon Hobson à *elimae* ; Natalie Eilbert et Jillian Kuzma de *The Atlas Review*. Je suis éternellement reconnaissante et émue du soutien que la New York Foundation for the Arts m'a témoigné pendant l'achèvement de ce travail.

Ces personnes de qualité – Sean Brennan, Kendra Grant Malone, Danny Wallace, Sara Richardson, Sasha Fletcher, Peter Musante, Summer Shapiro et Filip Tejchman – doivent être remerciées pour tant de raisons dans le passé, le présent et l'avenir. Et, pour avoir avec amour supporté l'écrivain à votre table, une sorte de malchance divertissante, je voudrais offrir des excuses reconnaissantes à ma famille – de sang, du ciel et de choix – et en particulier à mes collaborateurs passés et présents à 3B, qui m'ont aidée à me construire une chambre à moi.

La traductrice remercie Natalie pour son oreille absolue et sa complicité, Marine pour son œil de lynx et sa bienveillance et Robert parce que.

OUVRAGE RÉALISÉ
PAR L'ATELIER GRAPHIQUE ACTES SUD
ACHEVÉ D'IMPRIMER
SUR ROTO-PAGE
EN JANVIER 2016
PAR L'IMPRIMERIE FLOCH
À MAYENNE
POUR LE COMPTE DES ÉDITIONS
ACTES SUD
LE MÉJAN
PLACE NINA-BERBEROVA
13200 ARLES

DÉPÔT LÉGAL
1re ÉDITION : FÉVRIER 2016
N° impr. : 89213
(Imprimé en France)